W0348668

btb
Aus Freude am Lesen

btb

Buch

Als wertvolle Fresken in der kleinen Kirche von Ärketuna in Schweden entdeckt werden, gerät das ganze Dorf in Aufruhr. Alle hoffen, daß jetzt Touristen und somit Geld in die Gegend kommen werden. David Malm, Kunstmaler und Restaurator, wird aus der Stadt gesandt, um die Gemälde freizulegen. Schnell lebt er sich unter den skurrilen Landbewohnern ein und gewinnt in dem sanften und ernsthaften Pastor Per-Olof Vergelius einen guten Freund. Aber das ruhige Mit- und friedliche Gegeneinander im Dorf endet abrupt, als David Malm die biblische Geschichte von Sadrak, Mesak und Abed Nego freilegt, deren Glaube so stark war, daß ihnen die brennenden Öfen des Nebukadnezar nichts anhaben konnten. Plötzlich liegt der scharfe Brandgeruch bitterer Verdächtigungen über dem Dorf, und dann lodern die Flammen tatsächlich: hier eine Scheune, da ein Haus – eine alte Tante kann sich nicht mehr rechtzeitig retten. Mißtrauen breitet sich aus: Warum benimmt sich der Pastor auf einmal so seltsam? Warum entzweiten sich die Brüder Edvin und Lars? Und welche Ziele verfolgt David Malm wirklich, der Restaurator, der selbst gerne auch ein wenig malt?

Autorin

Kerstin Ekman wurde 1933 in Rising, Schweden, geboren. Ihr vierteiliger Romanzyklus, der mit »Hexenringe« beginnt, gilt als bedeutendstes Epos der jüngsten schwedischen Geschichte. Mit ihrem Kriminalroman »Geschehnisse am Wasser« kletterte sie in die Spitzenränge aller internationalen Bestsellerlisten. 1978 wurde Kerstin Ekman in die Schwedische Akademie gewählt, eine Auszeichnung, die vor ihr nur zwei anderen Frauen zuerkannt worden ist: Selma Lagerlöf und Elin Wagner.

Kerstin Ekman bei btb

Hexenringe. Roman (72056)
Springquelle. Roman (72060)
Das Engelhaus. Roman (72063)
Stadt aus Licht. Roman (72059)
Geschehnisse am Wasser. Roman (72062)

Kerstin Ekman

Der brennende Ofen

Roman

Aus dem Schwedischen von Adolf Schütz

btb

Die Originalausgabe erschien im
Albert Bonniers Förlag AB, Stockholm

Umwelthinweis:
Alle bedruckten Materialien dieses Taschenbuches
sind chlorfrei und umweltschonend.

btb Taschenbücher erscheinen im Goldmann Verlag,
einem Unternehmen der Verlagsgruppe Bertelsmann GmbH.

1. Auflage
Taschenbuchausgabe April 1999
Copyright © 1962 by Kerstin Ekman
Copyright © der deutschsprachigen Ausgabe 1963, 1996
by Wilhelm Goldmann Verlag, München
in der Verlagsgruppe Bertelsmann GmbH
Umschlaggestaltung: Design Team München
Umschlagmotiv: William Degouve de Nuncques
Satz: IBV Satz- und Datentechnik GmbH, Berlin
MD · Herstellung: Augustin Wiesbeck
Made in Germany
ISBN 3-442-72065-6

1

Niemand steht auf dem Kirchhof. Aber wenn sich ein Zuschauer dort aufhielte, so würde ihn der Anblick zu einem Lachen reizen, das langsam und unerklärlich einer Beklemmung weichen würde. Der Blick über den einförmigen, wenn auch etwas hügeligen uppländischen Lehmboden ist nämlich an diesem kühlen Apriltag etwas unwirklich.

Der Himmel beansprucht auf diesem Bild etwa ein Fünftel und sinkt in einem kalten Grün gegen den Horizont. Der See liegt still wie eine Pappscheibe da, und man hat das Gefühl, man könnte darauf klopfen und bekäme einen hohlen Laut ohne Echo als Antwort. Der Pfad schlängelt sich bäurisch und umständlich rund um Pfarrhof, Glockenturm und Milcheimer – vier Seitenwege und mindestens hundert Steinwurflängen von der Reichsstraße entfernt. Der Mann, schwarzgekleidet, hager und würdig, aber ein wenig schwankend, geht jedoch nicht auf dem Pfad. Er stapft über die Wiesen und über die Böschung des Seeufers. Er ist das einzige, das sich bewegt in diesem halben Licht, das die Perspektive verkürzt und die Steine wie Dekorationsstücke aussehen läßt, auf denen dramatische Schatten gemalt sind.

Was den Zuschauer auf dem Kirchhof zum Lachen reizen würde, ist der Umstand, daß es ein paar Quadratkilometer uppländischer Lehmboden sind, die Theater zu spielen versuchen. Doch die Beklemmung stellt sich in dem Augenblick ein, wenn man einsieht, daß diese dürftige Dramatik nicht viel mit der Kühle, den Farben und dem Licht des späten Frühlingsabends zu tun hat. Sie kommt durch den Geruch vom See herauf, und der Geruch ist wirklich unbehaglich und sollte sich dort nicht ausbreiten.

Der Mann ist die letzte kräftige Steigung zu der die Kirche umgebenden Mauer hinaufgekommen. Er bleibt stehen, um Atem zu schöpfen, aber ein Windstoß, der die Wellen des Sees kräuselt, weht den scharfen Geruch stärker herauf. Der Mann schnaubt unwillkürlich und geht dann rasch durch das Tor, das den Pfad abschließt.

Die selbstverständliche Sicherheit, mit der er sich den Gang entlang bewegt, an dessen Seiten sich die Grabsteine frommer Karoliner erheben, sollte uns sagen, daß er der Pastor ist. Obwohl er die Grabinschriften alle auswendig kennt, bleibt er einen Augenblick stehen und liest von einem weißen und schief geneigten Holzkreuz:

›Meine Tage sind dahin wie ein Rauch,
und meine Gebeine sind verbrannt wie in einem Brand.‹

Die Kirche ist geöffnet, und der Pastor durchquert ohne Zeremonien das Waffenhaus. Er bleibt vor Margareta Knutsdotter Krumedige stehen, die Anno 1523 ihre steinernen Hände faltete, und richtet den Blick in die Höhe. Die gekreuzten Wölbungen schließen sich über ihm und geben ihm das Gefühl der Abgeschlossenheit und der Ruhe, nach der er sich während seiner langen Promenade durch die Theaterszene draußen gesehnt hat.

»Bist du hier?«

Das Gewölbe sendet seine echogeübte Stimme weich zurück. Er späht weiter zum Dach hinauf, obwohl der krummbeinige Steinengel, der oben am Ende eines Pfeilers Fuß gefaßt hat, keine Miene verzieht.

»Bist du hier?«

Sonderbarerweise kann man eine gewisse Ungeduld in seiner Stimme vernehmen, als hätte er die Gewohnheit, in den Zenit zu starren und das, was dort oben liegt, anzurufen. Jene Wesen dort oben scheinen ihn immerhin zu erzürnen; denn nun wird die Kirche von Stimmen erfüllt, die antworten: »Ja, ich bin hier.«

»Ich habe geglaubt, du bist schon heruntergekommen. Es ist spät.«

»Glaubst du, ich habe übernatürliche Kräfte?«

Der Pastor, der dabei ist, einige Psalmenbücher, die in den Bänken liegengeblieben sind, einzusammeln, antwortet zerstreut:

»Keineswegs.«

»Ich kann doch nicht heruntersteigen, wenn du mir nicht die Leiter hältst!«

Der Pastor brummt etwas Unhörbares.

»Ja, ich weiß«, fährt die Stimme fort. »Ich trau' mich nicht, wenn du es unbedingt so haben willst. Aber komm und halt mir jetzt die Leiter.«

Im gleichen Augenblick plumpst aus niedriger Höhe ein kleiner Hammer herab und prallt auf Margareta Knutsdotter Krumedige.

»Gib acht«, sagt der Pastor. »Du schlägst der Margareta die Nase ab!«

»Das hättest du schon früher tun sollen.«

Vermutlich denkt der dort oben genau dasselbe, was frühere Generationen dachten, denen Margareta und ihre Nase zuwider waren. Ohne dieses gewaltige Riechorgan hätte sie größere Aussichten gehabt, mit halskrausegeschmücktem, schwertbehangenem Mann samt dazugehörigen vierzehn Kindern auf einer Votivtafel abkonterfeit worden zu sein. Vermutlich würde sie infolgedessen weniger Interesse für alte Kirchen und Klöster aufgewendet haben.

»Übrigens«, sagt die Stimme von oben, »hab' ich da etwas gefunden. Komm herauf und schau.«

Der Pastor, der bereits die Leiter mit kräftigem Griff hält, antwortet: »Wer soll dann die Leiter halten, wenn wir hinuntersteigen?«

Einen Augenblick bleibt es still, aber dann klingt es triumphierend von den gekreuzten Wölbungen herab: »Du steigst natürlich zuerst hinunter, das ist klar!«

Der Pastor lächelt und beginnt hinaufzuklettern. Die Holzgerüste strecken sich von der Orgelgalerie durch das ganze Kirchenschiff. Die Planken biegen sich ein wenig, als er sich auf ihnen in Richtung zu dem andern hin bewegt, der zusammengeduckt gleich über dem großen Holzkruzifix hockt. Er erhebt sich und stützt sich gegen ein Akanthusblatt. »Geh ... geh wieder hinunter«, stammelt er mit vor Schreck hervorquellenden Augen. »Hörst du nicht, wie das Holz knackt?«

»David«, sagt der Pastor mild, »es hält. Es ist ausprobiert und sicher für zweihundert Kilo.«

David Malm, von seinen Werkzeugen, seiner Thermosflasche, seinen Butterbrotpapieren und der Morgenzeitung umgeben und mit weißem Kalkstaub im roten Haar, legt der Sicherheit halber die Hand auf das Holzhaupt des Kruzifixes. Dieses beginnt zu schwanken. Bleich blickt er hinab auf Margareta Krumedige und findet, daß sie sehr weit entfernt wirkt.

»Spürst du es?« fragt der Pastor und zieht die Luft durch seine große und wohlgebildete Nase.

David nickt. »Der Geruch kommt hier auch herein. Er legt sich unter die Decke. Aber er war tagsüber noch ärger.«

»Es paßt eigentlich gut«, sagt der Pastor und zeigt auf die Wölbung hinter Davids Rücken.

»Zu dem hier, stimmt. Ich hab' es jetzt ordentlich herausgekriegt. Hast du eine Ahnung, was das ist?«

Er bewegt sich vorsichtig auf dem Gestell ein wenig zur Seite, so daß der Pastor das ganze Gewölbe sehen kann. Reste des grauweißen Kalkanstriches haften noch an den Rändern. Mitten im Rundbogen der Dachwölbung schreiten drei Männer mit erhabenem Ausdruck in den grauen Gesichtern und mit dunklen Flecken auf den Wangen. Sie tragen Pumphosen und Schnabelschuhe, kurze Wämser mit spitzen Schößen, und der Stattlichste von ihnen hat sogar Pelzverbrämung an den Schößen und einen großgerundeten Hut mit aufwärts stehender Krempe. Das Material, das sich um ihre Beine schlängelt und ihre Gestalten umgibt, ist schwarz geworden, mit einem Stich ins Braune. Auch ein graugrüner Ton ist zu finden, aber David und der Pastor, die sich darauf verstehen, verblichene Farben in ihre vergangene Leuchtkraft umzudeuten, sehen die drei Männer durch ein flammendes Meer von klatschigem Zinnober und hellem Gelb wandern, das dort, wo ihre Schnabelschuhe trampeln, in braunroter Farbe abschließt. Sie wandern im Feuer.

David und der Pastor sind nicht die alleinigen Zuschauer. Neben der verschwommenen Grenze, wo der Kalkanstrich endet, steht eine Schar von Männern in prachtvollen Wämsern und Hüten, mit Schwertern an der Seite, und betrachtet die drei stattlichen Figuren. Ein Stück über diesen schwebt ein vierter im Feuer. Aber er hat es leichter, denn er trägt Flügel im Rücken, und sein überlegen milder Gesichtsausdruck verrät, daß er sich nach Belieben in kühlere und angenehmere Gegenden begeben könnte.

»Ist das die Hölle?« fragt David halb flüsternd.

Der Pastor schüttelt den Kopf. »Es ist sonderbar«, murmelt er geistesabwesend. »Sehr sonderbar ...«

Der scharfe Geruch unter dem Dach ist intensiver geworden. David hat seine Angst vor der Höhe und dem drohenden Steinboden unten nicht vergessen. Aber nun scheint es ihm, als wären die Angst und das Unbehagen etwas Greifbares, etwas Nahes, Zudringliches ... Ihm ist, als wäre die Kirche ein großes, lebendes Wesen mit Lungen, die die Luft einatmen. Vielleicht wollten die Lungen ihm etwas sagen. Aber die große Lunge behält ihre Luft, und es bleibt still.

»Wirklich ... eigentümlich«, sagt der Pastor nach einer Weile. »Du verstehst, David, das sind nämlich die drei Männer im brennenden Ofen.«

»Ach so«, sagt David und betrachtet die drei. »Ja, ich weiß, wie sie heißen. Der erste und größte muß Sadrak sein. Der mit den Kulleraugen und der umgebundenen Schärpe ist Mesak, und der, der den Engel so fasziniert betrachtet, ist Abed Nego.«

Während David spricht, hat der Pastor begonnen hinabzuklettern.

»Komisch«, sagt David und sieht ihm nach. »Ich habe bloß Angst, wenn ich selbst klettere, kannst du meinem Gedankengang folgen?«

Der Pastor antwortet nicht. Er steht direkt unter David, und sein Schädel schimmert weiß durch das schwarze Haar, das am Scheitel dünn zu werden beginnt.

»Die drei Männer, ja...«

Er wendet das Gesicht nach oben, und David gibt bei jeder Bewegung genau acht, damit der Pastor keinen Kalkstaub in die Augen bekommt.

»Die drei Männer, die zur Begleitung von Hörnern, Fanfaren, Zithern, Pauken, Psaltern, Sackpfeifen und allerhand anderen Instrumenten in König Nebukadnezars brennenden Ofen geworfen wurden und... so sonderbar es auch klingen mag... in besagtem Ofen frei und unbehindert herumgingen und keinerlei Schaden erlitten.«

David muß sich trotz allem ein wenig bewegen und vorbeugen. Er hat Per-Olof Vergelius noch nie an einem gewöhnlichen Wochentag predigen gehört. Es ist mehr als seltsam, daß er das Bedürfnis hat, gerade jetzt in der leeren Kirche mit einer Predigt zu beginnen.

»Gingo stand ihnen bei, verstehst du...«

»Gingo? Du sprichst wie ein Buch.«

»Das Buch Daniel. Siehst du, nur eine Sekunde des Zweifels wäre notwendig gewesen, nur eine ganz kleine Regung des Zweifels, und sie wären verbrannt.«

»Sie waren wahrscheinlich Idealisten«, schlägt David von seiner Höhe aus etwas schafsköpfig vor. Er ist in der Bibel nicht besonders bewandert und weiß nicht, was es für eine Probe war, die die drei Männer einst bestanden hatten.

»Ja, Idealisten.«

Die dunklen Augen unten beginnen zu leuchten. Vergelius ist nachweisbar unerquicklich, wenn er dasteht und über die drei Fakire aus dem Buch Daniel predigt. David fragt sich, wie es kommt, daß er ihm trotzdem zuhört, und zwar mit einer Intensität, als könne er eine wichtige Erklärung erhalten. Der Pastor füllt seinen geräumigen Brustkorb mit Luft, die er sodann in wohlausgewogenen Perioden zu verteilen beginnt.

»Judas Ischariot... du kennst ihn?«

»Nicht persönlich«, murmelt David und konstatiert, daß man sich in normalem Gesprächston sehr gut vom Boden bis zur Decke verständlich machen kann.

Aber Vergelius will offenbar nicht normal wirken. Es sieht aus, als grüble er eine Weile vor sich hin. »Ja, sicher«, fährt er fort. »Er könnte auch eine Art Idealist gewesen sein. Vielleicht vermag man ihn in diesem Sinne zu erklären. Wenn es nicht um diese dreißig Silberlinge gegangen wäre. Hätte er das Geld nicht genommen, dann wäre ihm vielleicht... zu verzeihen gewesen. Er hätte es sich niemals aushändigen lassen sollen. Dann hätte er aufrecht durch seine brennende Hölle gehen können, in seinem privaten Ofen.«

David verbreitet etwas Kalkstaub, als er zusammenzuckt, aber er versteht sofort, daß Vergelius, wenn er in der Kirche von der Hölle spricht, dies auf eine annehmbare Weise meint. Immerhin ist David entschlossen, den Redefluß des Pastors zu stoppen, um nicht mit biblischer Geschichte vollgepfropft zu werden, während er widerstandslos unter dem Dach sitzt.

»Jetzt spring' ich hinunter«, verkündet er. »Mein Leben steht mehr oder weniger auf dem Spiel! Du kannst es retten, wenn du die Freundlichkeit hättest, die Leiter zu halten.«

»Dixi«, sagt Vergelius.

»Gut. Halt sie fest, die Leiter! Ich gedenke mein Rendezvous mit der grauen Vorzeit zu beenden.«

David beginnt damit, sich hinabzuturnen, die Thermosflasche unter dem einen Arm, die Morgenzeitung unter dem andern. Die Stille unten sagt ihm, daß Vergelius ihn nicht verstanden hat. Oder vielleicht hat er ihn nicht gehört. Der Gesichtsausdruck des Pastors bekundet, daß sein Geist in anderen Regionen schwebt.

»Denk an Michelangelo!« läßt sich der Geist vernehmen. »Sechs Jahre lang lag er unter dem Dach der Sixtinischen Kapelle und malte Bilder, die so hoch sind, daß wir sie kaum sehen können. Der einzige, der zu ihm kam und mit dem er manchmal sprach, als er dalag und die Farben ihm aufs Gesicht tropften, war der Papst.«

David ist nun unten angelangt, und Vergelius nimmt ihn in Empfang. »David«, sagt er ernst, »du malst doch nicht etwa?«

»Nein, Ehrenwort«, antwortet David. »Ich restauriere nur.«

Vergelius läßt den Blick nachdenklich zur Decke wandern.

»Es würde mir nie einfallen, auch nur einen kleinen Engel zu malen«, sagt David. »Ich bin noch nie auf so eine Idee gekommen, und außerdem wäre das Reichsantiquitätenamt mit einem Hechtsprung hier, bevor ich noch die Farben gemischt hätte.«

Sie gehen langsam durch das Waffenhaus hinaus und schließen das schwere Tor hinter sich. David will den Schlüssel umdrehen und an seinen gewöhnlichen Platz in der Nische beim Ausgang legen.

»Schließ nicht zu«, sagt Vergelius.

Der Frühlingsabend empfängt sie mit seiner Kühle und seinen blassen Aquarellfarben. Das Schwanenpaar erhebt sich mit einem häßlichen Schnattern und gestreckten Hälsen von der Wasserfläche.

»Glaubst du, die riechen es auch?« fragt David.

Vergelius nimmt eine kleine Frühlingszwiebel, die er vom Rasen gepflückt hat, und hält sie an Nase und Mund.

»Wenn er bloß schon aufhören würde!« ruft er aus. »Er muß

aufhören ... dieser Gestank ... er verpestet die Luft vielleicht noch mehrere Tage lang!«

»Nur keine Panik!« sagt David. Er empfindet Bedauern für Vergelius, der die Sache so schwer nimmt. Er ist offensichtlich aus dem Gleichgewicht geraten und hat all die Predigtluft verloren, mit der er sich vorhin aufgeblasen hatte. »Das geht vorüber«, setzt David sorglos fort. »Bald haben wir es vergessen.«

Viel später wird er sich erinnern, daß er gerade an dem Abend, einen Augenblick bevor sie die Mauer hinter sich ließen, stehengeblieben war und auf einem karolinischen Holzkreuz die frommen und denkwürdigen Worte gelesen hatte:

›Der Mensch, der nicht weiß,
Was Hafer war und was Heu,
Kann er sagen,
Was kommen wird?‹

2

»Was bietet man für das Sofa? Ich bitte mir aus, sich nicht darum zu schlagen! Einer nach dem andern, der Reihe und dem Alphabet nach! Stentorp sieht aus, als möchte er etwas sagen. Das geht nicht, Stentorp, einfach herumsitzen und einduseln! Das hier ist keine Gemeinderatssitzung. Gebt mir ein Angebot auf das Sofa, Leute! Soll man hier stehen wie ein Rufer in der Wüste ...? Gib mir einen Schluck Wasser, Fredrik... Lederbekleidung, gepolsterte Springfedermatratze... bitte sehr, raus mit der Sprache... hoppla ja! Jemand hat was gesagt! Ein feines und prächtiges Stück, in dem sieben alte Weiber Platz hatten, als der Amtsgerichtsvorsitzende seinerzeit einen Festschmaus gab, kein Fehler am Überzug, außer an der Stelle, wo die Katze zu liegen pflegte.

Aber jetzt wollen wir uns nicht an solchen Kleinigkeiten stoßen, ein Sofa ist ein Sofa, das wird mit den Jahren ein bißchen ausgesessen in der Mitte, und der Teufel soll mich holen, wenn es nicht unglaublich ist, daß ich es nötig habe, hier zu stehen und es den Leuten anzupreisen, die ihr eigenes Bestes nicht verstehen. Ich würde das Sofa gern selbst nehmen, wenn ich bloß Platz dafür hätte, aber unsereiner hat es nicht so gut wie ihr, Leute, ihr könnt euch rühren, ihr habt Platz zum Schweinefüttern, kommt nur näher heran, noch näher, sage ich, und ich sage noch dazu, unter einen Hunderter könnte ich niemals gehen, und das würde keiner tun, der ein Herz im Leib hat; denn es ist so alt und elegant, das Sofa... Was sagen die Herren Großstädter dort...? Macht mir ein Angebot! Wir werden das in Erwägung ziehen, weiter kann ich nicht gehen... Aber ihr könnt weiter gehen, vorwärts, keine Müdigkeit vorgeschützt, einmal ist keinmal, und wer das Glück nicht beim Schwanz packt, der hat ewig Dreck in der Hand... Bravo, Stentorp, obwohl dich keiner gehört hat und keiner dir geglaubt hätte, wenn er dich gehört hätte, zehn Kronen hat er gesagt... zehn... was sagt ihr zu zehn, Leute, zehn Kronen für dieses Prachtstück da! Ein Skandal ist das, eine Beleidigung für den herrlichen und tüchtigen Sofamacher, der dieses Möbel im Schweiße seines Angesichtes... fünfzehn... zwanzig... Ich glaube, ihr beginnt jetzt erst zu begreifen, um was es geht... Wasser, Fredrik... dreiundzwanzig, ich fresse einen Besen, wenn ich begreife, was dreiundzwanzig für eine Art Ziffer sein soll... fünfundzwanzig, ja, so ist es recht, und so soll es weitergehen, keine Handgreiflichkeiten, Leute, geht auseinander, nur nicht gleich die gute Erziehung vergessen wegen eines Sofas, wenn es auch noch so elegant ist... dreißig... dreißig... Ich hätte Lust aufzuhören, den schönen Augen zuliebe, aber Geschäft ist Geschäft und... fünfunddreißig, hat Stentorp gesagt... Zum ersten, zum zweiten... habt ihr Angst vor Stentorp, Leute? Und zum dritten, obwohl das heißt, daß er das Sofa geschenkt bekommt, und vielen Dank, Leute, Gott soll es euch verzeihen, daß ich mir euretwegen die Kehle wund schreien muß... Wasser, Fredrik...«

Der glühende Sonnenball brannte unbarmherzig direkt herunter auf den Hof. Sjöman wischte mit einem gemusterten Taschentuch über seine nasse Stirn, sein Kopf verschwand tief im Wassereimer, aber im nächsten Augenblick war er für den kommenden Programmpunkt bereit: eine Kommode mit dazugehörigem Nachtstuhl. Die Leute stellten sich zurecht, und ein erwartungsvolles, kollektives Lächeln breitete sich über die Gesichter der Dorfbewohner, vom einen Ohr bis zum andern. Sjöman konnte gewiß sowohl Stehlampen wie Pferdegeschirr mit Bravour verkaufen. Aus allem, was zur Bettbranche gehört, machte er unwiderstehliche Nummern. Aber anhand eines Nachtstuhls feierte er Triumphe. Er hatte einmal ein halbes kirchliches Nähkränzchen mit seiner Rhetorik über das henkellose Gefäß in die Flucht gejagt und dieses zuletzt mit der Geste eines olympischen Siegers für fünfundzwanzig Kronen in einer Versammlung versteigert, deren ökonomischer Sinn durch Gelächter und Sonnenstich betäubt war.

Trotzdem behaupteten Kenner, daß Sjöman an diesem heißen Julivormittag noch nicht seine größten Fähigkeiten bewiesen hätte. Sie ließen Sofas und Kommoden vorbeiziehen, während sie langsam im Hof des Amtsgerichtsvorsitzenden umherschlenderten und Schatten und Objekte für Sjömans spätere Ausrufungskunststücke suchten. David spazierte unter den Kennern. Er konnte es sich nicht leisten, sich in der Schar vor der Veranda zu Wort zu melden. Unter einem verblühten Fliederstrauch fand er Edvin Wilhelmsson und das Sofa. Wilhelmsson sah selbst im Augenblick etwas verblüht und wehrlos aus, und David entschied sich, ihn nach der ersten der beiden lieben, alten Alternativen anzugreifen: entweder seine ökonomische oder seine politische Würde zu erschüttern. Wilhelmsson war rührend geizig und die Familie seit undenklichen Zeiten rechter als rechtsgerichtet.

»Sei gegrüßt, Stentorp«, sagte David sonnig und streichelte das Sofa. »Es heißt, Brennholz notiert jetzt fünfunddreißig Kronen pro Kubikmeter.«

Wilhelmsson, der mit einer gewissen Nachdenklichkeit auf der Stelle des Sofas saß, auf der früher die zusammen mit dem Amtsgerichtsvorsitzenden entschwundene Katze gelegen hatte, lächelte sparsam. »Es gehört ein Tisch dazu«, sagte er und nahm den Hut ab, um sich mit den Fingern durch das weißgelbe Haar zu fahren. »Ich nehme an, daß er nach den Teppichläufern kommt.«

Er lauschte einige Augenblicke der Stimme Sjömans, die aus der Hitze und dem vibrierenden Sonnenlicht vom Hof herübertönte: »...und wenn ihr das Herz habt, eure großen Füße auf Karins blütenweiße Wäsche und die Hemden zu setzen, die der Amtsgerichtsvorsitzende von seinen Jungen aus Amerika erhielt, so habe ich für meine Person nichts dagegen einzuwenden, Leute, aber ihr werdet das, bei Gott! nicht gratis tun, und somit warte ich auf ein Angebot...«

Sjöman begann in rasantem Tempo verschiedene Maße von Teppichläufern aufzuzählen.

»Ich verstehe nicht, warum Sjöman nie ein Ende findet, wenn ich in einer Sache mitbiete«, fuhr Wilhelmsson fort. »Am besten ist, ich beteilige mich jetzt nicht daran.«

Seine wasserblauen Augen sahen auf und begegneten Davids Blick. »Vielleicht hast du Lust, für mich zu bieten?« Er verzierte seinen Vorschlag mit einem Blinzeln, das Verschmitztheit darstellen sollte. »Aber geh nicht höher als fünfzehn.«

David setzte sich neben ihn auf das Sofa. »Diese sorgfältig ausspekulierte Intrige ehrt dich, Stentorp. So etwas wird Bauernschläue genannt, und der Staat täte gut daran, diese Begabungsreserve zu erhalten und zu fördern.«

Wilhelmsson machte ein verkniffen verlegenes Gesicht, schwieg jedoch angesichts der Aussicht, für fünfzehn Kronen einen Saaltisch zu ergattern.

»Leider ist mein Kredit so gering, daß Sjöman auf mich gar nicht hören würde«, seufzte David. »Sag mir jetzt ehrlich und vertraulich, warum du Möbel hamsterst. Kommen schlechtere Zeiten? Ist es soweit, daß man sein Haus bestellen und sich eine Kommode anschaffen muß?«

»Im Gegenteil«, antwortete Stentorp abrupt, und es glitzerte in seinen Augen, als er sich erhob. »Ich muß mir jetzt neue Sachen anschaffen, weil Lars mit Möbeln und allem von mir wegzieht.«

Tatsächlich stand sein Bruder Lars bereits im Schatten des Fliederbusches, und David war sich nicht klar darüber, ob Edvins Worte direkt an ihn gerichtet waren oder ob die Verblüffung in seinem langen Gesicht echt war, als Lars, die Hände in den Hosentaschen, ein paar Schritte in die Sonne hinaus machte.

Die Natur hatte den jüngeren Bruder Wilhelmsson nicht mit soviel Tugenden staatserhaltender Art ausgestattet wie den älteren. Er war fröhlich, musikalisch und ideell leichtfertig. Er pflegte zu sagen, daß er all die Heimtücke, deren seine Seele fähig sei, für Edvin aufspare und den übrigen Teil der Menschheit von ihr verschone.

»Die Hälfte«, bemerkte er nonchalant und sah an Edvin vorbei.

»Ja, richtig«, erwiderte dieser mit etwas krampfhaftem Lächeln, »die Hälfte natürlich. Alles geht in Ordnung. Du verstehst, David, Lars kauft Slättfall und übersiedelt dorthin.«

Edvin entfernte sich, um die ersten zögernden Angebote auf einen Eichentisch mit der uppländischen Variante von Löwenfüßen zu bewachen.

»Die Stunde der Freiheit schlägt«, sagte Lars Wilhelmsson. »Dieser alte Gierschlund war seit vierzig Jahren nicht so aufgepulvert wie jetzt, da er mich aus dem Hof auskauft.«

»Das liebe, brave, strebsame Paar trennt sich. Ist das nicht traurig?« sagte David zu einer kleinen Gruppe von Bekannten, die sich um das Sofa versammelt hatten. Per-Olof Vergelius, der lange Pastor, setzte sich neben die große, blonde Schullehrerin, als diese gerade Edvins Neuerwerbung ausprobierte.

»Was soll der Ort zum Kaffeetrinken, wenn die Brüder Stentorp nicht mehr da sind?« fragte sie und zeigte ihre schönen Knie exakt zehn Sekunden lang, ehe sie ihren Rock zurechtzog.

»Daß Edvin und ich uns seit Vaters Tod in den Haaren liegen, das ist doch wohl zum gegenwärtigen Zeitpunkt ein bereits abgedroschenes Thema«, sagte Lars sanftmütig und blickte von den Knien weg. »Ich schlage als Ersatz vor, meine lieben Mitbürger beginnen darüber zu debattieren, wie ich es anstellen werde, daß Slätfall auf die Beine kommt. Über diese schwierige Frage können sich die Herrschaften ausgiebig den Kopf zerbrechen.«

»Ja, sag mal, Lars, bist du denn nicht froh?« piepste es von der Ecke des Sofas her, in das sich ein kleines Frauenzimmer in der Blüte ihrer siebenundvierzig Lenze hineingezwängt hatte.

»Ich meine, daß es endlich soweit ist«, setzte Elsa Stenkvist fort, Augen und Ohren in Wissensdurst weit geöffnet. »Daß er es sich jetzt erlauben kann, meine ich. Das war ja bisher der Haken, oder nicht?«

»Den Haken hat er herausgezogen«, sagte Lars etwas scharf und verließ die Sofagesellschaft, um zur Veranda zu gehen und den lyrischen Preisungen Sjömans über den Saaltisch zu lauschen.

»Teufel noch mal«, sagte Elsa Stenkvist fromm, »ob wohl die Versicherungsgelder schon gekommen sind?«

»Sie sind gekommen«, antwortete die Schullehrerin, die Margareta hieß und über das meiste Bescheid wußte.

David hatte bisher nur mit halbem Ohr zugehört. Er blickte zu der Umzäunung unterhalb des Hofes des Amtsgerichtsvorsitzenden hin. Die Luft vibrierte in der Wärme, und die noch nicht in die Scheune geschafften Heuhaufen schienen sich in der Sonne unmerklich zu bewegen. Er sah plötzlich einen Fuchs aus dem Dickicht am Waldrand auftauchen und längs Reisigbündeln und Schlehensträuchern vorwärtsgleiten. Obwohl er den Fuchs und seinen biegsamen gelbroten Schwanz und den weißen Fleck auf der Brust deutlich sehen konnte, schien das Tier in der Waldesstille unendlich weit vom Auktionslärm und von der kompakten Menschenmauer um Sjömans Tisch herum entfernt zu sein. Der Fuchs sah aus, als ob sein Pelz versengt sei. Reineke verweilte am Grabenrand einige Sekunden, machte dann einen weiten Sprung, als hätte er eine Feuerflamme berührt, und war plötzlich verschwunden.

David hörte Margaretas Stimme und wandte sich um. Er begegnete Per-Olof Vergelius' Blick und sah, daß seine Augen schwarz und ängstlich wurden. Automatisch und ruckartig war David, genau wie der Pastor, mit seinen Gedanken zurück bei dem kühlen Frühlingstag, an dem Stentorp brannte. Er erinnerte sich mit Ekel an den Brandgeruch, der drei Tage lang in dem windlosen Wetter über dem Dorf gelegen hatte.

Ein Triumphzug, angeführt von Edvin, kam mit dem Eichentisch, der für achtzehn Kronen versteigert worden war, heran. Edvin war außerordentlich zufrieden und stellte ihn vor dem Sofa zur Schau.

»Er ist jedenfalls aus richtigem Eichenholz«, sagte der Pastor, der gern alle Sachen von der besten Seite sehen wollte.

»Teufel noch mal, Löwenfüße!« sagte Elsa Stenkvist.

»Der Vater des Löwen, der für dieses Kunstwerk Modell gestanden hat, muß etwas mit einer Kuh gehabt haben«, bemerkte David. »Aber diese Kreuzung hat etwas für sich.«

»Achtzehn Kronen«, faßte Edvin die Situation kurz und bündig zusammen, und sein Bruder fügte mit einem Lächeln, das nur in seinen lichtblauen Augen zu sehen war, hinzu: »Ein außerordentlich richtiger und entsprechender Preis.«

»Ich habe gehört, daß die Versicherungsgelder gekommen sind«, sagte Elsa vertraulich. »Das hat ja gut geklappt, Edvin, wie?«

»Jetzt kann er sich die Stühle auch noch leisten«, lachte die große Margareta, und Edvin sah verwirrt aus.

»Schone ihn«, bat Lars mit spöttischen Augen. »Denk daran, daß dieser Tag einer der glücklichsten seines Lebens ist. Ein Sofa mit Zubehör. Kann es etwas Schöneres geben?«

Alle lachten freundlich Edvin an, der mit seinem wasserklaren Kinderblick unbeweglich vor sich hin starrte, aber Pastor Vergelius erhob sich vom Sofa und ging.

David sah ihm nach. Niemand sonst tat das. Nur Lars Wilhelmsson schien sein Weggehen bemerkt zu haben, denn er schlenderte nach einer Weile den Weg zwischen den Maulbeerbüschen entlang und erreichte Vergelius beim Kücheneingang des Hauses. Der Pastor war gewiß der Seelsorger von Ärketuna, aber es war Lars, der für des Pastors Seele sorgte, wenn sie in die Klemme geriet. Der ganze Ort wußte – wie das nun in solchen Orten der Fall zu sein pflegt –, daß Vergelius sechs Wochen in einer psychiatrischen Klinik gewesen war. Das bedeutete nicht gerade, daß er in den Augen des Ortes abgestempelt war, aber es genügte, daß man ihn nicht ganz ernst nahm. Außerdem sind in Ärketuna Nerven ungefähr dasselbe wie in anderen Kreisen Unterhosen. Man spricht nicht von ihnen.

Nicht etwa, daß Vergelius zum Ärger des Dorfes seine Nerven auf einem Tablett herumgetragen hätte. Er war ein stiller, freundlicher Mann mit etwas aparten Interessen. Seine Ornithologie pflegte man einen Vogeltick zu nennen und drüber die Achseln zu zucken. Diese Einstellung zu seinem Lieblingsthema mißfiel ihm sehr; das wußte man, ohne daß er es zu sagen brauchte. Seine dunklen Augen konnten sowohl Vorwurf wie Herausforderung ausdrücken. Er brauchte Lars nicht nur als Küster. Dieser betätigte sich meistens in dieser Eigenschaft, da er ein guter und musikalischer Organist war. Die große und recht anziehende Schullehrerin war alles andere als eine Meisterin auf der Orgel, trotz ihres abgelegten Kantorexamens.

David verließ die Gruppe in und um Stentorps Siebenweibersofa und schloß sich der Versammlung vor der Veranda an, auf der Sjöman sich in voller Aktion befand. Fredrik vom Altersheim sprang mit einem Blechtopf zwischen der Veranda und dem großen Brunnen mitten auf dem Hof hin und her und bediente Sjömans Hals, der immer trockener wurde, je höher die Sonne am Himmel stieg. Die Leute standen und saßen auf dem aufgetürmten Mobiliar. Jemand hatte der Witwe des vorletzten Küsters zu einem Sitzplatz auf einem Waschtrog verholfen, und es war nicht sicher, ob die Aussicht von dort ihr so gut gefiel, daß sie sich nicht vom Fleck rührte, oder ob sie dies aus eigener Kraft nicht konnte. Sie war seit vielen Jahren stocktaub und redete wenig, weshalb niemand ihre Meinung erfuhr und sie sitzen blieb. Zwei kleine Jungen spielten im Schutz einer zerbrochenen Truhe mit einem Kartenspiel aus der Hinterlassenschaft Schwarzer Peter, und ein Hund von höchst unbestimmbarer Rasse machte wiederholte Ausfälle gegen den Wassereimer, wurde aber jedesmal von Fredrik davongejagt.

David vergnügte sich damit, das Angebot für eine Handkanne mit ein paar schnellen Rufen in die Höhe zu treiben, und wäre beinahe der Eigentümer der Kanne und einer Waschschüssel geworden. Er war schon auf dem Sprung zu fliehen, als die Gräfin von Husa mit einem Angebot dazwischenkam, das Sjöman abklopfte. Die Gräfin, in eine Strickjacke, einen Tweedrock und Segeltuchschuhe gekleidet, saß breit und bequem in einem Lehnstuhl gleich unter Sjömans Tisch. Sie zwinkerte grimmig David zu, als die Handkanne ihr heruntergereicht wurde.

»Malm, Sie sind genauso unerträglich wie hundert Prozent von heute«, sagte sie. »Ich sollte Ihnen die Kanne an den Kopf werfen!«

David beeilte sich, aus ihrer Nähe zu kommen, und schlich zum Kücheneingang hin, um nach Vergelius zu suchen, traf aber statt dessen Lars auf der Treppe.

»Per-Olof ist drin«, sagte dieser. »Er hat alte Vermessungskarten gefunden, die er ausrufen lassen will. Er ist ganz außer sich, weil er nicht gewußt hat, daß der Amtsgerichtsvorsitzende welche hatte.«

Vergelius hatte eine kleine Schwäche für Karten, am liebsten ganz alte, die den Ort darstellten, in dem sein relatives Fremdsein noch nach fünfzehn Jahren als ein Axiom feststand. Aber Menschen und Landschaft, das sind zwei verschiedene Dinge. Es ist möglich, daß Per-Olof Vergelius in einem sehr nahen Verhältnis zu diesem uppländischen Lehmboden stand.

David ging durch die Küche, die leer und ausgeräumt war. Sogar die Fliegen hatten sie verlassen. Drinnen in der kleinen Kammer traf er Vergelius, über einen Tisch mit Karten gebeugt. Die Aufregung des Pastors über seinen Fund hatte sich sichtlich gelegt. Er blickte von den Karten auf und starrte David an, als wäre dieser ein Fremder.

»Na, wie ist's?«

»Heiß«, antwortete Vergelius und blickte an ihm vorbei. »Diese Hitze macht einen kaputt. Ich sollte nach Hause gehen, wenn es nicht um das hier ginge. Ich muß versuchen, bei der Sache, so gut es geht, mitzumachen.«

Es war schwül in der Kammer, und die Sonne brannte auf ein vergessenes Porträt des Blauen Prinzen an der Wand. Die Fliegen taumelten müde gegen das Fenster, das auf die Umzäunung und den Graben hinausging, aus dem der Fuchs vorhin in die Waldeskühle verschwunden war. Draußen war es menschenleer und still, von der andern Seite kam das Stimmengewirr der Auktion gedämpft durch die Holzwände des Hauses. Per-Olof Vergelius warf David einen leeren Blick zu und begann wieder die Karten zu studieren.

Seit er die Restaurierungsarbeit in der Kirche begonnen hatte, wohnte David beim Pastor, der allein war und einen großen, aber vernachlässigten Pfarrhof zu seiner Verfügung hatte.

David war der Meinung, Vergelius zu kennen – sogar gut zu kennen. Er hätte gern das Fenster aufgerissen, das nur angelehnt war, frische Luft hereingelassen, Vergelius auf den Rücken geklopft und gesagt: Reiß dich zusammen, Per-Olof! Versink nicht in düsteres Grübeln, damit erweist du dir selbst keinen Dienst in diesem gottverlassenen Nest hier!

Aber er tat und sagte nichts dergleichen. Er hatte das deutliche Gefühl, daß er trotz allem Vergelius nicht so gut kannte, wie er meinte. Er ging zur Küche hinaus und setzte sich draußen auf die Treppe, um eine Pfeife zu rauchen. Die Leute hatten sich während einer Pause der Auktion in Gruppen auf dem Hof verteilt, Thermosflaschen und Eßpakete kamen zum Vorschein. Es war ihm, als würden die Gesichter im Sonnenschein und in der Trägheit wie in einem Brei vor ihm herumschwimmen. Elsa Stenkvist und ihre zwei Freundinnen Hildur und Ester tranken Kaffee und teilten schwesterlich einen Brotlaib mit der Küsterswitwe auf dem Waschtrog. Die Gräfin notierte auf einem Schreibblock Berechnungen und versuchte einen gefälligen Teilnehmer an der Auktion zu überreden, ein Geschäft außerhalb des Rahmens der Auktion mit ihr zu machen. Es krähte und gackerte aus einigen Hühnerkäfigen, die aufeinandergestapelt bei der Pumpe standen. Der Herr Graf und Kirchenwart Max bewegten sich zwischen den Gruppen der Zuhörer, teils hoheitsvoll, teils uninteressiert lächelnd.

Der Graf wußte sehr gut, daß der Mensch leben und essen muß und deshalb gezwungen ist, Geschäfte zu machen, zum Beispiel mit Hühnerkäfigen. Aber er wäre mit dem gleichen uninteressierten Lächeln in seinem jungen, fünfunddreißigjährigen Gesicht lieber verhungert, ehe er selbst auf diesem Jahrmarkt, der sich in peinlicher Nähe seiner Besitzung Husa breitmachte, mitgeschachert hätte. Da er Gräfin Margit zur Seite hatte, brauchte er nicht zu hungern, obwohl er nur ein verarmter Adeliger war, mit keinen anderen Verdiensten als jenen, die sich seine Vorväter durch die Plünderung reisender Kaufleute erworben hatten.

Sjöman schluckte seinen letzten Wurstzipfel und strich sich den Bierschaum von der Oberlippe. Die Mittagshitze ging ihrem Höhepunkt entgegen, und die Versteigerung wurde wiederaufgenommen.

»Ich sollte nach Hause gehen und an der Predigt für morgen schreiben«, sagte Vergelius, als er aus dem Haus kam und an David vorbeiging, »aber ich kann die Karten nicht im Stich lassen. Glaubst du, es dauert lange, bis er sie vornimmt?«

»Keine Ahnung«, antwortete David und war froh, daß Vergelius offenbar seine Depression überwunden hatte. »Sjöman hat kein bestimmtes System. Vorhin hat er Kaffeetassen verkauft, und jetzt sind die Hühnerkäfige dran. Aber das tut er wahrscheinlich nur, um die Gräfin zu reizen, die sie haben möchte.«

Vergelius gesellte sich zu der Gruppe um den Waschtrog und wartete. Eine kräftige Kleinbauernfrau, trotz der Wärme säuberlich gekleidet in Mantel und Hut, setzte sich auf die Stufe unter David und spähte zur Scheunentür hin, durch die ununterbrochen Männer hineingingen und wieder heraustraten. Sie verschwanden scheinbar absichtslos in die Kühle der Scheune und kamen mit der gleichen zerstreuten Nonchalance wieder zum Vorschein. Manche wischten sich mit der Hand den Mund ab, und es war auffallend, daß jene, die den Weg mehrmals machten, einen schwankenden Gang bekamen.

Die Wachsamkeit der Frau des Kleinbauern wurde endlich belohnt, als ein langer Mann heraustaumelte und mit kolossaler Beherrschung den Schwengel der Pumpe anvisierte, bevor er sich auf den Hof hinauswagte. Die Frau erhob sich mit einem Murren und schnitt ihm mitten auf dem Hof den Weg ab, was ihn derartig verwirrte, daß er ein paar Tanzschritte machte. Sie zog ihn mit sich hinter eine Fliederlaube, und er tanzte an diesem Tag sicher nicht mehr.

Zwei kleine Jungen, deren Augen vor Aufregung wie Kohlen glühten, schossen plötzlich hinter der Rückseite des Hauses hervor. David, der sich von der Treppe erhoben hatte, fing den einen in den Armen auf. Sie standen einige Augenblicke da wie Boxer im Clinch, bevor der Junge sich losmachte und dem anderen nachsauste, der bereits bei Sjöman angelangt war. David konstatierte, daß sich das Benehmen von Lausbuben seit seiner eigenen lausbübischen Zeit nicht geändert hatte, und hörte nicht, was die zwei Bengel Sjöman zuriefen, da er im nächsten Augenblick um das Haus herumging. Die Sonne warf einen grellen, brandroten Reflex in das Kammerfenster. Er war kaum einige Meter gegangen, als er einsah, daß eine unbewegliche Sonne auf einem leeren Himmel keine beweglichen Reflexe werfen kann.

Er blieb mit einem Ruck stehen und lief dann zum Fenster zurück. Helle, heiße Flammen schlugen von den Karten auf dem Tisch empor, und gleichzeitig hörte er eine gellende Bubenstimme vom Auktionsplatz rufen:

»Es brennt! Es brennt!«

Die Dorfbewohner im Hof setzten sämtliche Füße in Bewegung – es hörte sich an wie eine anstürmende Büffelherde. Entsetzte Frauenstimmen durchbrachen das tosende, chaotische Lärmen, das sich sofort wie eine Mauer rund um das Haus erhob, und ununterbrochen schrien die beiden kleinen Jungen wie am Spieß.

Es war kein großes Feuer. Nur die Karten auf dem Tisch brannten, und David zögerte einige Sekunden vor den Resedabüschen unter dem Fenster. Aber nun war die Hälfte der Menge mit der Schullehrerin an der Spitze auf die Idee gekommen, durch das Haus bis zum Brandherd vorzudringen, während die andere Hälfte sich um die Hausecke herum wälzte. Durch den Zug, der entstand, als die Küchentür und der Haupteingang geöffnet wurden, flog das angelehnte Kammerfenster auf, und im gleichen Augenblick züngelten die Flammen aus dem Fenster heraus. Es krachte wie Pistolenschüsse, als eine der acht Scheiben in der eingehakten Fensterhälfte durch die Hitze zerbarst. Das Gesicht des Blauen Prinzen verschwärzte sich hastig, und ein Stück der Tapete wurde braun und begann zu rauchen.

Hätte der Ort aus einer Sammlung leicht verschreckter und ratloser Menschen bestanden, so wäre höchst gewöhnliche Panik entstanden. Aber auf dem Hof des Amtsgerichtsvorsitzenden gab es heute mindestens dreißig Männer, die das Organisieren und Befehlen gewohnt waren, Männer, die für gewöhnlich ihre Stärke auf Rapsfeldern und Kartoffeläckern verteilten, ohne daß ihnen jemand dreinreden durfte. Da es durchweg Individualisten waren, erteilte jeder von ihnen seinen eigenen Befehl an die Truppe, die aus Weibern, Schullehrern, Pensionisten und den als Alarmsirenen fungierenden Jungen bestand.

Die ausbrechende Panik war deshalb wohl organisiert und bestand aus Leuten, die gleichzeitig zwei bis dreißig Herren dienen wollten und mit Wasserkübeln herumliefen, die selten ihr Ziel erreichten.

»Wasser!« brüllte Sjöman, und Fredrik vom Altersheim, der den ganzen Tag diesem Auftrag gelauscht hatte, füllte den Eimer am Brunnen und lief spornstreichs zu seinem Herrn, in dem Glauben, daß der Brand ihn durstig gemacht habe. Niemand kam dazu, über Fredrik zu lachen, der sich übrigens bald besann und betulich den Inhalt des Eimers ins Kammerfenster entleerte. Dampf zischte auf.

Dreißig Generäle sind zuviel für eine einzige Schlacht. Obwohl drei Männer wie besessen am Pumphebel hingen, um soviel rostiges Wasser wie möglich herbeizuschaffen, vermochte das Feuer die Kammer auszubrennen und war auf dem besten Weg, sich in die Küche hineinzufressen, bevor eine Handlangerkette vom Viehstall her geordnet wurde. Per-Olof Vergelius zeigte ungewöhnliche Initiative, als er sich mit einem nassen Handtuch vor dem Gesicht von der Küche in die Kammer hineinwagte. Er taumelte mit einem Geruch versengter Wolle in seiner Kleidung heraus, und der Enthusiasmus legte sich, als man erfuhr, er habe nur versucht, die Karten auf dem Tisch zu retten.

»Zur Hölle mit den Karten!« schrie Edvin Stentorp grob den Pastor an, als dieser bat, jemand möge ihn bei einem neuen Versuch unterstützen.

Der Viehstall war in keiner guten Verfassung, überall sickerte das Wasser durch und vermengte sich mit Mist und Dünger. Deshalb lag ein eigentümlicher Duft über dem Schlachtfeld, als die letzten Flammen die Tapeten zerbissen hatten und erloschen waren.

David und Vergelius wanderten über die Felder heim. Der

schwache Wind, den sie im Rücken hatten, führte Brandgeruch mit sich. Vergelius hatte den Kopf zwischen die Schultern gezogen und ging so in sich zusammengeduckt, daß David neben ihm fast gleich groß schien. Schweigend gingen sie die Anhöhe zur Kirche hinauf, vorbei an dem Runenstein, der nun einen Flor von frischem Hundemist rund um den Fuß hatte. David erinnerte sich, daß Vergelius hier vor einigen Monaten eine Frühlingszwiebel gepflückt hatte und daß er sie damals in einem fruchtlosen Versuch, dem Brandgeruch von Stentorp zu entkommen, an die Nase gepreßt hatte.

»Ich weiß keinen Menschen, dem Brandgeruch so zuwider ist wie dir«, sagte er.

»Möglich, daß es keinen gibt.«

Vergelius' kräftiges Profil mit der großen Nase und dem weichen Mund wirkte verschlossen, obwohl sie ganz dicht nebeneinander gingen.

»Ich habe verstanden, daß es dich aufregte, als es bei Stentorp brannte. Aber damals ist ja auch ein Mensch umgekommen.«

»Es war furchtbar«, sagte der Pastor mit fast unbeweglichen Lippen.

»Sie war alt und krank und hatte nicht mehr lange zu leben, Per-Olof. Und du hast sie nicht einmal gekannt.«

Vergelius' Blick war beinahe von Haß erfüllt, als er David ansah. Seine Stimme klang wie ein Versuch zur Ironie: »Sprich nur aus, was du denkst. Stentorps alte Tante war nur ein blutarmes, wertloses Wrack, mit Urlaub vom Heim für chronisch Kranke, kein Mensch hatte ein Interesse daran, ob sie lebte oder tot war – am allerwenigsten sie selbst. Kein Schicksal, das zu bedauern wäre.«

»So habe ich es nicht gemeint. Das weißt du.«

Vergelius schwieg eine Weile. Ohne David anzusehen, klopfte er ihm auf den Arm. »Ich weiß es. Verzeih! Außerdem hast du vielleicht recht. Es lohnt sich nicht, darüber nachzugrübeln. Aber ich kann mir nicht helfen: Jedesmal, wenn es nach Brand riecht, denke ich daran. Ich denke an die Minuten oder vielleicht Stunden – was wissen wir darüber –, in denen sie hilflos dalag. Sie konnte sich nicht selbst retten. Niemand erinnerte sich an sie, ehe dieses junge Ding, das sie als Magd hatten, kam und ihr Essen geben sollte.«

»Per-Olof«, sagte David ernst. »Du machst eine Tragödie aus etwas, das...«

»...das eine Tragödie ist.«

»Ja, gut. Aber du versuchst, jemand dafür verantwortlich zu machen. Du bist wie ein Junge, der den Stein mit dem Fuß wegstößt, über den er gestolpert ist. Die kleine Magd, die an allem schuld war, können wir nicht mit dem Fuß wegstoßen. Man kann Nachlässigkeit und Gedankenlosigkeit nicht auf die Anklagebank setzen. Ein Hof brennt ab, und eine alte Frau wird vergessen. So sind die Menschen. Dir gefällt das nicht, aber das ist nun einmal der Lauf der Welt. Ich hoffe zu ihrem eigenen Besten, daß das Mädchen es auch vergessen hat.«

»Ja«, sagte Vergelius unerwartet, »ich hoffe, sie hat es vergessen.«

»Heute ist es ja gut ausgegangen. Man hat den Brand gelöscht, ohne daß eigentlich ein Schaden verursacht worden ist.«

»Außer an meinem Anzug«, lächelte Vergelius.

David sah erleichtert, daß der Pastor plötzlich bessere Laune hatte.

»Ach was«, sagte er, »es gibt soviel Sonderbares. Einige Menschen haben bekanntlich Angst vor Leitern und Gerüsten und Höhen und dergleichen. Andere haben Platzangst. Warum sollte es nicht auch eine Angst vor Brandgeruch geben? Ich bin überzeugt davon, du hast Angst davor.«

»Lieber David, alle Menschen haben Angst vor dem Feuer und kriegen Beklemmungen bei Brandgeruch. Nicht nur ich allein.«

»Nicht alle Menschen«, bekannte David. »Die Lausbuben und ich, wir fanden den Brand heute lustiger als das Tivoli.

Wenn niemand zu Schaden kommt, kann es einem doch gefallen, oder wie?«

Vergelius blieb stehen und suchte nach dem Kirchenschlüssel in der kleinen Nische am Eingang.

»Das kann man gut«, antwortete er etwas zerstreut und verschwand den Gang hinauf zwischen den Gräbern.

David blickte ihm erheitert nach. Trotz allem hatte er zum Unterschied von den Lausbuben ein etwas schlechtes Gewissen gehabt, weil er es lustig gefunden hatte.

3

Der langweilige Sonntagvormittag in Ärketuna lag genau an der Grenze dessen, was ein Stockholmer zu ertragen vermag. Die Gittertore waren versperrt, die Kieswege glattgestrichen, der Friede unerträglich. Sogar die Kühe schienen von der Langeweile angegriffen zu sein, sie glotzten lethargisch die Vorbeigehenden an. Es war nicht der erste Sonntag, der David auf den Gedanken brachte, diesem Idyll den Rücken zu kehren, sich nach Stockholm zu verfrachten und dort mit Gleichgesinnten einmal ordentlich auf die Pauke zu hauen. Aber der Bus in die Stadt ging am Sonntagnachmittag nicht vor halb drei, und zwischen der Stadt und Stockholm waren die Zugverbindungen so schlecht, daß man nicht vor halb zehn Uhr abends ankam.

Er blieb also. Wenn es regnete, saß er auf dem Sofa im Vorraum, und wenn die Sonne schien wie jetzt, so saß er auf der Pfarrhofveranda mit dem Buch ›Posamentierer Lekholm hat eine Idee‹. Das war das leichtfertigste Buch, das er in der Pfarrhofbibliothek finden konnte, aber leider war es noch dicker als ›Ein wahres Christentum‹ von Arndt.

Einige Minuten vor halb zehn traf das erste der Ereignisse des Sonntagvormittags ein. Es knisterte im Kies hinter den Milchkannen, wo der Weg eine Biegung machte. Mit einem Blick auf die Uhr konnte David mit Sicherheit voraussagen, daß es Kirchendiener Bergströms kummervoll einwärts gekehrte Füße waren, die das Geräusch zustande brachten. Als er auftauchte, legte David den ›Posamentierer‹ beiseite und grüßte fröhlich: »Halli und hallo, Bergström!«

»Tag.«

»Ziemlich feines Sonntagswetter, was?«

Aber Bergström war bereits vorbei auf seinem Weg zum Glockenturm. Er war keineswegs feindlich oder ablehnend eingestellt, sondern nur eine wahrhaft tragische Gestalt, die noch keinen Grund gefunden hatte, warum man eigentlich dieses läppische und sinnlose Leben auf sich nehmen mußte.

Das erste Läuten hallte über den See. Die eine Glocke war aus der Zeit König Karls und hatte Siegesklang im Erz. Die andere war aus späterer Zeit und klang schrill und eintönig unheilverkündend. David blieb im Sonnenglast sitzen und las etwas von dem Posamentierer und seinen Söhnen bis kurz nach dem Läuten, das zur Andacht rief. Vergelius war bereits mit einer kleinen Aktentasche, in der er seine Predigt verwahrte, in die Kirche verschwunden. David folgte ihm gemächlich, nachdem er vorher in seinem Zimmer einen Schlips geholt hatte. Er hielt es für angemessen, dem Pastor zuliebe in die Messe zu gehen, da er unter seinem Dach wohnte. Leider pflegte Vergelius' abstruse, wenn auch wohlmeinende Theologie ihn regelmäßig einzuschläfern.

Von der Gemeinde war noch niemand angelangt. Bergström hatte sein Bestes getan, um die Zeichen von Davids Tätigkeit unter dem Dach zu verbergen, indem er die Werkzeuge zugedeckt hatte.

David ging zum Altar hin und roch an den Päonien. Sie waren ziemlich verblüht und ließen bei der geringsten Berührung ihre Blätter auf die Altardecke fallen. Er trug die Silbervase hinaus und ging hinüber zu Vergelius' Garten, wo er einige Rosen aus einem Beet brach. Als er zurückkam, murrte Bergström aus dem Dunkel unter der Orgelgalerie: »Die früheren Blumen genügten nicht, was?«

»Sie waren beinahe verwelkt.«

»Das sieht man von den Bänken nicht«, beharrte Bergström,

der immer gewissenhafte Sparsamkeit mit den Mitteln der Kirche an den Tag legte.

Sei still, du Sauertopf, verkniff sich David zu sagen. Bergström ging hinaus, um nochmals zur Andacht zu läuten, und stieß im Waffenhaus mit Lars Wilhelmsson zusammen.

»Hast du Bergström ins Bein gebissen?«

Lars war atemlos und spät wie gewöhnlich, aber es war das erste fröhliche Gesicht, das David an diesem Sonntagmorgen sah.

»Nein, ich habe mich nur in die Dekoration gemischt, und das verträgt er nicht.«

»Was kommt denn heute dran?« fragte Lars und las hastig die Psalmennummern von der Tafel.

»Hundertneunundzwanzig, der ist schwierig. Aber er will es so haben.«

Lars notierte die Psalmennummern auf einen Zettel und verschwand die Treppe zur Orgelgalerie hinauf. David klopfte an die Tür der Sakristei.

»Wie geht's?« – »Ausgezeichnet.«

Vergelius blickte von seiner in kalligraphischen Buchstaben geschriebenen Predigt auf. Er saß auf einem kleinen, geflochtenen Baststuhl gleich neben der Tür. Es gab auch einen Schaukelstuhl in der Sakristei, aber seit eine Nähkränzchendame diesen mit einem schwarzen Samtkissen mit gesticktem Silberkreuz ausstaffiert hatte, setzte sich Vergelius nur noch auf den Baststuhl. Bergström hatte das Meßgewand auf einen Kleiderhänger placiert, in der Nähe des Spiegels mit den beiden Amoretten, welche die Schüssel trugen, auf der Vergelius' Metallkamm samt einigen schwarzen Haarsträhnen lag.

»Wie sieht es aus?« fragte Vergelius mit einer Kopfbewegung zur Tür hin.

David lugte in die Kirche hinein. »Die Gemeinde ist eingetroffen. Alle sechs Stück.«

Vergelius war nicht enttäuscht. Die Versammlung bestand im allgemeinen aus den gleichen sechs Personen.

»Die drei Grazien haben Platz genommen«, meldete David von seinem Aussichtsposten. »Hildur hat ihre Brille aufgesetzt. Sie ist mit der Reihenfolge der Psalmen nicht einverstanden, das sehe ich. Sie runzelt die Augenbrauen.«

Hildur, die Schwester des verblichenen Amtsgerichtsvorsitzenden, ihre treue Freundin Ester, die ebenfalls unverheiratete Tochter eines ziemlich begüterten Landwirts, der vor dreißig Jahren gestorben war, und die weichherzige Waldhüterswitwe Elsa Stenkvist thronten immer direkt unter der Kanzel. Sie hatten seit vielen Jahren keine Messe versäumt. Die beiden Prachtexemplare von Vestalinnen hielten Elsa sorgsam in ihrer Mitte, als hätten sie nach all diesen Jahren immer noch Angst, sie könne ihnen davonlaufen.

Elsa hatte das nämlich einmal getan. Hals über Kopf hatte sie einen schnurrbärtigen Waldhüter geheiratet, noch dazu einen, der nicht aus Ärketuna stammte. Aber nur kurze Zeit hatte sie die Seligkeiten der Ehe genossen; denn der Mann hatte Pläne, nach anderen und waldreicheren Trakten zu ziehen, zusammen mit einer Kinokassiererin aus der Stadt. An einem klaren Herbsttag stolperte er zufällig über sein Jagdgewehr, der Schuß ging ihm durch den Mund. Im Fall zerbrach er den Inhalt seiner Jagdtasche und starb infolgedessen in einem Duft von Branntwein.

Hildur und Ester, die auf diese Weise Wasser auf ihre fleißig mahlenden Mühlen bekamen, gaben genau acht, daß Elsa ihren Irrtum nicht wiederholte. Nunmehr bildeten die drei alten Mädchen die religiöse Reserve des Ortes, und David nannte sie ›die drei Grazien‹.

Die übrige Gemeinde bestand aus der alten Küsterswitwe Magnusson und dem Grafen Max, der Kirchenvorsteher und als solcher genötigt war teilzunehmen, samt der Schullehrerin Margareta Ädal, die sich aus etwas dunkleren Gründen einfand. Sie hatte zwar das Amt des Kantors inne, aber sie spielte nicht. Es gab berechtigten Anlaß, ihre christliche Einstellung zu bezweifeln, und sie hörte selten der Predigt zu.

Aber Vergelius schätzte ihr Kommen. Sie saß immer allein auf der linken Seite, und er fand, sie fülle diesen Teil des Kirchenschiffes sehr gut aus mit ihrem angenehmen und großflächigen Gesicht. Bergström nahm nicht teil. Er schaufelte Gräber und war im übrigen nicht metaphysisch orientiert.

Lars Wilhelmsson intonierte den Eingangspsalm, gerade als David die Galerietreppe heraufkam und sich auf einen Stuhl neben ihn setzte. Es war der hundertneunundzwanzigste Psalm, und obwohl Lars ihn mit Rücksicht auf die Stimmlage der Versammlung niedriger transponiert hatte, gab diese gelegentlich Töne von sich, die seine musikalische Seele zum Erschauern brachten.

»Ester tönt wie eine gepeitschte Katze«, zischte er. »Wenn sie wenigstens still bliebe!«

»Sie tut ihre Pflicht«, flüsterte David zurück.

»Tu die deine und versuch, den Jammer zu übertönen.«

David begann zu singen. Da das Holzgerüst den Ausblick von der Orgelgalerie verdeckte, sah man kaum die Gemeinde. Aber durch eine Spalte konnte David Vergelius folgen, wie er in dem grünen Meßgewand, mit dem Bischofsbild in Gold und Purpur auf dem Rücken, aus der Sakristei heraustrat. Langsam nahm der Gottesdienst in der kühlen Kirche seinen Fortgang. Graf Max schirmte das Gesicht mit den Händen ab, wenn die Sonne durch eines der Fenster allzu unbarmherzig schien. Es sah aus, als schlafe er. Margareta blätterte zerstreut im Psalmenbuch, und die Witwe des Küsters saß starren Blicks und stocktaub mit schiefem Kopf da. Nach dem letzten Amen holte die Orgel tief Luft zum Abschlußpsalm. Vergelius verschwand mit gebeugtem Haupt durch die Tür der Sakristei. Vermutlich setzte er sich nun auf den Baststuhl und dachte darüber nach, für wen er eigentlich die Predigt geschrieben hatte, bevor er sie zu den übrigen legte. Er hatte die Eigenheit, niemals eine Predigt zu wiederholen.

Eigentlich waren David und Vergelius an diesem Sonntag

zum Kaffee nach Husa geladen, aber der Pastor entschuldigte sich auf dem Kirchhof, als sie in die Sonne hinaustraten.

»Ich habe meinen Krankenbesuch in Stormyra zu machen«, sagte er, »ich muß sehen, daß ich so bald wie möglich hinkomme.«

Er hatte das Abendmahltuch bei sich in einem schwarzen Koffer, als er über die Wiesen wanderte und im Mittagsdunst verschwand. Die andern blieben ein wenig unentschlossen vor dem Karolinerkreuz an der Mauer stehen. Natürlich nicht die drei Grazien. Ihr Sonntagskaffee war der Reihe nach geordnet, und sie befanden sich bereits auf dem Weg zu Hildur. Die Witwe des Küsters brachte aus vielfach gerolltem Seidenpapier ein kleines Bukett Glockenblumen zum Vorschein und legte es auf das Grab des vorletzten Küsters.

»Du kommst doch jedenfalls mit?« fragte Max David, als sie auf den Weg hinaustraten. »Margit hat so eine Art Muffins gebacken, und ich habe dir versprochen, daß du die Bilder sehen wirst. Wenn noch welche da sind«, fügte er düster hinzu.

»Muffins?« lachte Lars.

»Ich habe natürlich meine von den Ratten angenagten Bilder gemeint, aber es ist sehr leicht möglich, daß Margit die Muffinser im Ofen vergessen hat. Wie heißen sie übrigens?«

»Muffins«, antwortete Margareta, »wie viele es auch sein mögen.«

»Muffinser klingt nach mehr«, sagte David.

»Still!«

Margareta unterbrach die Muffin-Debatte und legte die Hand auf Lars' Arm. »Habt ihr gehört?«

Sie hatten es gehört, und sie lauschten, ob es wiederkommen würde. Es schien nicht der Fall zu sein.

»Was in aller Welt war das?«

Margaretas sonst so sicherer Blick sah skeptisch und ein wenig ängstlich aus. David konnte auch nicht erklären, was es eigentlich war, das er gehört hatte, und ob er überhaupt etwas gehört hatte. Ein langgezogener, hoher und gleichsam klagender Ton, weit entfernt und schnell verklungen.

»Kam es vom See her?«

»Vermutlich. Es war wohl ein Vogel.«

»Schade, daß wir Per-Olof nicht hier haben«, sagte Lars. »Er hätte uns sagen können, was für einer es war.«

»Eine Rohrdommel«, schlug Max vor. »Die soll ja so ein bißchen... bißchen unheimlich klingen.«

Margareta lachte auf. »Wenn es Rohrdommeln hier am See gäbe, dann würden wir davon wissen. Wir hätten sie zum Frühstück und zum Mittag serviert bekommen, wenn ich Per-Olof recht kenne. Übrigens hört sich die Rohrdommel anders an als eine Kuh.«

»Da haben wir die Schullehrerin«, sagte David. »Immer gleich zeigen, daß man mehr weiß als die andern.«

»Das haben sich die andern selbst zuzuschreiben«, erwiderte Margareta heiter.

»Auf zum Kaffee, meine Freunde«, sagte Max.

»Du kannst eine Tasse auf meiner Veranda kriegen, Lars«, sagte Margareta.

»Tausend Dank, aber ich glaube, Els-Britt hat schon die Kanne auf das Feuer gesetzt.«

»Ach so, arbeitet sie heute?«

»Wir wollen die Gardinen im trauten Heim befestigen. Rate mal, ob sie schief und verzogen sitzen werden.«

»Ich würde dir gern helfen, wenn...«

Aber er hatte bereits sein Fahrrad bestiegen und winkte ihnen unbeschwert zu. David hatte das Gefühl, daß Margaretas Kirchenbesuch rasch seinen Sinn verloren hatte.

»Dieses lächerliche grüne Ding, das er als Hausgehilfin hat! Die kann doch keine Gardinen nähen«, stieß Margareta hervor und ging, hoch aufgerichtet, mit langen Schritten davon.

»Soldatenblut«, sagte Max gedämpft. »Sie gehört zu der Sorte, die ihr Poltava mit trockenen Augen hinnehmen kann.«

Sie wanderten langsam den Weg zum See hinab gegen

Husa. Das, was einmal ein Park gewesen war, verbarg das Schloß vor den Blicken der Spaziergänger. Wenn man aus dem Schatten der Eichen ins Freie trat, die von Alter und Blitzeinschlag gezeichnet waren, präsentierte sich das Schloß, umgürtet von Schweineställen, Hundezwingern und Hühnergehegen, in einer Form, die sich der Bauherr wahrscheinlich nicht vorgestellt hatte. Dieser war einer der alten Haudegen des Dreißigjährigen Krieges gewesen. Er hatte die großspurige Bärbeißigkeit in Wort und Gedanken, die er sich während der schwedischen Großmachtjahre angewöhnt hatte, in diesem fünf Stockwerke hohen Haus, das von einem schmalen Glockenturm gekrönt war, verwirklicht.

Die Landwirtschaft lag in den Händen eines Verwalters, aber die Gebäude befanden sich hinter dem Park. Im Schatten dieses verwilderten großen Eichenparks lebte Graf Max ein stilles Leben, in ständiger Verwunderung darüber, daß der ganze ökonomische Katastrophenkomplex, den das Fideikommiß – das unveräußerliche Stammgut – darstellte, immer noch zusammenhielt. Die Gräfin lebte kein stilles Leben. Sie sah zu, daß sie den Besitz zusammenhielt.

Das erste, was jeder Besucher von Husa erlebte, war ein Angriff, den der Neufundländer Archibald von der schattigen Grube aus, die er sich hinter den Goldregenbüschen gegraben hatte, startete. David, dem diese Attacke nicht neu war, nahm eine Abwehrstellung ein, während er das sechzig Kilo schwere Lebendgewicht auf sich zu galoppieren sah, daß der Kies des Vorhofes nach allen Seiten sprühte. Im nächsten Augenblick hatte er einen nicht allzu wohlriechenden Schlund über seinem Gesicht und zwei überdimensionale Pratzen auf den Schultern. Während Archibald ihn umwarf, ihn besabberte und beschleckte, steckte die Gräfin ihren Kopf zum Fenster heraus und rief beruhigend: »Er meint es nur freundlich! Still sein, Archieboy!«

»Er will nur zeigen, daß er da ist«, bekräftigte Graf Max.

Manche Besucher mißverstanden Archibalds überströmende Menschenfreundlichkeit, und aus diesem Grund genoß er ein gewisses Ansehen als Wachhund.

Die Gräfin bot in einem der vier Räume von Husa, die noch bewohnt wurden, Kaffee und frischgebackene Muffins an. David Malm saß unter dem Porträt von Graf Maxens Vater, der einer der ›aufgezwirbelten Schnurrbart-Grafen‹ und Präsident der Schweinezüchtervereinigung gewesen war, und wurde über seine Restaurierungsarbeit verhört.

»Wann wird sie etwa fertig sein?« fragte die Gräfin.

Dies war eine Sache, die David nicht erwogen hatte, aber das Reichsantiquitätenamt hatte es getan.

»Du hast doch wohl nicht die Absicht, den Rest deines Lebens unter dem Kirchendach von Ärketuna zu verbringen?« fragte Max.

»Das muß ja eine ziemlich mechanische, um nicht zu sagen langweilige Arbeit sein, mindestens zu fünfundachtzig Prozent«, vermutete die Gräfin, die gern ihre Geschäftstüchtigkeit unterstrich, indem sie sich in kaufmännischer Arithmetik ausdrückte.

»Eigentlich habe ich nichts dagegen, mich zu langweilen«, sagte David. »Übrigens ist es langweiliger, halbgute Sachen selber zu malen, als erstklassige instand zu setzen, die ein anderer gemacht hat. Ich habe keine Eile, aber die Behörde hetzt mich. Ich glaube, sie hoffen auf Einweihung im nächsten Herbst.«

»Wirklich schade, daß das Amt darüber zu bestimmen hat«, seufzte die Gräfin. »Hätte nur die Gemeinde es sich leisten können, die Restaurierung zu bezahlen!«

»Warum denn?«

»Dann hätten wir Eintrittsgeld nehmen können!«

Sowohl David wie Max machten biedere Mienen.

»Warum nicht?« setzte die Gräfin fort. »Eine Krone für Erwachsene und fünfzig Öre für Kinder und Militär. Es gibt doch wirklich keinen Grund, die Leute gratis wertvolle Kunstwerke anschauen zu lassen, deren Herrichtung Tausende Kronen gekostet hat. Übrigens habe ich da an eine gewisse Sache gedacht.«

David sah, daß Max sich zusammenduckte.

»Wenn die Kirche fertig ist, sollten Sie uns helfen, das dort instand zu setzen, Herr Malm.« Sie vollführte eine Geste gegen das obere Stockwerk hin. »Das würde ein prachtvolles Museum werden. Wir könnten zweifünfzig für Erwachsene nehmen und eine Krone für Kinder und Militär.«

Max öffnete den Mund, um zu protestieren, aber die Gräfin hob die Hand: »Sag nichts! Die Leute sind wirklich ganz verrückt nach Rittersälen und Betten, in denen Könige gelegen haben. Wir haben doch das ganze Zimmer von Karl XI. Und den Waffensaal.«

»Aber die Busverbindungen...«

»Das spielt keine Rolle. Wo Aas ist, sammeln sich die Geier, oder wie es heißt. Außerdem haben neunzig Prozent aller Menschen Autos.«

»Wir nicht.«

»Du brauchst das nicht extra zu betonen. Aber wir könnten uns vielleicht eins anschaffen. Du ahnst nicht, wie lohnend ein solches Arrangement sein kann.«

»Hm«, äußerte Max diskret.

»Huste nicht. Glaubst du etwa nicht daran?«

»Genau dasselbe hast du über die Hühnergeschichte gesagt. Mit der hätten wir uns auch ein Auto schaffen sollen. Aber bisher hat sie nur eine Masse Geld gekostet.«

»Aber Liebling, da muß ich heftig widersprechen! Es ist selbstverständlich, daß die Investierungskosten sich nicht augenblicklich bezahlt machen können.«

»Ich finde, Hühner sind unbehaglich«, sagte Max eigensinnig.

»Unbehaglich! Hat man schon so was gehört!«

»Sie stinken und gackern. Gar nicht zu reden von den vielen Touristen, die kommen und ihn sich anschauen – den ganzen Jammer!«

»Schloß Husa ist kein Jammer. Nicht, wenn es restauriert wird.«

»Es kommt ja doch nichts dabei heraus. Bloß der ganze Park voll von Autos und Fruchtsaftbuden und ...«

Die Gräfin erhob sich mit der Kaffeekanne in der Hand als Zeichen, daß der Gedankenaustausch beendet sei.

»Zeig jetzt Herrn Malm die Bilder und alles übrige. Ich bin überzeugt, daß er sich dafür interessieren wird.«

»Sicher«, sagte David und erhob sich ebenfalls.

»Für eine Restaurierungsarbeit«, ergänzte die Gräfin, nickte ihrem Max aufmunternd zu und verschwand in die Küche.

Sie begannen die Rundwanderung im Zimmer Karls XI. im zweiten Stock, wo ein nachgedunkeltes Porträt des Königs über einem hochbeinigen Bett hing. Der König war ziemlich gelb im Gesicht und hatte eine düstere Miene. Das Lager, das er gnädigst in einer Februarnacht in Husa einzunehmen geruht hatte, schien nicht allzu bequem gewesen zu sein.

Im ›Gelben Zimmer‹, in dem Maxens Urgroßvater in einer Dezembernacht des Jahres 1865 gestorben war, bis zu seinem letzten Atemzug die Repräsentationsformen verfluchend, hatten die Tapeten eine braune Farbe angenommen. Ein Ehrenstahl hing über dem Karl-Johann-Sofa.

»Er sollte eigentlich nicht hier hängen«, sagte Max. »Alles ist irgendwie falsch. Aber eine Restaurierung wäre hoffnungslos. Wo soll man beginnen? Übrigens wird ohnehin aus dem ganzen Zauber eine Trinkerheilanstalt, sobald ich abkratze. Das heißt, wenn wir nicht schon vorher in Konkurs gehen.«

»Aber dürfen sie denn hier eine Anstalt machen? Es ist doch Fideikommiß.«

»Ja, stimmt«, antwortete Max, »aber ich bin der letzte Mohikaner hier. An weiblichen Nachkommen fehlt es nicht in der Familie, aber du weißt ja, wie es ist ...«

Er spielte auf seine vielen Schwestern, Kusinen und Tanten und auf seine eigene Kinderlosigkeit an, gab sich aber weiterhin gut gelaunt. Aber David bemerkte den Schimmer einer fast nervösen Traurigkeit in seinen Augen und wechselte das Gesprächsthema.

»Das da ist ein Holländer, glaube ich. Spätes fünfzehntes Jahrhundert. Den sollte man sich mal anschauen.«

»Er sieht abscheulich aus«, sagte Max.

»Nur schmutzig.«

»Es muß nett sein, sich auf Kunst zu verstehen«, sagte Max und sah neugierig David an, der das Mädchenporträt mit schiefem Kopf betrachtete.

Sie stiegen die Treppe hinauf. Alter Plunder, Spinngewebe und das stille Knabbern der Ratten nahmen mit jedem Stockwerk zu. Es beruhte darauf, daß jede Generation ihre Position um eine Etage tiefer gesenkt hatte. Zur Zeit des alten Grafen waren noch zwei Stockwerke bewohnt gewesen. Hoch oben unterm Dach jedoch waren die Kandelaber seit Gustaf Adolfs Zug über den großen Belt nicht mehr angezündet worden.

Auf dem Dachboden gab es eine kleine, steile Treppe, die bei einer Dachluke endete. Diese führte in den Turm hinauf. David und Max krochen durch die Luke und preßten sich mit großer Mühe an dem Uhrwerk der Turmglocke vorbei. Rund um den Turm verlief ein eisernes Geländer in Ansichtshöhe. Man befand sich hier in einem Käfig, und durch das Gitterwerk sah man unten den See hochsommerblau in der Sonne glänzen. Hinter dem See lagen Wiesen und die kanariengelben Vierecke der Rapsfelder. Der Wald zeichnete eine schwarzgrüne Grenze für das Gebiet des Ortes.

Es blieb keine Zeit, die Aussicht über diese Spielzeuglandschaft zu bewundern, in der sich sogar der Wetterhahn auf der Kirchturmspitze tiefschwarz gegen den klaren Himmel abzeichnete. Max ergriff plötzlich Davids Arm.

»Schau mal!«

Sie preßten ihre Gesichter gegen die rostigen Eisenstäbe. Direkt westlich, wo der Wald bis zu dem langgestreckten See reichte, lag am Waldrand ein kleines Gebäude. Es war eine Scheune, die zu einem Hof gehörte, der einige hundert Meter vom See entfernt lag. Nun stieg eine graugelbe Rauchsäule von der Scheune auf, und ein roter, tanzender Schein vibrierte in der Hitze dort unten. Der Rauch kam stoßweise. Er stand zuerst senkrecht in die Höhe wie ein Besenstiel und verbreitete sich dann zu einer dichten Wolke, die sich über den Baumwipfeln zur Ruhe legte.

David und Max starrten höchstens eine halbe Minute auf das Phänomen. Dann begannen sie rasch die enge Treppe zum Dachboden hinunterzuklettern und liefen weiter zur nächsten Treppe. Erst als sie durch den Waffensaal im zweiten Stock rasten, rief Max atemlos und bestürzt aus: »Großer Gott, es brennt ja!«

Er blieb stehen und packte Davids Arm: »Schon wieder!«

Seine schläfrigen, schönen, dunkelblauen Augen waren plötzlich hellwach vor Verblüffung. Die beiden Männer begannen erneut zu laufen: durch den Park, quer über den Weg zur Kirche und rund um den Runenstein auf der Seewiese. Oben auf dem Weg bewegte sich in würdigem Takt Bergström auf den Pfarrhof zu. Vergelius kam im gleichen Augenblick auf die Veranda heraus, und man erkannte deutlich, daß Bergström ihm meldete, was geschehen war; denn nun begann Vergelius ihnen nachzulaufen.

»Bergström sagt, es brennt bei Stormyra!« rief er ihnen zu. »In der Scheune!«

»Wir sind auf dem Weg dorthin!«

David wartete auf Vergelius. Dieser hatte immer noch seine priesterliche Kleidung an, und sie liefen zusammen in einem Takt weiter, der mehr mit der Forderung der Tracht als mit sportlicher Würde vereinbar war. Von Max sahen sie nur die Schuhsohlen.

Von weitem hörte man das Knistern des Feuers und das heiße Sausen in dem trockenen Holz. Die paar Leute, die herangeeilt waren, wurden durch die Hitze gezwungen, langsam zu retirieren. Das Feuer hatte das Schindeldach ergriffen. Am Waldrand hinter der Scheune waren einige Männer damit beschäftigt, Stämme zu fällen, damit das Feuer sich nicht ausbreitete. Gerade in dem Augenblick, als David und Vergelius die Scheune erreicht hatten, brach die eine Seitenwand in einer Kaskade von Funken entzwei. Die am nächsten Stehenden sprangen rasch zurück. Unmittelbar danach stiegen die Flammen senkrecht und donnernd aus dem zerfallenden Haus empor, und einige verspätete Ratten kamen aus der Türöffnung herausgesaust, die noch nicht angegriffen worden war. Sie liefen geradeaus durch die Menge hindurch, und eine Ratte wollte erst ihren Kurs ändern, als sie zum Seeufer kam. Da war es zu spät. Sie plumpste hinein und setzte ihre Flucht in panischem Schrecken im Wasser fort, eine lange Spur hinter sich lassend.

Kirchendiener Bergström erschien eine beträchtliche Weile nach David und Vergelius im gleichen, würdigen Trott, stellte sich neben Vergelius und betrachtete das Feuer.

»Ja, ja«, sagte er, »jetzt brennt es wieder.«

Man hörte seine Worte erstaunlich deutlich trotz des knisternden Feuers. David bemerkte jetzt erst, daß niemand sonst sprach. Das lärmende, fast heitere Panikgeschnatter vom gestrigen Tag am Hof des Amtsgerichtsvorsitzenden war diesmal völliger Stille gewichen. Gegen den Brand und gegeneinander hatten die Menschen eine Mauer der Angst und des abwartenden Schweigens errichtet.

Bergström ließ sich nicht beeindrucken.

»Das wird sicher heuer ein heißer Juli«, sagte er nachdenklich und nahm eine ernste Miene an.

4

Die Feuerwehr war alarmiert worden, und der Löschwagen holperte über die krummen und gewundenen Wege nach Ärketuna. Sie hatten nicht mehr viel zu bestellen, als sie ankamen. Die Scheune war wie ein Kartenhaus zusammengefallen, als das trockene Schindeldach mit einem Krachen eingestürzt war. Am weitesten vorn in der Feuerlinie stand ein halbwüchsiger Junge von Stormyra und versuchte immer wieder, die Neuankömmlinge dafür zu interessieren, wie er den Brand entdeckt hatte.

»Ich sollte raus, ein paar Reusen wässern, verstehen Sie? Und da hab' ich so einen komischen Geruch gerochen, verstehen Sie? Alle Wetter, sagte ich zu mir selbst, brennt es da nicht?«

Sein Blick suchte eifrig in den Gesichtern der Zuschauer nach Interesse für sein Erlebnis.

»Und kein Mensch weit und breit...«, fuhr er fort und hatte das Gefühl, auf dem rechten Weg zu sein. Viele hörten ihm jetzt zu.

»David!«

Per-Olof Vergelius ergriff seinen Arm. Er war bleicher als sonst, und eine Rußschuppe, die sich ihm zwischen die Augenbrauen gelegt hatte, gab ihm ein leicht phantastisches Aussehen.

»Es ist bereits halb drei. Ich habe alles total vergessen.« Seine Stimme klang ängstlich. »Um drei habe ich ein Begräbnis. Amtmann Asks alte Mutter ist gestorben. Ich muß sofort weg. Willst du so freundlich sein, zu Lars zu gehen und ihn zu erinnern? Hier sind die Nummern für die Reihenfolge der Psalmen.« Er reichte David ein Kuvert und entfernte sich in großer Hast die Strandwiese hinauf.

David verließ ebenfalls die Stätte des Brandes. Merkwürdigerweise tat er es nicht widerstrebend – es war ihm gleichgültig, die letzten Minuten der brennenden Scheune mitzuerleben. Ein Gefühl der Unwirklichkeit hatte ihn überrumpelt. Volksversammlungen paßten nicht zu Ärketuna – am allerwenigsten zu einem Ärketuna am Sonntagnachmittag.

Als er nach Slättfall kam und Lars' Hausgehilfin ihm die Küchentür öffnete, ging das Gefühl vorüber. Das Mädchen hieß Els-Britt und bestand im großen und ganzen aus einer massigen Kugel, gekrönt mit einem hochgesteckten gelben Haarschopf. Das Gesicht war genauso rund wie der Körper, der Busen hatte eine nicht zu übersehende globale Dimension, und sie war ziemlich krummbeinig. Ihre runden Augen starrten ihn traurig an, als er sie bedauerte, daß sie am Sonntag arbeiten müsse.

»Wir werden nie mit dem Umzug fertig werden«, sagte sie. »Er ist ja so schrecklich genau.«

Sie setzte sich nieder, um eine verbogene Gardinenstange geradezubiegen, wegen der sie Schelte bekommen hatte, als Lars von der Kirche gekommen war. »Er ist in der Kammer drin«, sagte sie und schielte zur Tür hin.

Lars rasierte sich vor einer Spiegelscherbe, die er auf ein Büfett gestellt hatte. David streckte den Kopf zur Tür hinein.

»Es brennt in Stormyra.«

Lars' aufgerissene Augen zuckten plötzlich zusammen. »Mensch, hast du mich erschreckt! Jetzt hab' ich mich geschnitten. Brennt es?«

Klirrend fiel etwas auf den Küchenboden. Els-Britt hatte die Schere fallen lassen und starrte David an. »Die Alte«, flüsterte sie, »hat… hat man die Alte herausgeholt?«

David wußte, daß Els-Britt damals, als Stentorp brannte, mit einem Bügeleisen unsacht umgegangen war. Außerdem war sie länger von Stentorp weggeblieben, als ihr erlaubt war, während die Brüder auf einer Pferdeauktion in der Stadt waren. Sie hätte der Alten bereits um zwölf Uhr das Essen geben sollen, hatte aber ihre Zeit zu Hause vertrödelt und war erst zurückgekommen, als es zu spät war. Es hatte den Anschein, als fühle sie sich in ihrem stieläugigen Schreck in das damalige Unglück zurückversetzt.

»Es war nur die Scheune, die gebrannt hat«, sagte David.

Das Mädchen schlug die Hände vors Gesicht und begann zu weinen. Lars kam aus der Kammer heraus, Rasierseife im Gesicht.

»Beruhige dich«, sagte er und klopfte ihr auf den Rücken. »Du hörst doch, es war nur die Scheune, die gebrannt hat.«

»Ich hab' geglaubt, die Alte... Ich weiß nicht, was ich geglaubt hab', ich hab' bloß so einen furchtbaren Schreck gekriegt«, schluchzte das Mädchen.

»Du kannst jetzt nach Hause gehen. Wir lassen die Küchengardinen bis morgen.«

Sie schluchzte gewaltig und holte tief Atem. Ohne hinzuschauen, nahm sie ihren Mantel von der Küchentür und ging davon.

»Els-Britt!«

Er rief ihr durch die offene Küchentür nach, und sie blieb auf dem Gang unter den Apfelbäumen stehen, ohne sich umzudrehen.

»Geh nicht hin! Laß es bleiben, hörst du?«

Ein gurgelnder Laut, der wie ein Schluchzen klang, kam als Antwort. Sie nahm ihr Fahrrad und trampelte davon. Lars sah ihr nachdenklich nach.

»Es gibt tatsächlich eine Alte auf Stormyra«, sagte er. »Eine Großmutter, die auch krank ist. Sicher hat sie die gemeint.«

»Sie hat die Geschichte vom April noch nicht vergessen.«

Lars schüttelte den Kopf. Er hatte die Spiegelscherbe aufs Fensterbrett gestellt und rasierte sich fertig.

»Sie ist die bravste und nachlässigste und faulste Hausgehilfin, die es unter der Sonne gibt«, sagte er. »Daß ich sie behalten habe, beruht nur auf der Sache im April. Ich fürchte, ich hab' ihr einen ordentlichen Schock versetzt, als Edvin und ich heimkamen. Es ist klar, daß mir das leid tut. Man kann einen solchen Kindskopf doch nicht zur Verantwortung ziehen.«

David erinnerte sich auch daran. Als die Brüder Stentorp von der Auktion kamen, war ihr Haus abgebrannt und die Tante tot. Mitten in den Trümmern stand Els-Britt und heulte, daß es ihr Fehler sei und daß sie die Alte vergessen hätte.

Die Leute, die damals zuerst den Brand entdeckt hatten und hingelaufen waren, waren der Meinung, die Alte sei bereits am Abend vorher ins Heim für chronisch Kranke zurückgebracht worden. Sie hatten geglaubt, das Haus sei leer, und nicht einmal einen Versuch gemacht, sie zu retten. Als Lars erfuhr, was sich abgespielt hatte, entlud sich sein rasender Zorn auf das hysterische Mädchen. Edvin, der den Tod der hinfälligen Tante ruhiger nahm, versuchte sich zwischen die beiden zu stellen, aber zwei Ohrfeigen klatschten jedenfalls auf Els-Britts feiste Wangen. Daß Lars das Mädchen mitnahm, als er nach Slättfall übersiedelte, war wohl so etwas wie eine Aussöhnung für die beiden Ohrfeigen.

»Das Widerliche bei einem Feuer ist dieser hysterische Schreck«, sagte Lars mit gerunzelter Stirn und vollführte einen vorsichtigen Schwung mit dem Rasierapparat um das Ohr herum. »Das gilt für uns alle – für das dumme Mädel genauso wie für mich. Die Hysterie verwandelt Zufall und Nachlässigkeit in Niedertracht und böse Absicht. Welche Scheune von Stormyra war es?«

»Die alte unten am See. Es war ein ganz schönes Feuer, aber ich konnte nicht länger zusehen, weil ich dir ja die Psalmennummern übergeben und dich an das Begräbnis erinnern soll.«

»Per-Olof traut mir nicht zu, daß ich mich an eine einzige Sache allein erinnern könnte. Warum glaubst du, hab' ich mich rasiert? Der seligen Witwe Ask zuliebe. Lies mir die Psalmennummern vor.«

»Das Kuvert ist zugeklebt.«

»Himmel, was für eine Korrektheit! Du hättest Prediger werden sollen.« Mit seiner freien Hand nahm er das Kuvert entgegen und putzte die letzten Härchen von der Oberlippe weg. »Fertig. Willst du so lieb sein und Kaffee für uns aufsetzen. Es reicht noch für eine Tasse, bevor ich losziehe.« Er prustete über der Waschschüssel.

»Aber du hast doch Eile. Es ist ein Viertel vor drei.«

»Ich hab' reichlich Zeit. Per-Olof muß ja zuerst die Leiche aus dem Haus beten, und dann haben sie noch den ganzen Weg zur Kirche.«

»Ihr kennt hier eine Masse Tricks, das muß ich sagen.«

Lars tauchte lächelnd aus der Waschschüssel auf und ergriff ein Handtuch. »Jawohl, kennen wir. Besonders wenn es etwas Amtmännisches ist, das in die Grube soll.«

Amtmann Ask galt für das stockkonservativste Exemplar von Mensch, das Ärketuna je hervorgebracht hatte, und das will schon etwas heißen. Es hatte zwanzig Jahre gedauert, um allein seinen Widerstand gegen die Elektrizität zu brechen.

»Soso, es brennt also jetzt wieder«, sagte Lars, setzte sich auf die Küchenbank und riß Vergelius' Kuvert auf.

David widmete seine ganze Aufmerksamkeit der Kaffeekanne, die auf dem Herd stand.

»Ich frage mich, wie das dort zugegangen ist in Stormyra«, sagte David und betrachtete das Papier in seiner Hand. »Man muß sehr vorsichtig sein, wenn der Sommer so trocken ist...«

Er verstummte plötzlich, stand auf und ging in die Kammer. Nach einer Weile kam er mit dem Psalmenbuch heraus. Er sah verdutzt aus.

»Hör mal, kannst du Per-Olof erreichen und ihn fragen, ob das sein Ernst ist...?« Er stockte.

»Was meinst du damit?«

»Ach, nichts. Er ist ja schon bei Ask ... Na ja, lassen wir das.«

Sie tranken ihren Kaffee auf Junggesellenmanier: dick und stark. Lars schlürfte stehend zwei Tassen, bevor er seine Jacke anzog.

»Ich hau' ab. Will noch ein bißchen Orgel spielen. Das sind etwas ungewöhnliche Psalmen, die Per-Olof gewählt hat, gelinde gesagt. Sperr ab und leg den Schlüssel unter die Brücke. Jetzt muß ich laufen.«

Als David langsam auf seinem Fahrrad zurückfuhr, sah er den Leichenwagen zur Kirche rollen. Tannenzweige, die auf den Zufahrtsweg zum Trauerhaus gestreut waren, hafteten noch an den Wagenrädern. Nach dem Amtmannspaar kam Vergelius und dann das Trauergefolge wie ein Schwarm gravitätisch stelzender Krähen, schwarz in dem schwirrenden Sonnenlicht. Eigentlich fand David, daß er das Seinige an diesem Sonntag in der Kirche bereits getan hätte. Aber er war neugierig geworden und schlüpfte nach dem Gefolge hinein. Er verfrachtete sich auf die Orgelgalerie, wo niemand anders als Lars ihn sah.

Der Trauerakt sollte mit einem Psalmengesang beginnen. David sah Vergelius bereits aus der Sakristei kommen, als Lars das Vorspiel intonierte. Aber es war ein wunderliches Vorspiel. Er erkannte die Melodie nicht wieder. Vorsichtig beugte er sich über das Geländer der Galerie und spähte zwischen dem Holzgerüst nach der Nummerntafel. 609, las er. Gab es eine so hohe Psalmennummer? Während die Versammlung die eigentümliche, qualerfüllte, mittelalterliche Melodie aufzunehmen versuchte, las David den Text im Psalmenbuch:

›Der große Tag des Zorns, er nahet,
Das Feuer nimmt, was je ihr sahet,
So ist des Sehersängers Lehre,
Die Welt trägt nun das Kreuz, das schwere ...‹

Er blickte auf. Keinen Laut vernahm man in der Kirche. Lars hatte bereits den ersten Vers durchgespielt. Er zögerte sichtlich, ob er fortsetzen solle. Es war totenstill unter den Wölbungen. Trotzdem schien die schwere und unheilverkündende Melodie noch in der Luft zu hängen. Lars begann wieder zögernd zu intonieren. David beugte sich vor und sah, wie Vergelius sich vom Altar abwandte. Der Pastor hatte kein Psalmenbuch, sondern nur das Handbuch in den Händen. Plötzlich begann er den Psalm, den niemand konnte, mit starker, weittragender Stimme zu singen:

»Dies irae dies illa
solvet saeclum in favilla...«

David konnte sich vorstellen, daß das Kinn des Amtmanns herabfiel. Der Amtmann war gewiß ein Freund des Alten und Vergangenen, aber beim Latein zog er wahrscheinlich eine Grenze. In den Bänken unten war eine gewisse Bewegung entstanden. Der Amtmann flüsterte mit seinem Schwager, und die empfindsame Frau Ask weinte hingebungsvoll.

»Das geht nicht«, flüsterte Lars, rundete den Psalm ab und beendete ihn.

Unten stand Vergelius in der gleichen Haltung wie vorhin und blickte zur Orgelgalerie hin. Lars sah in den Spiegel, ob er ein Zeichen bekäme. Als dieses ausblieb, begann er eine Melodie zu spielen, die alle kannten und die keinen unangenehm berührte.

»Ich nehme den einundzwanzigsten«, flüsterte er David zu. »Der sechshundertneunte ist das reine Fegefeuer.«

Es klang befreiend, als ›Herrlich ist die Erde‹ zur Kirchendecke emporstieg. Die ganze Amtmannssippe sang mit so vollen Herzen mit, als ob es sich um einen Wettstreit eines Gesangvereins handelte.

In der Abenddämmerung saßen David und Lars auf der Veranda des Pfarrhofs und sahen Per-Olof Vergelius vom

Hof des Amtmanns zurückkehren. Der Juliabend begann in dunkle Nacht überzugehen. Nur der See war noch imstande, das Himmelslicht zu reflektieren, und lag matt glänzend wie geschmolzenes Zinn unterhalb der Kirche. Vergelius' dunkle Kleidung wurde von dem Dunkel unter den Espen absorbiert, als er am Glockenturm vorbeikam. Nur die Gesichtsfläche und der zweiteilige Kragen schimmerten weiß. Es sah aus, als zögerte der Pastor, als er die knarrende Pforte öffnete und am Gartenweg stehenblieb.

»Guten Abend«, sagte er.

Das klang feierlich, und David fühlte sich irgendwie unbehaglich.

»Wie war's?« fragte Lars leise.

»Ein vorzügliches Abendessen. Ask sprach nur fünfundzwanzig Minuten.«

»Da seid ihr noch glimpflich davongekommen. Und du selbst?«

»Höchstens zehn Minuten.«

»Keine Mißstimmung?«

Vergelius antwortete nicht. Er stand noch immer am Gartenweg, und man konnte sein Gesicht nicht richtig sehen.

»Was ist dir eigentlich eingefallen?« fragte Lars freundlich. »Du hast mit dem fürchterlichen Psalm die ganze Amtmannsgilde zu Tode erschreckt.«

Vergelius antwortete immer noch nicht. Langsam kam er näher, und als er beim Verandatisch angelangt war, sahen sie, daß er lächelte.

»Hast du vielleicht selber Angst gekriegt?«

Lars lachte verlegen, und Vergelius fuhr fort: »Aber du irrst dich, mein Lieber. Der sechshundertneunte ist kein fürchterlicher Psalm. Den hat der fromme Thomas von Celano vor langer Zeit geschrieben, damals gab es diese Kirche noch gar nicht. Es ist ein hoffnungsvoller Psalm.«

Er öffnete die Tür des Hauses, aber ehe er hineinging, wandte er sich um: »Tag des Zorns ... du wunderbarer«, zitierte er langsam und suchte nach den Worten in seiner Erinnerung, »da jedem alles wird viel klarer...«

Das angestrengte Lächeln verschwand plötzlich aus seinem Gesicht. Er blickte die beiden unverwandt an und sprach mit seiner dunklen Predigerstimme weiter, ohne nach den Worten suchen zu müssen:

»Mein Gebet kann Dich nicht rühren.
Laß mein Herz an Deins mich führen,
Daß kein Brand mich mag berühren...«

Er wandte sich hastig um und verschwand in das Haus hinein. David sprang auf.

»Per-Olof!« rief er.

Lars hielt ihn zurück. »Laß ihn. Er ist nicht recht bei Trost heute.«

Einige Minuten blieb es unerträglich still auf der Veranda. Dann konnte man drin im Haus Schritte hören und das Klappern der Kaffeekanne und des Porzellans aus der Küche. Langsam wurde alles wieder normal.

»Ich begreife nichts«, sagte David schlicht.

»Ich auch nicht«, erwiderte Lars. »Aber du kennst ihn doch nach den zwei Monaten, die du hier bist, gut genug, um zu wissen, daß er eben manchmal so ist.«

»Seltsam!«

»Seltsam!« ahmte Lars ihn nach. »Laß ihn seltsam sein! Seltsamkeit kann man hier wahrhaftig brauchen, wenn alle so verdammt normal sind! Hüte dich vor der Ortskrankheit!«

»Was ist denn das?«

»Ein scheußliches und ansteckendes Leiden, das entsteht, wenn Leute sich in einer solchen Einöde einige hundert Jahre lang zusammenpferchen. Allmählich entdecken sie, daß sie alle und in jeder Hinsicht so unangenehm normal und rechtschaffen und ordentlich und richtig sind. Das erste Symptom ist, daß man alles, was man nicht begreift, seltsam nennt.«

Lars qualmte heftig an seiner Pfeife, die Glut knisterte und schimmerte im Halbdunkel der Veranda.

»Lasse«, sagte David nach einer Weile in mildem Ton, »sollen wir nicht die Flucht ergreifen? Im Kino in der Stadt spielen sie einen Western. Mit Rock Hudson. ›Aufruhr gegen das Gesetz‹.«

»Fahr allein«, sagte Lars mürrisch. »Wozu willst du mich mitschleppen?«

»Weil du ein Auto hast, Freund. Allein kann ich aus diesem Krähwinkel nicht anders hinauskommen als auf Schusters Rappen.«

Lars erhob sich und klopfte seine Pfeife an dem Geländer der Veranda aus. »Okay, wir fahren und sehen uns an, wie dieser Hudson oder Mudson Sheriffs erschießt. Wir brauchen das vielleicht.«

Ein breitbeiniger Feuerwehrhauptmann aus der Stadt leitete am Montag vormittag die Untersuchungen in den Resten der alten Scheune. Zwei seiner Leute durchstöberten träge die kaum erkalteten Brandreste, ohne viel Hoffnung, etwas zu entdecken, das die Ursache des Feuers erklären könnte.

»Ich fresse einen Besen, wenn man hier noch etwas findet«, fluchte der Mann, der am stärksten schwitzte, und wischte sich eine Mischung von Ruß und Schweiß von der Stirn. »Irgendein Bauerntölpel hat hier gesessen und geraucht, das ist alles.«

»Wir machen noch eine Weile weiter«, sagte der Feuerwehrhauptmann, der sich auf einen Fischkasten am Strand gesetzt hatte und seine Kräfte schonte.

Die Leute von Stormyra, die sich auf der Anhöhe zum Hof gesammelt hatten, besprachen unter sich die Äußerung des Feuerwehrmannes. Dann trat der Pächter ein paar Schritte vor und rief zur Scheune hinunter: »Hier ist nicht geraucht worden!«

Er blickte fast drohend drein, aber weder der Hauptmann

noch seine Leute beachteten ihn. Im Hintergrund halfen Frauen und Kinder dem Pächter mit energischem Beifallsgemurmel, seinen Protest zu unterstützen.

»Wenn jemand mit Zündhölzern um sich schmeißt, dann sind es wohl die Städter«, fuhr er gereizt fort.

»Hierher kommt keiner aus der Stadt«, rief der eine Feuerwehrmann, und der andere assistierte ihm: »Was sollte er denn tun hier?«

»Jetzt wird nicht gequatscht, sondern gegraben«, sagte der Hauptmann.

Die Stormyrer retirierten mit Gebrumm. Der Verlust der alten Scheune ging ihnen nicht allzu nahe. Das Gezänk hatte jedoch die Gemüter erhitzt. Drinnen in der Kammer lag die kranke Großmutter, und der Sonntag hatte mit dem Krankenbesuch des Pastors trübe und still begonnen. Die Großmutter hatte Ahnungen gehabt und verlangt, der Pastor möge seinen schwarzen Koffer mitbringen. Aber das Brandereignis hatte sie derart aufgepulvert, daß sie ihre bösen Ahnungen Lügen strafte. Sie hatte darauf bestanden, daß man ihr Bett zum Fenster schob, damit sie den Feuerschein sehen könne. Jetzt, am Montagvormittag, war sie so frisch, daß sie aufrecht im Bett saß und ihre Grütze verzehrte, während sie ein Auge auf den Feuerwehrhauptmann und seine Männer hielt, die sich unten am Ufer des Sees bewegten.

»Wie fühlst du dich, Großmutter?« fragte die Schwiegertochter ängstlich.

»Ich bin mit Gottes Hilfe wieder zum Leben erwacht«, antwortete die Alte trocken. »Ich bleibe euch noch fünf Jahre erhalten, mindestens, damit kannst du rechnen.«

»Herr du meine Güte, wie sich das ändern kann!« meinte die Schwiegertochter und ging in die Küche, um den Teller nochmals zu füllen.

Die Sonne kletterte höher und brannte unbarmherzig auf die beiden rußigen Männer an der Strandwiese herab. Der Hauptmann hatte die Fischkiste unter einige schattenspendende Erlen gezogen. Die Holzspäne der Kiste stachen ihn ins Gesäß, und er beschloß, die Untersuchung abzublasen. Gegen drei Uhr packten sie auch ihre Werkzeuge ein und fuhren davon, ohne mehr in der Asche gefunden zu haben als eine Heugabel ohne Schaft und eine halb zerschmolzene Metallröhre. Sie warfen beide Sachen auf die Planke für die Milchkannen beim Eingang des Pfarrhofs und baten Bergström, der im Kirchhof die Wege scharrte, die gefundenen Gegenstände irgendwohin abzulegen. Ohne Bedauern verließen sie Ärketuna in einer Wolke trockenen Straßenstaubes.

Bergström nahm die beiden Fundsachen auf sein Fahrrad und fuhr zum Schulhaus hinunter, wo, wie er wußte, die Kommission für Stromverteilung eine Sitzung hatte. Er platzte mitten in die Versammlung hinein und legte Heugabel und Röhre auf den Katheder.

»Das da fanden sie in der Scheune«, meldete er. »Ob das von Interesse sein kann, weiß ich nicht. Ich jedenfalls glaube, es hat einer in der Scheune gesessen und geraucht.«

Graf Max saß als Vorsitzender vor dem Katheder. Er war Vorsitzender in den meisten Vereinigungen, jedoch nicht, weil er sich mit seinem angenehmen, aber ein wenig unbestimmten Wesen besonders gut dazu geeignet hätte – er war tatsächlich nicht sehr an diesen Vereinigungen interessiert –, sondern weil sein Vater Vorsitzender in allen bestehenden Ausschüssen und Komitees gewesen war, und das entschied die Sache für die Gemeinde.

Er wußte nicht richtig, wie er sich Bergström und dessen aus eigenem Ermessen übernommenen Vermittlerdiensten gegenüber verhalten sollte, aber er lehnte jedenfalls die Übernahme der Heugabel ab und bat ihn, sie auf den Hof hinauszutragen. Die übrigen Vorstandsmitglieder zwängten sich aus den engen Bankreihen hinaus und kamen zum Katheder, um den Rest der Metallröhre zu besichtigen. Edvin Wilhelmsson von Stentorp und Amtmann Ask pflegten bei allen Versammlungen als die grauen Eminenzen von Max zu fungieren und begutachteten in dieser Eigenschaft als erste die Röhre. Sie entschlossen sich schließlich zu einer Beurteilung.

»Das da kann ungefähr alles mögliche sein«, sagte der Amtmann und trocknete sich mit einem karierten Taschentuch die Finger.

»Das kann an einem Traktor gesessen haben«, meinte Edvin.

»Auf Stormyra haben sie keinen Traktor. Und außerdem hat niemand die Röhre erkannt«, wandte Bergström ein.

»Es läßt sich nicht entscheiden, was das gewesen sein kann«, dekretierte Ask. »Innerhalb von zwei Tagen hat es jedenfalls mehrere Male gebrannt, es wäre also angebracht, mit dem Feuer künftig vorsichtig zu sein, besonders wenn die Trockenheit anhält.«

Die Versammelten murmelten zustimmend und gingen zu ihren engen Bänken zurück, um die Diskussion über den Austausch von Leitungspfosten im Moor fortzusetzen. Es gab eine Gruppe, geführt von Edvin Wilhelmsson, die nicht geneigt war, die Notwendigkeit eines Austausches einzusehen, bevor die Pfosten verfault und im Moor eingestürzt wären.

Bergström nahm die Röhre und bewegte sich zur Tür hin. Aber kaum hatte er sie geöffnet, taumelte er zurück. Ein kleines Mädchen, das atemlos durch den Schulkorridor dahergerast kam, stieß mit Bergström zusammen, so daß er beinahe das Gleichgewicht verlor.

»Onkel Antonsson!« rief sie. »Onkel Antonsson soll schnell nach Hause kommen!«

Bergström wich einen Schritt zur Seite, um sie vorbeizulassen. Sie stolperte hinein und konnte ihren eigenen Schwung nicht bremsen, bis sie vorn beim Katheder angelangt war. Ein Kleinbauer, der Antonsson hieß, hatte sich zögernd und verlegen ganz hinten im Saal erhoben. Der Kleinen war während ihres Laufes die Luft ausgegangen, sie stand nun da und keuchte vor der großen Schar dieser respekteinflößenden Onkel, ohne ein weiteres Wort hervorbringen zu können. Als sie sich umwandte, sah sie den Grafen Max, und die Furcht vor Kathederpersonen brachte sie dazu, schnell zu knicksen.

»Ich soll nur Onkel Antonsson sagen, daß er augenblicklich heimkommen soll!«

Sie knickste nochmals und floh zur Tür. Dort blieb sie stehen, bestürzt darüber, daß sie nicht alles ausgerichtet hatte. Sie rief schrill und atemlos: »Es brennt in Jerusalem!«

5

Das kleine Mädchen, das Lena hieß, war allein zu Hause gewesen. Als das andere kleine Mädchen kam, jenes mit den Zöpfchen, das Inga-Britt genannt wurde, freute sich Lena, da sie sich ein bißchen gelangweilt hatte.

»Komm, wir spielen im großen Zimmer«, sagte sie, »es ist niemand da. Mama ist mit dem Bus in die Stadt gefahren, und Papa ist bei der elektrischen Verei... Ver... na, halt bei der Elektrischen.«

»Dürfen wir?« fragte Inga-Britt.

Ja, sie durften. Es war riesig viel Platz im großen Zimmer, und man konnte fein eine Puppenstube daraus machen, und spannend war es auch, weil es eigentlich verboten war. Deshalb spielten sie so still, daß man glauben konnte, der Hof sei menschenleer.

Sie spielten so intensiv, daß sie nichts hörten und sahen. Etwas hörten sie doch; denn Lena sagte: »Usch, was die Hühner für einen Lärm machen! Ob nicht vielleicht ein Fuchs...«

Aber da goß Inga-Britt Himbeersaft auf das feine Tischtuch aus, und darüber vergaßen sie alles andere. Sie versuchten das Malheur so gut wie möglich zu beseitigen, aber es ging nicht.

»Du, am besten ist, wir gehen hier raus«, sagte Inga-Britt. »Am Ende kommt deine Mama heim.«

»Ätsch, der Bus kommt nicht vor halb sechs.«

»Du, es riecht hier so komisch! Raucht euer Ofen?«

Sie gingen in die Küche und schauten nach.

»Er ist ausgegangen.«

Sie standen und dachten über den Geruch nach. Es war ganz still um sie herum, und sie fühlten sich beschämt und verlassen. Ich wünschte, Mama würde nach Hause kommen und uns für den Himbeerklecks ausschimpfen, dachte Lena. Draußen im Freien blies ein schwerer Sommerwind durch die Kronen der Birken, und vom fernen Wald kam ein Brausen. Lena sah durchs Küchenfenster hinaus und schrak zurück. Etwas kam mit dem Wind am Fenster vorbeigeflattert – etwas Leuchtendes und Knisterndes, das schnell zu Boden fiel und dort einige Sekunden heftig brannte, bevor es erlosch.

Lena zitterte vor Angst, und sie konnte keinen Laut hervorbringen, aber da hatte Inga-Britt das gleiche gesehen und war zur Tür hinausgerannt.

»Es brennt im Heuschober!« schrie sie von draußen. »Schnell, komm! Der ganze Heuschober und der Hühnerstall und schau... schau zum Holzschuppen hin!«

Sie faßten einander an den Händen und liefen auf den Hof. Mit jedem Windstoß kam brennendes Heu in schmalen Bündeln über ihre Köpfe geflogen. Bei der Scheune stand eine Fichte und brannte lichterloh. Das Heu hatte das Feuer mit sich gebracht, aber das verstanden die Kinder nicht.

»Bald wird das Haus auch brennen«, schluchzte Lena. »Schau auf den Baum!«

Im Hühnerstall sahen sie das Feuer durch die schmutzigen Fensterscheiben glimmen. Die Hühner flatterten ihnen gackernd um die Beine herum. Sie bemerkten, daß Rauch aus der Tür der Holzscheune quoll, und liefen hin, um nachzusehen. Inga-Britt versuchte, die Tür zu öffnen, wagte es aber nicht, ihr zu nahe zu kommen. Sie nahm eine Stange, probierte mit ihr auf Abstand geschickt an der Tür herum und brachte sie auf. Beide Kinder sprangen entsetzt nach rückwärts, als der Rauch herauswallte und einige Flammen hinterherzuckten.

»Das feine Birkenholz von Papa!« heulte Lena. »Was sollen wir jetzt tun?«

»Vielleicht Wasser draufschütten«, schlug Inga-Britt zögernd vor, aber als sie auf den großen Heuschober blickte und sah, wie die Flammen ihn ergriffen und wie er bald da, bald dort zu brennen anfing, begriff sie, daß keine Wasserkübel hier reichen würden.

»Du«, sagte sie eifrig und zog die weinende Lena am Arm, »ich weiß was! Anrufen! Anrufen muß man! Komm, hörst du, wir laufen und rufen an!«

»Wo sollen wir anrufen? Wir haben doch kein Telefon. Mama ist in der Stadt, und Papa ist bei der elektrischen... elektrischen...«

Aber jetzt hatte Inga-Britt etwas entdeckt, das ihr ein wenig Hoffnung eingab. Sie packte Lena bei den Schultern und schüttelte sie: »Du, hör zu, schau zum Wald hin, dann wirst du was sehen! Weine nicht mehr, du, hör zu... dort steht ein Onkel. Onkel! Onkel! Es brennt... komm her und hilf uns!«

Der Mann, der aus dem Waldrand getreten war und auf den Hof starrte, begann den Abhang zu den Kindern hinunterzulaufen. Sie knicksten vor Erstaunen, als sie sahen, wer es war. Lena weinte bereits weniger hemmungslos; denn nun hatten sie ja Hilfe erhalten.

»Lauf und such ein Fahrrad für mich!« rief er Lena zu. »Ich fahre und rufe die Feuerwehr an.«

Aber zuerst eilte er zum Holzschuppen und ergriff eine Axt, die auf dem Spaltklotz davor lag. Inga-Britt bekam beinahe Angst, als er mit der Axt in der Hand über den Hofplatz rannte. Sein Gesicht war bleich und die Augen ungewöhnlich schwarz. Sie lief hinter Lena her zum Stall hin, aber der Mann rief ihr nach: »Du läufst zur Schule und sagst Onkel Antonsson, er soll sofort heimkommen. Sag, daß es in Jerusalem brennt!«

Inga-Britt tat, wie ihr geheißen. Der Mann begann, mit der Axt auf den Baum vor der Scheune loszuhacken. Der brannte bereits heftig, und der Mann versuchte sich mit den Armen gegen den Funkenregen zu schützen. Es war zu erkennen, daß er noch nie mit einer Axt hantiert hatte, aber er arbeitete wie ein Besessener, um den Baum zu fällen, damit das Feuer nicht auf das Holz in der Scheune übergriff. Lena stand neben ihm mit einem Fahrrad und sah zu. Sie konnte ihm nicht sagen, daß er den Fall des Baumes falsch berechnet hatte, aber ihr Papa hätte es tun können. Als der Baumstamm endlich nachgab, fiel er mit einem trockenen Krach gerade über die Haustreppe, und Lena flüchtete schreiend vor den Funken und den trockenen Zweigen, die durch die Luft flogen. Sie stürzte, das Fahrrad fiel über sie, und als sie sich aufgerappelt hatte, lief sie weinend davon und verschwand im Viehstall. Der Mann stand unbeweglich da und betrachtete, was er angerichtet hatte. Als Lena durch das von Fliegenmist, Staub und Regen verschmierte Fenster sah, bemerkte sie, wie er ganz merkwürdig über dem Fahrrad zusammensank. Weint er? dachte sie. Sie begann selbst wieder zu weinen. Jetzt brennt unser Haus ab, dachte sie.

David saß auf dem Holzgerüst unter dem Kruzifix und bearbeitete vorsichtig König Nebukadnezars knollige Nase. Der Montagnachmittag draußen war warm – trotz des starken Sommerwindes, der durch die Baumwipfel sauste. Im Innern der Kirche herrschte die gleiche dumpfige Kühle wie immer. Die Augen des babylonischen Königs blickten wie kalte Perlen; seine Stirn unter der Mütze war niedrig und die Wangenflächen schwarz. Der Maler hatte einmal ein Karminrosa aus Blauweiß und Mennige gemischt, das in den Jahrhunderten zu einem kalten Grau verblaßt war. Um der Wahrheit die Ehre zu geben, sah Nebukadnezar mehr als lebendig aus, als David ihn aus dem Kalk herausschälte, aber eine gewisse naive Grausamkeit war deutlich akzentuiert.

David legte die Werkzeuge weg und streckte sich vorsichtig. Als er den Kopf rückwärts beugte, liefen die Ketten der

Weinlaubzweige über ihm in einem Punkt zusammen, in dem sich die Granatapfelblüten auf langen, graziösen Stengeln zu einem zierlichen Bukett vereinigten. Aus den Deckenwölbungen sahen heilige Männer und Frauen mit nachdenklichen Augen auf ihn herab. Die ebenso fromme wie gelehrte Katharina von Alexandrien sah mit einem klaren und geläuterten Blick forschend in die Welt hinaus, obwohl der Henker bereits das Blut von dem Schwert trocknete, das er benutzt hatte, um ihr das Haupt vom Rumpf zu trennen. Ihr Antagonist, Kaiser Maxentius, wandte sich ab. Vermutlich hatte er es bereits bereut und dachte an die Konsequenzen – an die ewige Pein, deren heißes Feuer an der Eingangswand loderte.

Eigentlich hatte David sein Tagewerk vollbracht; er wartete nur noch darauf, daß Bergströms Rechen draußen im Kies zu rasseln beginne, damit er, David, den Mann rufen und ihn bitten konnte, die Leiter zu halten. Aber es sah nicht so aus, als ob Bergström daran denken würde, sich zu offenbaren. Vergelius hätte an mich denken können, überlegte David, der Hunger und Kälte fühlte. Er trank den letzten Schluck lauen Kaffee aus der Thermosflasche und aß den Rest eines Käsebrotes auf, als er Bergströms Schritte auf dem Friedhofskies hörte. Sobald der krumme Schatten auf den Ziegelboden des Waffenhauses fiel, rief David: »Bergström! Denkt man daran, mich hier den ganzen Abend sitzen zu lassen?«

»Sie könnten ganz gut allein herunterkommen«, brummte Bergström und blinzelte, als er in das dämmrige Kirchenschiff kam.

»Ich weiß schon, was Sie für Pläne mit mir haben, Bergström. Sie wollen mich hier an einem Montagabend sitzen lassen und die Kirche absperren, damit man mich erst zur Messe am Sonntag findet. Zu diesem Zeitpunkt bin ich petrifiziert und zu einem Steinengel auf der Decke geworden.«

David flatterte mit den Armen oberhalb Bergströms viereckigem, kurzgeschorenem Schädel.

»Schauen Sie mich an! Ich bin ein geborener Engel!«

Aber Bergström besaß nicht diese Art Humor, wenn er überhaupt welchen hatte. »Machen Sie da oben keine Zirkuskünste! Sie können herunterfallen. Übrigens haben Sie doch wahrscheinlich schon gehört, was passiert ist.«

Er hatte die Leiter ergriffen, und David begann herunterzuklettern, die Thermosflasche unter dem Arm.

»Was denn? Sie werden doch nicht behaupten wollen, daß in diesem Nest zum erstenmal seit neunhundert Jahren etwas passiert ist.«

Bergström kümmerte sich nicht um das Gerede. Er hielt die Leiter, bis David die Füße auf den Steinboden gesetzt hatte. Ihre Gesichter waren einander ganz nahe, und Bergström sah auffallend erregt aus.

»Es brennt in Jerusalem!« sagte er.

David erstarrte. Er fühlte plötzlich, daß er nach den vielen Stunden des Stillsitzens fror. Vorsichtig stellte er die Thermosflasche weg und setzte sich auf eine Bank.

»Im Haus selbst?«

»Jawohl. Und nicht nur dort. Es brennt im Heuschober und in der Holzscheune und im Hühnerstall. Jetzt wissen sie, um was es geht.«

»Um was?«

»Das begreifen sie sicher.«

Er entfernte sich, wendete sich aber im Waffenhaus um: »Obwohl Amtmann Ask und mehrere mit ihm natürlich glauben, es ist keiner von Ärketuna.«

David Malm starrte dieser Kassandra in Gestalt eines Totengräbers nach, während dieser nicht ohne Würde durch das Portal mit den Weinlaubzweigen ging.

Malm rannte zum Pfarrhof hinauf, und als er Vergelius nicht finden konnte, nahm er das Fahrrad und trampelte aus Leibeskräften drauflos. Er fuhr auf der Straße nach Jerusalem. Nicht nur er war auf dem Weg dorthin. Einige Jünglinge überholten ihn auf ihren Fahrrädern, und vom Altersheim her marschierte eine kleine Kolonne von älteren Herren. Als er an Slättfall vorbeifuhr, begegnete er dem Pastor an der Wegkreuzung. David bremste und sprang vom Rad.

»Warst du dort? Wie sieht es aus?«

Vergelius trug eine Windjacke und ein paar alte Manchesterhosen, die einmal bessere Tage gesehen hatten. Das war die Kleidung, die er zu tragen pflegte, wenn er an Sommermorgen die Vögel rings um den See studierte. Er sah müde und konfus aus.

»Und ob ich es gesehen habe! Die kleine von Antonsson und eine Spielgefährtin waren allein im Haus, als es begann. Außer ihnen war niemand da, Gott sei Dank... ich meine, es war niemand im Haus drin. Es sah böse aus... ich... Die Feuerwehr ist jedenfalls alarmiert und wird wohl bald eintreffen.«

Er sprach stoßweise und angestrengt, als wäre er gelaufen.

»Bald wird alles dort brennen. Es ist entsetzlich! Man sieht es bis hierher!«

Er zeigte auf die Baumwipfel, hinter denen blauschwarzer Rauch aufstieg.

»Komm, wir fahren hin und sehen es uns an!«

David stieg auf das Fahrrad und zeigte auf den Hintersitz, aber Vergelius schüttelte den Kopf: »Nein, ich will nicht. Ich habe genug gesehen... es wird nur noch ärger. Ist es nicht fürchterlich, David? Oder... kann es die Trockenheit sein?«

Man sah ihm an, daß er selbst nicht daran glaubte.

»Komm mit«, bat David.

»Ich weiß nicht... man kann ja doch nichts machen.«

Der Geruch von Rauch kam in immer stärkeren Stößen mit dem Wind. Hinter sich hörten sie Sirenen, und zwei Feuerwehrautos schwenkten in die Wegkreuzung bei der Kirche. Sie kamen in rascher Fahrt über den holprigen Weg, und David kletterte mit dem Fahrrad die Grabenböschung hinauf, während sie vorbeifuhren. Ungefähr fünfzig Meter hinter dem Feuerwehrwagen kam ein Schwarm junger Burschen auf Fahrrädern. Sie schrien wie Möwen.

»Sicher kann man etwas tun. Die brauchen wahrscheinlich alle Leute, die sie kriegen können«, beharrte David.

Der Gedanke, Vergelius allein zu lassen, behagte ihm plötzlich nicht.

»Das ist nur deine Angst vor dem Brandgeruch!«

»Nenn es, wie du willst.«

David sah ein, daß es nicht ging, den Schreck, der in den Augen des Pastors stand, wegzuscherzen. Als er keine Anstalten machte weiterzufahren, nickte Vergelius kurz und begann neben dem Fahrrad in der Richtung nach Jerusalem mitzugehen.

Als sie hinkamen, hatte die Handlangerkette vom Viehstall zum Wohnhaus der Feuerwehrmannschaft Platz gemacht. Zwei Schläuche waren bereits ausgerollt, und bald arbeitete die Pumpe mit Hochdruck. Der erste Schlauch begann sich im Gras zu beugen und zu schlängeln, während er sich mit dem hervorquellenden Wasser füllte. Erst den einen, dann den anderen Schlauch gegen das Haus gerichtet. Heuschober, Holzscheune und Hühnerstall ließ man brennen, man konzentrierte den Wasserangriff auf die Haustreppe und die Eingangstür, die durch den gefällten, brennenden Baum Feuer gefangen hatten. Aber der Brand hatte sich bereits stark ausgebreitet und war auf dem Weg in die Küche.

Man sah schon die Flammen durch das Küchenfenster zucken, als Frau Antonsson sich durch die Menge drängte. Sie war mit dem Brandgeruch in der Nase von der Busstation hergerannt, denn sie hatte das Schlimmste geahnt, als sie den Rauch über den Tannenspitzen erblickte. Angesichts des brennenden Wohnhauses blieb sie mit einem Ruck stehen und schrie auf, hart und schrill. Ihr Mann kam zu ihr geeilt und stützte sie. Sie schlug die Arme um ihn und verbarg das Gesicht an seiner Brust. Ein Feuerwehrmann kam mit einem Schlauch vorbeigesaust und stieß mit ihr zusammen.

»Aus dem Weg hier!« rief er gehetzt.

Frau Antonsson ließ ihren Mann los. Sie schob ihn von sich, als er sie fassen wollte.

»Wer hat das getan?« schrie sie. Sie hatte sich an die Menge gewandt, die respektvoll zur Seite wich. Antonsson versuchte sie zu beruhigen, aber sie stieß ihn von sich.

»Wer hat das getan, frage ich? Hier ist einer, der Feuer legt!«

»Rede nicht so, du mußt versuchen, dich zu beruhigen«, murmelte Antonsson und zog sie an ihrem Mantelärmel. Aber ihre tränenlosen Augen sahen ihn nicht.

»Hört ihr nicht, was ich sage? Einer ist hier, der Feuer legt! Wer ist es?«

Die Leute in ihrer Nähe blickten verlegen weg wegen der schneidenden Hysterie in ihrer Stimme. Elsa Stenkvist kam über den Hof gesegelt, gefolgt von den zwei anderen Grazien, und umarmte sie. Irgendwie glückte es ihr, sie so weit zu beruhigen, daß sie zu weinen begann. Sie folgten ihr zu einer Bank unter Fliederbüschen und brachten sie zum Sitzen.

»Wer ist es, der uns so Böses tut?« schluchzte sie.

Antonsson überließ sie den Frauen und ging zum Viehstall. Nachdem die Feuerwehr die Löscharbeiten übernommen hatte, versuchte man aus den beiden Mädelchen herauszubekommen, wie das Ganze zugegangen war. Die Leute kamen näher, um zuzuhören, und bildeten einen Kreis um die Kinder. Es herrschte die gleiche sonderbare Stille wie bei der Scheune von Stormyra.

»Es war Absicht, das ist klar«, sagte Edvin Wilhelmsson, der bei einigen Bekannten von der Vereinigung für Stromversorgung stand.

Der nächste, der sich äußerte, dämpfte die Stimme, damit sie in der Stille nicht weit hörbar war. »Ein Glück, daß er versichert ist.«

»Er ist gut versichert«, erwiderte Edvin. »Eigentlich hat sie keinen Grund, so laut zu schreien.«

Sie schauten zu Frau Antonsson hin, und Edvin fuhr leise

fort: »Aber sie hat ja einen ordentlichen Schock gekriegt, also hat sie nichts damit zu tun.«

»Bist du verrückt? Sollte Antonsson ...?«

Der Mann, der sprach, wagte nicht, die Stimme zu erhöhen, noch weniger zu sagen, was er dachte.

»Übrigens war er doch mit bei der Versammlung«, wendete einer ein.

»Was das betrifft, so kann es beabsichtigt gewesen sein, bevor er von zu Hause wegging. Wir haben nur eine Stunde beisammengesessen.«

Edvin betrachtete kritisch Antonsson aus der Entfernung. Er war untersetzt und kräftig, ein junger Mann mit alten, grauen Augen.

»Aber ich glaube nicht, daß es so ist«, sagte Edvin. »Es sollte mich sehr wundern.«

Sie traten näher zu den Mädchen und Antonsson. Es war Amtmann Ask, der die Kinder ausfragte, aber diese waren durch die Aufregung ganz verschreckt, sie standen dicht nebeneinander und sagten kein Wort.

»Aber wie habt ihr denn gemerkt, daß es brannte?« fragte Antonsson. »Wart ihr draußen und habt gespielt?«

Die Kinder schwiegen und sahen mit großen Augen Ask an, der sofort einhakte: »Ihr habt doch wohl nicht mit Zündhölzern gespielt, was?«

»Nein! Wir haben im großen Zimmer gespielt und Saft aufs Tischtuch ausgeschüttet ...«

»Und da haben wir gedacht, es ist am besten, wir gehen hinaus, und da haben wir gesehen, daß es überall gebrannt hat!«

»Hat das Haus gebrannt?«

»Nein, ein Baum neben der Scheune hat gebrannt, und im Hühnerstall hat es gebrannt und in der Holzscheune.«

»Und der Heuschober hat gebrannt!«

»Habt ihr jemand gesehen?«

Sie schüttelten die Köpfe.

»Habt ihr nichts gehört? Habt ihr niemand gehört, der sich herumgeschlichen hat, bevor es zu brennen begann?«

»Nein ... wir haben nichts gehört.«

Die Kinder blickten einander ratlos an. Dann begann Inga-Britt wieder zu sprechen: »Wir haben nur ihn gesehen.«

Sie deutete direkt in die Menge.

»Und dann ist er gekommen und hat uns geholfen, wie wir ihn gerufen haben, und er hat mir gesagt, ich soll hinunterlaufen und es dem Onkel Antonsson sagen.«

»Und dann wollte er mit dem Fahrrad fahren und anrufen«, plapperte Lena, der die Mitteilsamkeit der Freundin die Zunge gelockert hatte, »aber erst hat er den Baum niedergeschlagen, der gebrannt hat, aber der Baum ist über die Treppe gefallen, und das Haus hat zu brennen angefangen, und dann bin ich weggelaufen, weil das Rad über mich gefallen ist und ich solche Angst gekriegt hab' ...«

Die Worte purzelten aus ihrem Mund.

»Wer war es?« fragte Ask.

»Er.«

Ein paar halbwüchsige Jungen standen in der Richtung, in die Lena zeigte, und verdeckten die Dahinterstehenden. Sie zogen rasch die Hände aus den Hosentaschen und wichen zur Seite.

»Der Pastor?« rief Ask verblüfft.

Vergelius trat einige Schritte auf Ask zu.

»Es ist richtig«, sagte er. »Ich war es, der den Brand sah und der die Feuerwehr angerufen hat. Aber erst wollte ich versuchen, das Feuer zu hindern, auf das Haus überzugreifen.«

»Wodurch?«

»Indem ich den Baum fällte, der dort stand. Leider fiel er auf die falsche Seite. Es ging nicht so, wie ich es berechnet hatte.«

Antonsson, der die ganze Zeit mit geballten Fäusten in den Hosentaschen zugehört hatte, ging plötzlich einen Schritt auf Vergelius zu und sagte hart: »Es wäre besser gewesen, Sie hätten es bleibenlassen!«

Vergelius versuchte nicht, dem kalten, grauen Blick, der ihn durchdringend fixierte, auszuweichen.

»Ich fürchte, das Haus hätte auch zu brennen begonnen, wenn der Baum stehen geblieben wäre«, sagte er. »Im übrigen glaube ich, die Feuerwehr hat den Brand unter Kontrolle. Sie ist jetzt in der Küche und hat bald alles gelöscht.«

»Darüber wollen wir uns noch näher unterhalten«, sagte Antonsson und ließ Vergelius nicht aus den Augen.

»Der Herr Pastor tat wohl nur, was er konnte«, sagte Ask lahm.

»Ich habe es versucht ... aber es wurde noch ärger.«

Wieder hatte seine Stimme den jähen Sprung vom gewichtigen Predigerton zu nervöser Unsicherheit getan.

»Ein Glück jedenfalls, daß jemand da war, der anrufen konnte«, sagte Ask.

Dieser Meinung war auch Vergelius. Aber Asks leichter Tonfall und seine plötzliche Herzlichkeit verwirrten ihn.

»Wie gesagt, ein Glück«, fuhr der Amtmann fort. »Aber was in aller Welt suchten Sie hier oben, Herr Pastor? War es wieder Ihr Vogelstudium?«

Er lachte, wie der Ort über diese Beschäftigung zu lachen pflegte, belustigt und ein wenig nachsichtig. Merkwürdigerweise lachte niemand mit, nicht einmal, als Vergelius antwortete: »Nein, keineswegs. Nicht zu dieser Tageszeit. Das wäre vollkommen sinnlos.«

»Ach so. Ja, davon verstehe ich nichts«, murmelte Ask.

Die dicke, halb verlegene, halb feindliche Stille ringsum stellte eine Frage. Sie erhielt keine Antwort. Zuletzt räusperte sich Ask und sagte in gleichgültigem Ton: »Ich will mich da nicht hineinmischen. Aber man muß sich nun darauf einstellen, herauszubekommen, was die Leute hier herum für Eigenheiten haben.«

»Und warum bitte?«

Vergelius' Stimme war spröde wie Eis, aber der Amtmann ging augenblicklich zu der jovialen Herzlichkeit des Kommunalkollegen über: »Ich dachte natürlich, Sie hätten was gesehen, Herr Pastor. Wenn Sie schon hier in der Nähe waren.«

»Leider habe ich nichts gesehen. Ich war oben in Slättfall, um mit Wilhelmsson in einer Angelegenheit zu sprechen«, sagte Vergelius.

Der Amtmann nickte.

»Die Sache wird nicht leicht sein«, sagte er. »Die Kinder haben ja auch nichts gesehen. Sehr bedauerlich, daß Herr und Frau Antonsson gleichzeitig weg waren.«

»Wäre ich zu Hause gewesen, dann wäre nichts geschehen«, warf Antonsson scharf ein. »Aber früher war es nie der Fall, daß man Angst haben mußte, seinen Hof für ein paar Stunden zu verlassen.«

Nein, das war früher nie der Fall gewesen. Was war das für ein treuherziger Leichtsinn, der sie in all diesen Jahren veranlaßt hatte, die Türen offen und ihre Häuser unbewacht zu lassen! Ein ganzer Ort erwachte mit katzenjämmerlichem Kopfzerbrechen, das ungewohnte Gedanken hervorbrachte: Das hätte auch mich treffen können – das hätte ebensogut bei mir zu Hause passieren können!

Frau Antonsson dachte nicht so weit. Sie hatte ihren Brand vor der Nase.

»Wer ist es, der uns das antut?« jammerte sie. »Was haben wir denn verbrochen?«

Schweigend wanderten David und Vergelius von Jerusalem nach Hause. Als sie durchs Pfarrhoftor gingen, sagte Vergelius plötzlich: »Ich wünschte, ich hätte mich nie dorthin begeben. Ich habe es ja nur noch ärger gemacht.«

»Du brauchst dir keine Vorwürfe zu machen«, murmelte David. »Das Haus hätte ja doch gebrannt.«

Vergelius setzte sich schwer auf den Korbstuhl der Veranda. Sie hörten ein Auto kommen, und gleich darauf schwenkte Lars Wilhelmssons kleiner Fiat den Weg zum Pfarrhof hinauf.

»Warst du dort?« fragte David, als Lars durch den Garten kam. Lars nickte. »Gräßlich«, sagte er.

»Glaubst du auch...?«

»Alle glauben es. Der Untersuchungsrichter ist übrigens jetzt gekommen.« Selten war Lars so ernst gewesen.

»Es muß ein kranker Mensch sein«, sagte Vergelius leise. »Ein Pyromane.«

Stille breitete sich über die Veranda. Alle drei dachten über das Wort nach. David versuchte es sich begreiflich zu machen – es war ihm, als habe er es zum erstenmal gehört. Er dachte an den kleinen Brand am Hof des Amtsgerichtsvorsitzenden vor zwei Tagen und an die Scheune, die am Sonntag niedergebrannt war. Feuer war gewiß schrecklich, aber auch schön. Er gestand es sich selbst gern ein, daß ihm dieses Schauspiel gefiel. Aber wer hatte eine solche Leidenschaft dafür, daß er mit Vorbedacht Brände entfachte? Wem bereiteten Flammen einen solchen Genuß, daß er sich nicht darum scherte, was dabei zerstört wurde? Er hätte gern mit den beiden andern darüber gesprochen, aber er konnte es nicht. Sie schwiegen, bis Lars sagte: »Jetzt ist der Teufel los.«

»Was glauben sie?«

»Bisher glauben sie wohl nichts Bestimmtes, aber sie quatschen allen möglichen Dreck zusammen. Obwohl sie noch immer hoffen, es ist einer, der nicht zum Ort gehört.«

»Haben sie das Wohnhaus retten können?« fragte David.

»Ich glaube – ja.«

»Ich habe es nur noch schlimmer gemacht!« sagte Vergelius heftig und verbarg das Gesicht in den Händen. »Wäre ich bloß nicht hingegangen!«

»Denk jetzt nicht daran«, bat Lars. »Du hast getan, was du tun konntest. Aber was, zum Teufel, hast du dort zu suchen gehabt?«

»Ich habe dir doch am Telefon gesagt, daß ich dich treffen will, aber als ich kam, sagte mir Els-Britt, du bist weggegangen, um einen Pfahl zu holen. Auf der Suche nach dir bin ich an Jerusalem vorbeigekommen.«

»War es denn so wichtig?«

»Wichtig! Was ist jetzt noch wichtig?« fragte er, ohne die Hände vom Gesicht zu nehmen, und seine Stimme klang fast kindlich wehrlos und traurig.

David begegnete Lars am Verandatisch.

»Mach Kaffee, David. Ich hole das Schachspiel. Jetzt wollen wir ein Blitzturnier zu dritt machen, und du sollst wie gewöhnlich Prügel kriegen.«

»Ich weiß nicht, ob ich dazu Lust habe«, wandte Vergelius ein.

»Dann laß es bleiben. Aber wir zwei spielen jedenfalls. Wir können hier nicht herumsitzen und Maulaffen feilhalten. Außerdem sind die Prügel für David fällig.«

»Warum müßt ihr eure überlegene Begabung immer an mir demonstrieren?« fragte David, bevor er hinausging und den Kaffee aufsetzte.

Er stand bei der Anrichte und strich Butterbrote, als er bemerkte, daß die Zauntür offen war. Er beugte sich etwas zum Fenster hinaus und sah bis zur Kirchentür, die ebenfalls offenstand. Verwundert fragte er sich, wer das sein könne. Bergström pflegte seine Arbeitszeiten sehr genau einzuhalten und Rechen oder Schaufel nie nach fünf Uhr nachmittags zu benützen. David ging hinaus.

»Ich schaue hinüber zur Kirche«, sagte er, als er an Lars und Vergelius auf der Veranda vorbeikam. »Es ist jemand drin.«

Lars lachte über ihn. »Manchmal glaube ich, du schläfst bei den Malereien in der Nacht. Was glaubst du eigentlich, das geschehen kann? Niemand kann sie dir wegtragen.«

»Darum handelt es sich nicht«, erwiderte David würdig, »ich habe meine Thermosflasche da drinnen vergessen.«

Es war niemand in der Kirche, als er hineinkam. Er nahm die Thermosflasche, die auf dem Boden neben der Leiter zurückgeblieben war, und wollte sich schon entfernen, als er sah, daß die kleine Tür zum Turm halb offenstand. Die Turmtreppe war aus Holz und führte in Spiralen durch den engen Turm. Erst hoch oben gab es ein Fenster, und obwohl der

Turm nicht sehr hoch war, war es auf der Treppe stockdunkel. Er rief hinauf, bekam aber keine Antwort. Erst probierte er die Treppenstufen aus, fand, daß sie einigermaßen stabil waren, und begann mit dem unbehaglichen Gefühl hinaufzuklettern, daß sie ebenso alt wie der Turm seien und jeden Augenblick unter ihm zusammenbrechen könnten.

Zu seiner Erleichterung taten sie es nicht. Er kam zu der kleinen Tür, die zu dem Raum mit den Öffnungen für die Aussicht führte, und suchte im Dunkel nach der Klinke. Als er die Tür mit einem Ruck aufstieß, war er enttäuscht. Es war Bergström, der an der nördlichen der vier Öffnungen stand. Als David kam, wandte er sich um und fragte unwillig: »Was machen Sie hier?«

»Was machen Sie selber hier?« antwortete David. »Sie haben Spinnweben in den Locken.«

Bergström fuhr sich über seinen kurzgeschorenen Schädel und warf David einen stechenden Blick zu.

»Aber das geht mich natürlich nichts an, wie Sie sich eben richtig gedacht haben, Bergström.«

David stellte vorsichtig die Füße auf die Bodenplanken des kleinen Turmraumes. Zwischen den Planken gab es breite Spalten, die ihm das luftige Gefühl gaben, daß die Fahrt nach unten sehr schnell sein konnte. Er blickte neben Bergström durch die Öffnung.

»Schauen Sie nach dem Brand, Bergström? Es gibt wohl nicht mehr viel zu sehen.«

»Den Heuschober bringen sie nicht zum Erlöschen«, antwortete Bergström. »Der raucht immer noch.«

Die Waldzunge, die bis in die Wiesen hineinreichte, verdeckte aus dieser Höhe Jerusalem nicht. Sie konnten sogar sehen, daß noch immer viele Leute dort waren. Einige von ihnen bewegten sich rasch vorwärts und rückwärts wie emsige Ameisen. Der Rest stand in einer kompakten Gruppe vor dem Haus, dessen Feuer gelöscht schien.

»Einen komischen Platz haben Sie sich da ausgesucht,

um den Brand zu beobachten, Bergström«, sagte David und wollte sich an den Abstieg machen.

»Der ist gar nicht so übel«, erklärte Bergström und wirkte richtig vergnügt. »Man hat einen Ausblick über das ganze Gebiet von Ärketuna ... falls etwas geschehen sollte.«

»Was soll denn noch geschehen?«

»Oh, Sie verstehen mich schon. Wenn ein Pyromane dahintersteckt, dann brennt es bestimmt bald wieder.«

David verschloß die Tür und stieg die Treppe hinab. Bergström kam ihm wie ein Rabe vor, der einen merkwürdigen Hohn in sein Unglückskrächzen hineinlegte. Malm bedauerte es, daß er wegen dieses alten Sauertopfes in den Turm gestiegen war. Jetzt hatte er den ganzen Weg nach unten vor sich, mit aller dazugehörigen Qual von Schwindel und Angst vor verfaulten Brettern, die unter seinen Füßen knarrten und krachten. Lars hatte recht gehabt, als er ihn auslachte. Angst und Mißtrauen waren ansteckende Krankheiten.

Als er das Tor zum Pfarrhof öffnen wollte, hörte er das leichte Geräusch der Schachspieler von der Veranda. Vergelius redete nach seiner Gepflogenheit immer, wenn er einen Zug machte. Aber seine Stimme klang gebrochen. David konnte nicht hören, was er sagte, aber er vernahm die Antwort von Lars.

»Du mußt dich beruhigen, Per-Olof. So einen wahnwitzigen Verdacht kann kein Mensch mit sich herumtragen.«

6

David wurde in fünfzehn Zügen matt gesetzt und ging dann zu Bett. Er konnte nicht einschlafen und machte den Kaffee, den Lars gekocht hatte und den sie zusammen auf der kühlen Veranda getrunken hatten, dafür verantwortlich. Malm lag mit offenen Augen da und lauschte ziemlich lange auf das gedämpfte Gespräch der beiden im Erdgeschoß. Zuletzt hörte er Lars den Wagen starten, und allmählich wurde es still im Haus. Er mußte zuletzt eingeschlafen sein; denn als er im Bett auffuhr, zeigte die Uhr einige Minuten über zwei. Ein Traum hatte ihn geweckt, ein Alptraum – ihm schien, als habe er immer und immer wieder die gleiche Sache geträumt, so als würde der abgerissene Teil eines alten Filmstreifens vor seinen geschlossenen Augen in ewiger Wiederholung abrollen.

Er hatte von dem Hof Jerusalem geträumt. Zusammen mit den beiden kleinen Mädchen war er im Haus eingesperrt. Sie konnten nicht hinauskommen, denn der Weg über die Treppe wurde von dem brennenden Baum versperrt. Die Fenster waren, wie sie es immer in Träumen sind, hoch und unnahbar, und draußen donnerte das Feuer. Die Mädchen waren tapfer. Sie weinten nicht. Sie liefen nur zwischen der Tür und einem großen Fenster im Zimmer hin und her. Er selbst hatte vor Schreck zu weinen begonnen. Daran war nicht so sehr das Feuer schuld, sondern ein Laut, der über allem lag – ein hoher Ton, zwischen einem Pfiff und einem gellenden Schrei aus einer zusammengeschnürten Kehle. Zuletzt schrie David vor Angst.

Als er mit einem Ruck aufwachte, hatte er den Hals voll vom Traumgeschrei, das in der wachen Welt nicht ärger klang als das kurze Winseln eines Hundes. Aber der Traum war fürchterlich deutlich gewesen. Er hatte den scharfen Rauchgeruch in der Nase gespürt, und dieser schrille Ton klang ihm immer noch in den Ohren.

Er fragte sich, wie viele gleich ihm diese Nacht in einem unruhigen Halbschlummer lagen und schweißgebadet erwachten. Langsam vermochte er sein Bewußtsein mit der Zeit in Einklang zu bringen: die lange Traumzeit mit ihren mahlenden Wiederholungen und die kurzen Sekunden des Erwachens, in denen er immer noch den merkwürdigen Ton hörte. Hellwach setzte er sich im Bett auf. Der Ton war wirklich gewesen. Es gibt keine derartigen Laute, dachte er, wenigstens nicht hier. Aber plötzlich sah er ein, daß die Angst, in einem ausweglosen Haus umzukommen, eine sehr viel realere und erklärlichere Ursache hatte: Der Rauchgeruch war Wirklichkeit!

Er sprang aus dem Bett und lief aus dem Zimmer hinaus. Sobald er die Tür zur Halle geöffnet hatte, merkte er, daß der Geruch stärker wurde, aber er konnte nicht feststellen, von welcher Seite er kam. Malm rannte durch das ganze obere Stockwerk und riß alle Türen auf. Die Zimmer lagen still und dunkel. Aber nun hörte er den Ton wieder. Er war schwach, entlegen und verklang rasch. Nur ein paar Sekunden peinigte er sein Trommelfell mit gellender Klage, die zu rein war, um menschlich zu sein.

Der Laut leitete ihn jedenfalls die Treppe hinab, ehe er verklang, und David stolperte durch die Halle in die Küche. Er entzündete das Deckenlicht und sah sich mit blinzelnden Augen um. Es dauerte lange, bis er sich an das Licht gewöhnte und klar sehen konnte. Draußen im halbdunklen Gang zwischen Küche und Eßzimmer kam der Rauch durch den Boden gekrochen. Als David darauf zulief, wallte der Rauch auf und wurde zu einem diffusen Nebelschleier, der in die Luft stieg und die Augen zum Tränen brachte. Geradeaus im Gang lag die Tür zum Eßzimmer, und zu beiden Seiten befanden sich Türen zu großen Schränken. Bei dem rechten Schrank quoll Rauch durch die Ritzen heraus.

Er riß die Tür auf und bekam den beizenden Rauch direkt ins Gesicht. Hustend wich David zurück und lief in die Küche. Das erste und größte Gefäß, das er fand, war ein Kupferkessel, der mit Wiesenblumen gefüllt war. Er hatte sie selbst gepflückt und ins Wasser gegeben. Jetzt nahm David Malm den Kessel in die Arme, rannte zu der Schranktür hin und schüttete den Inhalt des Kessels hinein – mitsamt den Blumen. Es zischte auf in dem schwelenden Brand drinnen, und David rannte zurück in die Küche, um den Kessel neu zu füllen. Als er zum dritten Male zur Wasserleitung zurückeilte, wurde er vom Rauch übermannt und hustete so heftig, daß er sich beinahe übergab. Mit vieler Mühe brachte er das Küchenfenster auf, lehnte sich hinaus und füllte die Lungen mit der milden Nachtluft.

Er sah, daß im Schulhaus unten am Weg Licht brannte. Sollte er Hilfe herbeiholen? Aber er hatte das Gefühl, daß er das Feuer drinnen so ziemlich gelöscht hatte – es schien nichts anderes vernichtet zu haben als alte Kleider und Zeitungen.

Vergelius fiel ihm ein. Er hätte schon erwacht sein müssen, wenn nicht vom Rauch, dann von seinem Hin- und Herlaufen in der Küche und vom Plätschern des Wassers. Schlief er so tief? Oder war es der Rauch?

Guter Gott, dachte er, lief in die Halle hinaus und durch den Vorraum zur Schlafzimmertür des Pastors. Vergelius' Schlafraum lag Wand an Wand mit dem Schrank. David Malm riß die Tür auf. Hier drin war der Rauch als stechender Geruch zu spüren, aber er war unsichtbar. Malm tappte nach dem Schalter und knipste das Licht an: Das Bett war leer.

Zuerst empfand er eine große Erleichterung. Er kümmerte sich nicht einmal darum, wohin Vergelius sich mitten in der Nacht begeben haben könnte. Die Hauptsache war, daß er nicht vom Rauch erstickt worden war. David sprang in die Küche zurück und beförderte noch einen Kessel Wasser in den Schrank hinein. Er hatte einen Kehrbesen mit sich genommen, und mit dem Stiel stocherte er in den Kleidern und in den verkohlten Papierfetzen auf dem Boden. Es gab keine Flammen mehr. Langsam begann er sich zu beruhigen. Das Herz sprang ihm nicht mehr aus der Brust, und als er einen neuen Hustenanfall bekam, mußte er fast lachen darüber, wie kläglich das klang.

Lachen und Husten blieben ihm im Hals stecken. Er hatte einen Laut aus der Küche gehört, der ihn um hundertachtzig Grad herumriß. Es war ein gewaltiger Krach von zersplitterndem Glas, und Glassplitter flogen nach allen Seiten. Dann folgte ein schwerer Fall auf den Boden der Küche. Und dann wurde es still. Malm rührte sich nicht. Aber er hätte darauf schwören können, daß einen kurzen Augenblick nach dem Lärm jemand im Dunkel draußen vor dem Küchenfenster gestanden und direkt auf ihn geblickt hatte.

Vorsichtig ging er Schritt für Schritt hinaus in die Küche.

Die eine Hälfte des geschlossenen Fensters war eingeschlagen, und unter den Glasscherben auf dem Boden lag ein großer Stein; einer der Steine von den Rosenbeeten unter dem Fenster. David drehte schnell das Licht ab.

Er versteckte sich hinter den Gardinen und spähte durch sie hindurch zu der eingeschlagenen Fensterhälfte. Zuerst sah er nichts im Dunkel unter den Bäumen. Die Nacht war grau und machte alle Konturen undeutlich. Aber dann hörte er, wie die Stille durch einen merkwürdigen Laut unterbrochen wurde: Ein Zweig brach entzwei. Im nächsten Augenblick prasselte es längs der ganzen Reihe der Johannisbeerbüsche, die sich an der Hecke hinzogen, und er konnte eine gebeugte Gestalt erfassen, die einen Moment lang beim Zaun sichtbar wurde und dann den Weg entlanglief. Er konnte Schritte im Kies hören, schnelle und leichte Schritte, aber er sah nichts. Offenbar floh diese Gestalt geduckt die Hecke entlang.

David hatte sich im gleichen Augenblick zur Verfolgung des Flüchtigen entschlossen, als dieser die Zauntür zuschwenkte, die weithin vernehmbar knarrte. Malm war bereits auf das Fensterbrett gesprungen, und während er noch die geduckte Gestalt über den Weg zur Kirchenmauer huschen sah, sprang er hinunter. Er landete etwas ungeschickt auf dem linken Ellenbogen, der sich in die Erde grub. Es dauerte einige Sekunden, bis Malm wieder auf den Beinen war, und er fürchtete, der Fliehende hätte einen zu großen Vorsprung gewonnen. Aber als David auf den Weg hinauskam, sah er den mutmaßlichen Brandstifter gerade um die Ecke der Mauer rennen.

Den Verfolger überfiel ein sonderbares Gefühl, daß der andere versteckt auf ihn lauere, und er empfand plötzlich einen sekundenschnellen Schreck. Aber der ging vorüber, als David daran dachte, wen er da vor sich haben mußte. Jetzt hatte er seine Chance, den Pyromanen zu packen – jetzt, oder vielleicht nie mehr!

Die spitzen, kleinen Steine auf dem Kiesweg schnitten in seine Füße ein. David war immer noch barfuß und im Pyjama, dessen Vorderseite von dem aus dem Kessel schwappenden Wasser patschnaß geworden war. Als er rund um die Mauer schwenkte, wo die geduckte Gestalt verschwunden war, warf er einen Blick zur Schule hin, in der Hoffnung, jemand würde ihn sehen und zu Hilfe kommen. Er sah etwas Weißes unter den Bäumen schimmern. Es wirkte seltsam, aber er hatte keine Zeit, stehenzubleiben. Das war irgendeine Erscheinung, dachte er.

Eine sonderbare Nacht, diese Nacht!

Die Erscheinung war von oben bis unten weiß gekleidet gewesen. Nun aber sah er den Fliehenden wieder. Die Jagd führte in stolperndem Sturmlauf die steile Böschung hinauf zum See. Ganz unterhalb der Mauer lag ein großer Steinhaufen, den er aus Zeitmangel nicht umgehen konnte. Bevor er sich zum Sprung sammelte, wandte er den Kopf und rief, so laut er konnte, zum Weg hinüber, wo das weiße Etwas sich gezeigt hatte:

»Der Pyromane! Der Brandstifter!«

Er hörte seine eigene Stimme wie eine Sirene über den See hallen, der sie auf seinem waldigen westlichen Ufer entgegennahm und mit langgezogenem Echo über die Gegend zurückwarf.

Eines begriff David jetzt: Es war nicht leicht, diese Gestalt zu erkennen. Kopf und Schultern waren von etwas Unförmigem bedeckt, das um sie herumflatterte, wenn sie lief. Gerade als sie zum Seeufer kam und die Richtung änderte, begriff David, daß sie eine Jacke oder einen Rock über den Kopf gezogen hatte.

Der Vorsprung des Fliehenden vergrößerte sich, da David barfuß war und daher auf den scharfen Steinen nicht schneller laufen konnte. Aber zu seiner großen Zufriedenheit sah er, daß es keinen Ausweg auf der Seite gab, nach der sie liefen. Zu beiden Seiten breiteten sich die sumpfigen Seewiesen aus. Es bedurfte eines langen Laufes auf dem freien Feld, bis der andere etwas fand, wo er sich verbergen konnte. David war entschlossen, eher in Stücke zu gehen, als ihm einen neuen Vorsprung zu geben.

Sie liefen nun längs dem sumpfigen Uferstreifen hart am Rande des Schilfs. David lag ungefähr hundert Meter hinter dem andern. Sie näherten sich der Stelle des Waldes, wo dieser bis zum See reichte, und David fürchtete schon, daß er den anderen nicht würde erreichen können, bevor sie an diese Stelle kamen. Die grauen Nachtnebel über dem See hatten zu steigen begonnen, und von Osten zeigte sich bereits eine Ahnung des Morgengrauens. Noch immer konnte er von dem Verfolgten nicht mehr sehen als eine verschwommene Kontur. Plötzlich verschwand der Fliehende in einem Erlengebüsch, das ihn verdeckte.

David keuchte vor Erschöpfung und hatte das Gefühl, als würde sein Brustkasten entzweispringen. Als Malm sich durch die dichten Erlenbüsche gekämpft hatte und auf der anderen Seite herauskam, war er ziemlich sicher, den anderen verloren zu haben. Da erblickte er ihn kaum fünfzig Meter vor sich. Er war ihm näher gekommen und begriff plötzlich, warum. Der andere rannte nicht mehr. Er watete mühevoll und nahm manchmal beunruhigend in der Länge ab. Sie waren in hohes Schilf geraten. David zögerte einige Sekunden, bevor er in den dicken, kalten Matsch hineinstieg und zu waten begann. Der Boden trug ihn, obwohl er unter seinen Füßen schwankte. Er hatte den Eindruck, der andere sei leichter als er. Es sah aus, als würden ihn die Seegrashügel besser tragen.

Er hatte bisher Angst vor ihm gehabt. Aber nun tröstete ihn der Gedanke, daß der andere vermutlich leichter war. Vielleicht erübrigte sich ein Kampf, wenn er ihn erreichte. Es konnte auch eine Frau sein. Und Frauen schlagen sich doch wohl nicht herum, dachte David hoffnungsvoll, während er sich langsam und vorsichtig bis zu den Knien in das kühle Wasser sinken ließ. Der andere war im Schilfdschungel verschwunden. David hörte das Schilf knistern und das Wasser unter seinen Füßen glucksen, aber er sah ihn nicht.

Das Schilf wuchs ihm über den Kopf und schloß ihn von allen Seiten ein, als er der Spur folgte, die vor ihm im Dickicht eingetreten worden war. Solange er diesem breiten Weg von niedergetrampeltem und abgeschlagenem Schilf folgte, konnte David die Spur des Verfolgten nicht verlieren. Die Jagd, die in wahnsinnigem Laufschritt begonnen hatte, war nun in ein mühevolles, schrittweises Plumpsen übergegangen. David blieb hie und da stehen, um Atem zu schöpfen, und er war sicher, daß auch der andere es tat, da es plötzlich still um ihn war. Er hörte nur das eintönige Gurgeln des Wassers.

Bisher war es leicht gewesen, den Weg hinter dem Fliehenden zu finden, aber schwer, vorwärts zu kommen. Nun kam er plötzlich zu einer Öffnung im Schilf, in der bleichviolette Pfeilblätter im Wasser blühten. Ein braungefleckter Raubvogel flatterte mit hängenden Beinen auf und kreiste schreiend über ihm, bis er über dem See entschwand.

Ganz in der Nähe war ein Haufen abgeschnittenen Schilfs aufgeschichtet worden. Er begriff, daß er zu einem von Vergelius' Vogelplätzen gekommen war, und erinnerte sich daran, daß der Pastor Vergelius aus freiem Entschluß in diesem unbeschreiblichen Brei herumzuspazieren pflegte.

Aber ärger als der Schmutz, der an seinen dünnen Pyjamahosen klebte und an der Haut juckte, war die Erkenntnis, daß es drei oder vier Wege zu diesem Platz gab. David konnte nicht feststellen, welchen davon der andere gewählt hatte. Er blieb ratlos in der Stille stehen, die nun absolut wirkte. Es mußte Tausende Vögel in diesem grünen Dschungel geben. Vermutlich schwiegen sie verschreckt einige Augenblicke, bevor sie sich über den Eindringling hermachten. Er sah ein kleines, rundes Vogelnest, das aus seiner stabilen Lage zwischen zwei starken Schilfstengeln gekommen war und traurig herabhing. Er sagte sich instinktiv, daß Vergelius niemals so unachtsam gegangen wäre. Es mußte also der Weg sein, den der andere genommen hatte. David sprang hinüber zum nächsten Schilfhügel, um der Stelle näher zu kommen. Beim folgenden Sprung rutschte er aus, versank zuerst bis zu den Knien, vermochte aber ein paar Schritte zu waten, bis der Grund unter ihm vollständig nachgab. So rasch, daß er es kaum fassen konnte, sank er ins Bodenlose und saß festgeklemmt bis zu den Knien in einem der verräterischen Schlammlöcher, von deren Existenz er nichts geahnt hatte.

Er war nach vorne hingefallen und bekam den Mund voll Wasser. Dieses war sicher nahrungsreich und nützlich, sowohl für Vögel als auch für Fische. Aber es schmeckte abscheulich. Er spuckte es voll Ekel aus und versuchte herauszukrabbeln. Das geschah alles sehr rasch.

Hinter sich hörte er das Schilf knacken, und sein erster, treuherziger Gedanke war, der andere sei umgekehrt und komme ihm zu Hilfe. Da er sich nicht umdrehen konnte, hatte er ihn hinter seinem Rücken, bis er sich mit den Armen ein wenig aus der Umklammerung des Morasts herausziehen konnte.

Malm fühlte plötzlich eine harte Hand im Nacken. Es war ein fester Griff, der ihn langsam zurück in das stinkende Wasser preßte. David versuchte den Atem anzuhalten, um nicht aus Panik Wasser in die Lungen zu bekommen. Er hustete und gurgelte und merkte kaum noch den Schlag, der schwer und wirksam auf seinen Nacken fiel. Es wurde schwarz um ihn herum, und das Wasser schmeckte nicht länger schlecht. Es schmeckte überhaupt nicht mehr.

Durch einen Schrei, den er nicht identifizieren konnte, kam er zu Bewußtsein. Es war ein Sumpfhabichtweibchen, das über seinem Kopf kreiste. Das machte ihn nicht ruhiger. Erst langsam begann er zu fassen, daß er weder erschlagen noch ertränkt war. Er lag mit dem halben Oberkörper auf einer Schilfbank, hatte aber die Beine offenbar im Morast stecken, denn er konnte sie nicht rühren. Er wandte den Kopf und spuckte eine Masse Schlammwasser aus. Erst da fühlte er, daß er eine Hand im Nacken hatte, und erstarrte. Aber diese Hand wirkte freundlicher. Sie klopfte ihm beruhigend auf den Rücken, dann wurde er unter den Armen emporgezogen, konnte sich rühren und drehte sich um. Es war Vergelius.

»Du bist hier?« wollte er sagen, brachte aber nur ein Husten und einen Mundvoll Schlamm hervor.

»Lieber Freund, wie fühlst du dich?« murmelte Vergelius, während er seine Windjacke um Davids Oberkörper legte.

»Es … mir … soso lala«, stotterte David mit klappernden Zähnen. Ihn fror unerträglich. Die Sonne ging langsam auf, und wäre er dafür in Stimmung gewesen, dann hätte er gesehen, wie schön es ist, wenn die ersten, rosafarbenen Strahlen über das Schilf huschen. Der Nebel hatte sich verzogen, und ein schwaches Lüftchen strich über die Schilfspitzen, die leise und melodisch rauschten. Ihm selbst verursachte der Wind einen Schüttelfrost. Er zog die Jacke enger um sich und schielte über den Kragen auf Vergelius, der beneidenswert zweckmäßig in eine Wollweste, dicke Hosen und hohe Stiefel, die ihm bis zu den Schenkeln reichten, gekleidet war. Aus einem kleinen Koffer holte er eine Thermosflasche hervor.

»Trink das«, sagte er und reichte David die Thermosflasche, die mit heißem Kaffee gefüllt war. David trank und preßte zwischen den Zähnen hervor: »Was tust du hier? Rennst du wieder den verflixten Vögeln nach? Nennst du das ein Vergnügen?«

Ihn packte ein Haß gegen diese kalte Schmutzlache von See, und er hatte nur den Wunsch, von hier fortzukommen.

»Was ist geschehen?« fragte Vergelius. »Warum läufst du im Pyjama hier herum?« Er hielt das nasse Zeug, das er David ausgezogen hatte, in die Höhe.

»Es ist viel geschehen«, sagte David, und schluckte den Kaffee in großen Zügen. »Zu Hause im Pfarrhof hat es gebrannt – ja, fall jetzt nicht in den See, es ist schon längst gelöscht, hoffe ich«, fügte er nachdenklich hinzu. »Dann machte ich einen, wie ich selbst sagen darf, sehr heroischen Versuch, dich vor Rauchvergiftungen zu bewahren. Das erwies sich als überflüssig. Aber ich konnte doch nicht wissen, daß du draußen warst und deinen fliegenden Wasserläufern nachschleichst.«

»David«, sagte Vergelius ernst, »scherzt du?«

»Nein, ich scherze nicht. Ich hab' nicht die Kraft zum Scherzen. Aber warte, es ist noch mehr geschehen. Einer hat einen Stein durchs Fenster geworfen.«

Er berichtete, wie er der fliehenden Gestalt gefolgt war, die niemand anders sein konnte als der Brandstifter, und wie die Jagd ganz plötzlich auf dem Platz schloß, wo er nun saß.

»Hier in dieser Drecklache, die ich hoffentlich nie mehr in

meinem Leben zu sehen brauche. Bitte, versuchen wir, hier wegzukommen.«

»Geh hinter mir, du wirst sehen, daß wir ziemlich trocken an Land kommen.« Vergelius ging in einer der breiten Schilfgassen voraus.

»Wie bist du hergekommen?« rief David, während er hinter ihm balancierte.

»Ich habe südlich, wo der See die Biegung macht, in einer Bootshütte gesessen. Ich merkte an den Vögeln, daß hier etwas los war. Besonders ein Habichtweibchen benahm sich sehr sonderbar. Ich betrachtete mir die Unruhe eine Weile durch das Fernglas, bevor ich mich auf den Weg hierher machte.«

»Gesegnete Wassertreter!« sagte David.

»Die gibt es hier jetzt nicht.«

»Nenn sie, wie du willst, die kleinen Dinger. Hätten sie dich nicht aufmerksam gemacht, dann wäre ich wohl ertrunken. Er drückte mich direkt ins Wasser hinunter, und ich kam auf den Magen zu liegen.«

»Die Gefahr war nicht so groß. Du hast mit dem Oberkörper ein Stück auf der Schilfbank gelegen.«

David blieb stehen und blickte auf den Rücken vor sich.

»Hast du mich denn nicht herausgezogen?«

»Nein, ich fand dich so, wie du gelegen hast, als du zu dir kamst.«

David dachte über diese Eröffnung nach, während er versuchte, mit Vergelius Schritt zu halten. Der Pastor kannte die Wege sichtlich gut, denn er lotste David über die Erdhügel, ohne daß ihnen das Wasser je über die Fesseln ging. Als sie festen Boden erreichten, begannen sie sachte zu laufen, damit David sich erwärmen konnte.

»Das ist merkwürdig«, keuchte David, während er lief. »Erst, verstehst du, hatte ich ein Gefühl, daß er mich hinlocken wollte. Es wirkte sogar so, als ob er auf mich wartete, als ich auf der Steigung bei der Kirche langsamer wurde. Ich glaubte nachher, er habe es sich ausgerechnet, mich ins Schilf zu locken und mich niederzuschlagen, nachdem ich die Richtung verloren hatte und nicht wußte, auf welcher Seite er war.«

»Hat es sich nicht so abgespielt?«

»Ja, aber dann hätte er mich doch im Wasser liegen lassen. Ich war ja schon halb ertrunken. Warum machte er sich die Mühe, mich herauszuziehen?«

»Er wollte dich wohl nicht ertränken.«

»Nein, wahrscheinlich wollte er das nicht.«

Den ganzen Weg zum Pfarrhof hinauf dachte er darüber nach. Die grausame und sinnlose Zerstörung mit den Bränden, der harte Nackenschlag draußen im Schilf – das alles stimmte so gar nicht damit überein, daß der Brandstifter sich Zeit nahm, David herauszuziehen und mit fast ängstlicher Fürsorge darauf zu achten, daß er nicht ertrank. Der Unbekannte begann fast die Umrisse einer Persönlichkeit anzunehmen. War er ein labiler Mensch, der gegen eine kindlich-impulsive Grausamkeit kämpfte und in der nächsten Sekunde Reue empfand? Aber das stimmte nicht mit der Berechnung überein, die er gezeigt hatte, als er den Stein durchs Küchenfenster warf. Er muß das getan haben, um mich auf ihn aufmerksam zu machen, dachte David. War es sein Wille, gejagt zu werden?

Er konnte daraus nicht klug werden. Sie waren nun beim Pfarrhof angelangt und gingen durch die versperrte Verandatür hinein. In der Küche lag wie vorhin zwischen den Glasscheiben der Stein auf dem Boden. Das Wasser brauste immer noch aus beiden Kränen, lief aber durch den Ablauf ab und hatte den Boden nicht überschwemmt. David drehte die Hähne zu und folgte Vergelius durch den Gang zum Speisezimmer. Der Rauchgeruch war fast weg.

Drinnen im Schrank war alles schwarz und naß. Es roch nicht besonders gut – nach verkohlten Kleidungsstücken und Zeitungsresten. Aber ein paar Sachen stimmten nicht. Der

Kehrbesen stand zwar noch im Gang, aber David hätte fast darauf schwören können, daß er ihn zu Boden fallen ließ, als er den Stein fallen hörte. Die verkohlten Kleider und der Papierhaufen im Schrank waren kunterbunt durcheinander gewühlt. Malm erinnerte sich zwar, daß er mit dem Besenstiel in den verbrannten Sachen herumgewühlt hatte. Aber hatte er sie wirklich so sehr vermanscht? Nun lag alles in einem rußigen und nassen Wirrwarr am Boden.

Erst als er in die Küche kam und den Kupferkessel sah, wurde er seiner Sache sicher.

»Es war jemand hier«, sagte er. »Ich weiß, daß der Kupferkessel im Gang stand, weil ich gerade eine Ladung Wasser in den Schrank geschüttet habe, als der Stein angeflogen kam.«

»Was meinst du damit?«

»Er ist hier gewesen! Wahrscheinlich hat er noch mehr Wasser in den Schrank gegossen.«

»Warum hätte er das tun sollen?« fragte Vergelius. »Er ist es doch, der Feuer legt... Weshalb sollte er versuchen zu löschen?«

Darauf wußte David keine Antwort.

»Geh hinauf und zieh dir etwas Warmes an, inzwischen mache ich Kaffee. Du mußt etwas zu dir nehmen. Wenn jemand hier gewesen ist, der Brandstifter war es bestimmt nicht. Falls es jemand anders war, werden wir es wahrscheinlich noch heute erfahren. Hier schließen wir ab.«

Er warf die Schranktür ins Schloß.

»Das da soll sich heute vormittag der Untersuchungsrichter ansehen. Obwohl ich der Meinung bin, daß hier die Kriminalpolizei eingreifen muß.«

Als David zum Frühstück herunterkam, das Vergelius auf dem Küchentisch serviert hatte, fühlte er sich wieder einigermaßen warm und trocken. Der Nacken schmerzte ihn noch ein wenig nach dem Schlag, und er fragte sich, ob dieser von einer harten Faust oder von einer schwächeren Hand mit irgendeiner Waffe ausgeführt worden war.

»David«, sagte Vergelius ernst, als er in der Küchentür stand, »ich bin froh, daß du aufgewacht bist.«

David nickte. »Ich auch«, antwortete er, »das ganze Haus hätte niederbrennen können.« – »Und du mit ihm.«

»Ich mit, ja. Aber ich habe heute schon so oft dem Tod ins Auge gesehen, daß ich anfange, mich daran zu gewöhnen.«

Er merkte, daß es nicht so leicht war, den Schreck wegzuscherzen, den er empfand, seit er vor knappen drei Stunden durch den stechenden Rauch erwacht war. Aber Vergelius wirkte jetzt ruhiger als am Nachmittag, da sie vom Brand in Jerusalem heimkehrten.

»Eigentlich ist kein Schaden geschehen«, sagte er. »Den Schrank benutze ich fast nie, es hingen nur ein paar zerfetzte alte Kleider drin. Unangenehm ist, daß ich meine Kamera verloren habe.«

Er versuchte, einen leichten Ton anzuschlagen, aber David sah, daß er bekümmert war.

»Deine schöne Vogelkamera?«

»Ja, ich habe sie wahrscheinlich unten am See liegenlassen. Aber ich bin nicht sicher. Ich kann sie auch in der Bootshütte verloren haben, als ich von dort wegging.«

Er hatte sich zum Frühlingsbeginn, als die Vogelsaison begann, eine neue und ziemlich teure Kamera gekauft. Sie hatte ein Teleobjektiv und alle möglichen anderen Feinheiten. David wußte, daß er sehr an ihr hing.

»Ich fühle mich jetzt nicht in der Verfassung, dir beim Suchen zu helfen, Per-Olof. Aber geh doch selbst, laß dich nicht aufhalten.«

»Ich habe keine Lust, dich hier allein zu lassen.«

David stellte die Tasse nieder. »Na, hör mal!« sagte er. »Ich hab' gewiß Angst vor dem Pyromanen, aber ich glaube nicht, daß er uns hier wieder mit seinem Besuch beehrt. Nicht jetzt, da es Tag ist und die Leute sich zu rühren beginnen.«

»Das hat er auch gestern getan. Am hellen Nachmittag in Jerusalem.«

»Dort draußen, ja. Aber doch nicht hier mitten im Ort, wo es bald wimmeln wird von den dreihundert Seelen von Ärketuna, sobald die Melkzeit beginnt.«

Vergelius entfernte sich zuletzt, um nach der Kamera zu suchen, und David blieb allein am Küchentisch mit den Käsebroten. Als er alle verzehrt hatte, fühlte er sich behaglich schläfrig. Er war bereits auf dem Weg zum Schlafzimmer, als er es sich überlegte und die Treppe zurückging.

Er entschloß sich, im Garten nachzusehen, ob es irgendwelche Spuren des nächtlichen Gastes gab, einen verlorenen Knopf oder ein abgerissenes Stück Stoff an einem Zweig. Aber der Brandstifter gehörte offenbar nicht jener Kategorie ordentlicher Verbrecher an, die einen deutlich gezeichneten Weg hinterlassen. David entdeckte nichts anderes als die Spuren seiner eigenen nackten Füße in den Beeten. Bei diesem Anblick wurde er wieder von Selbstmitleid überwältigt und begann gleichzeitig in der Morgenkühle wieder zu frieren.

Ich hätte entweder verbrannt oder erschlagen oder ertränkt oder erfroren sein können, dachte er respektvoll. Er ging planlos die Mauer entlang bis zu der Stelle, wo die Mauer eine Biegung aufwies, kehrte aber um, weil er fror und nichts Besonderes feststellen konnte. Als er an der Wegöffnung beim Eingang vorbeikam, warf er zufällig einen Blick in die Nische. Er sah es augenblicklich: Der Schlüssel war nicht an seinem Platz.

Die Müdigkeit war plötzlich wie weggeblasen. Er warf einen Blick auf die Uhr: Es war gleich fünf. Rasch ging er durch den Eingang den Friedhofsgang hinauf. Der Schlüssel saß in der Tür. Kein Mensch hatte um diese Zeit eine legale Beschäftigung in der Kirche.

Als er die schwere Pforte aufstieß, hatte er nur einen Gedanken im Kopf: *Er darf die Kirche nicht anzünden! Nicht die Malerarbeiten verbrennen!*

7

David ging schnell durch das Waffenhaus. Die innere Tür stand einen Spaltbreit offen. Er hatte Angst, und die Angst machte ihn vorsichtig. Behutsam versuchte er, die offene Türhälfte weiter zu öffnen, ohne gehört zu werden. Aber die handgeschmiedeten Scharniere waren zu alt und nicht geölt – es knarrte, als er die Tür bewegte. Langsam schwang sie auf, er fühlte die kühle, dumpfe Kirchenluft in seinem Gesicht. Die Tür bewegte sich nicht mehr und hörte auf zu kreischen. Es war vollkommen still in der Kirche.

Er ging einige Schritte im Mittelgang und blieb vor Margareta Krumediges gefalteten Händen stehen. Von Osten schien bleiches Sonnenlicht auf das Kruzifix. Er sah sich genau um, ließ den Blick über die Bänke schweifen, die ordentlich verschlossen waren. Die Tür der Sakristei war ebenfalls zu. Oben auf dem Holzgerüst lagen seine Werkzeuge. Er beugte den Kopf zurück und sah die drei Männer in dem brennenden Ofen über sich. Ihre bleichen Gesichter wirkten ruhig und zuversichtlich. Sein Blick wanderte zu Nebukadnezar hin, und ihm schien einen Augenblick lang, als sähen sie einander in die Augen.

»Du wirst mir die Malerarbeiten nicht verbrennen!«

Er sagte es halblaut, und er wußte, daß jemand seine unter den Wölbungen anschwellende Stimme hörte. Es wurde zwar sofort wieder still in der Kirche, aber es war eine verhaltene, unheimliche Stille, die ihm die Gegenwart des anderen ebenso deutlich zu erkennen gab, als ob er ihn berührt hätte.

Er wußte nicht, wo er sich befand. Es war unangenehm, aber er mußte durch den Mittelgang zur Sakristei gehen und die Tür öffnen. Mechanisch führte er die Hand zum Nacken und strich sich über die schmerzende Stelle. Er ging weiter. Es war ihm nie aufgefallen, wie sehr das Echo jeden Laut hier drinnen verstärkte. Seine Schritte donnerten von den Wölbungen zurück. Vor der Sakristei blieb er stehen und zögerte einen Augenblick.

Gerade als das Echo seiner eigenen Schritte aufhörte, vernahm er etwas. Es war ein schwacher Laut von der Orgelgalerie, als hätte jemand an etwas angestoßen.

Er machte kehrt und lief durch den Mittelgang zurück. Während er die schmale Treppe zur Galerie hinaufsprang, hörte er deutlich zwei, drei laufende Schritte oben. Als er hinaufkam, war niemand zu sehen, aber er konnte jemand ganz in der Nähe heftig atmen hören. Erst als er den wohlbekannten knarrenden Laut des Holzgerüsts vernahm, begriff er, daß es die Orgel war, die den andern verdeckte. Dieser hatte sich auf das Gerüst hinausbegeben und war dabei, von dort herabzuklettern. David verursachte der bloße Gedanke, auf dem Gerüst zu balancieren, Übelkeit. Er drehte sich um und lief die Treppe hinab.

Als er unten ankam, war es zu spät. Er hörte die äußere Kirchentür zuschlagen und rannte durch den Waffenraum. Da wurde der Schlüssel von draußen im Schloß umgedreht. Bebend vor Wut rüttelte er mehrmals an dem alten, rostigen Schloß. Das half natürlich nichts. Die würgende Angst hatte sich in Zorn verwandelt, sobald er die Tür zwischen sich und dem andern hatte. Warte, du Schuft, dachte er, ich krieg' dich doch noch einmal zu sehen!

Er wußte nicht, welches Fenster er wählen sollte, versuchte es also auf gut Glück mit dem, das auf die Biegung des Weges ging, und kletterte auf eine der Bänke hinauf. Das Fenster war das schönste der Kirche, aber nicht gerade geeignet, hindurchzuschauen. Er bekam einen grünen Fleck zwischen den

Füßen des Apostels Paulus zu sehen. Er sah ein paar Grabsteine, ein Stück der Mauer und des Weges. Alles war grün – grün und leer.

Er wußte, daß er in der Kirche nicht fluchen und auch kein Fenster einschlagen durfte, aber er hätte Lust zu beidem gehabt. Irgendwie war es lächerlich, sich wegen eines Unbekannten in Raserei hineinzusteigern. Aber krieg' ich dich, dachte er und durchbohrte die Tür mit einem Blick, dann hüpfe ich zehn Minuten lang auf deinem Bauch herum, bloß wegen dieser Sache hier!

Plötzlich schoß ihm die Frage durch den Kopf, wieviel der Unbekannte oben auf der Orgelgalerie wohl schon angerichtet hatte, bevor er gestört wurde. Vielleicht lag bereits ein Haufen Zeitungen dort und flackerte, ohne daß er es bemerkt hatte!

David sauste wieder die Treppe hinauf. Aber nichts dergleichen war zu sehen. Es herrschte oben die gewöhnliche Unordnung. Um die scherte man sich nicht viel, da sie selten jemand sah. Die Choralbücher lagen auf dem Orgelstuhl. Davids eigener Vorrat an Terpentin und Putzwolle und einiges andere Material lag beiseite geräumt in einer Ecke. Er ging hin und betrachtete es.

Es roch nach Terpentin. Der Behälter war offen, und der Korken lag auf dem Boden. Eine kleine, ausgeschüttete Lache war vor dem Behälter. Die Kiste mit der Putzwolle war aufgerissen.

So weit war es also schon, dachte er und fühlte, wie seine Hände naß wurden, als er ein Stück von der Putzwolle abriß, um das verschüttete Terpentin aufzutrocknen. Aber als er den Behälter schüttelte, sah er seinen Irrtum ein. Der Behälter war fast leer.

Der Unbekannte hatte also nicht die Absicht gehabt, die Kirche anzuzünden. Er war nur hiergewesen, um sich Material für seine kommenden Brände zu verschaffen. Damit wenigstens sollte jetzt Schluß sein! David korkte den Behälter zu und nahm ihn unter den Arm. Er dachte einige nicht allzu schöne Dinge, als er zerstreut die geschlossene Kirchentür zum zweiten Male öffnen wollte. In der Sakristei fand er ein Fenster, das sich öffnen ließ. Mit dem Behälter unter dem Arm sprang er hinaus und landete weich im Gras. Zu seiner Verwunderung verstauchte er sich nicht einmal die Füße.

Als er in die Pfarrhausküche kam, war Vergelius dabei, sich die Stiefel auszuziehen.

»Was hast du da?« fragte er.

»Terpentin«, antwortete David und marschierte zu der Besenkammer, wo er den Behälter abstellte. Vergelius sah etwas schockiert aus, als David wiederkam.

»Terpentin?« fragte er.

»Jawohl. Und zu dieser Tageszeit! Du gehörst wohl zu denen, die niemals vor dem Lunch Terpentin nehmen?«

Vergelius erhob sich mit den Stiefeln in der Hand. Er sah unschlüssig drein und schien ebenso schläfrig zu sein wie David.

»Ich werde dir das später erklären«, sagte dieser. »Leg dich jetzt nieder. Ich habe selber die Absicht zu schlafen, und ich werde es tun, auch wenn dieser elende Brandstifter versuchen sollte, mich aus dem Bett zu schleifen, um mit mir Blindekuh zu spielen! Hast du die Kamera gefunden?«

»Nein, leider nicht«, antwortete Vergelius kopfschüttelnd und gähnte.

»Schade.«

Das Wort blieb David, kaum ausgesprochen, in der Kehle stecken. Er starrte auf den Rücken des Pastors, der langsam und müde die Treppe hinaufging. David war so zumute, als ob er zum ersten Male seit mehreren Tagen klar denken könne. Aber die Gedanken, die in ihm aufstiegen, waren häßlich und unbehaglich, und er wollte sie nicht weiter denken. Hast du die Kamera gefunden? hatte er gefragt.

Hast du die Kamera überhaupt verloren?

Wäre das nicht die richtige Frage gewesen? bohrte es in

David. Er zündete sich eine Pfeife an und versuchte die Frage zu vergessen. Ich hab' nicht die Kraft, nachzudenken, wehrte er sich. Ich bin zu müde. Ich muß schlafen. Außerdem bin ich ein Narr.

Aber er ging jedenfalls zur Besenkammer zurück und holte den Behälter heraus. Er nahm den Kork ab und ließ den Rest Terpentin in den Ablauf rinnen. Jetzt wird es in der Küche nach Terpentin riechen, aber das ist mir egal. Ich denke auch nicht daran, es zu erklären. Niemand soll es erfahren.

Am Nachmittag erhielt David die Nachricht, er möge herunterkommen und der Polizei berichten, was er erlebt habe. Die Herren von der Polizei hatten sich im Schulhaus niedergelassen, und eine kleine Schar Müßiggänger, die meisten vom Altersheim, standen vor dem Schulhaus und betrachteten die beiden schwarzen Autos. Auf der Treppe begegnete er Antonsson, der die beiden kleinen Mädchen an der Hand führte. Auch der halbwüchsige Junge von Stormyra, der den Brand in der Scheune entdeckt hatte, war dabei. Der Junge sah nach der Begegnung mit der Obrigkeit etwas geknickt aus, erholte sich aber bald und begann den Umstehenden zu erzählen, was die Polizei gesagt habe und was er gesagt habe und was er dachte, als er es sagte, und was die Polizei vermutlich gedacht habe.

Die Alten boten einander Schnupftabak und Pfeifentabak an, während sie ihm zuhörten.

David wurde gebeten, nicht nur über die Erlebnisse der vergangenen Nacht zu berichten, sondern mit der Auktion zu beginnen. Im Bestreben, vor soviel uniformierter Sachkenntnis sein Bestes zu tun, berichtete er so genau wie möglich über die heißen Samstagnachmittagstunden. Er vergaß nicht einmal, den Fuchs zu erwähnen, den er am Waldrand gesehen hatte – den rotschwänzigen Vorboten. Der Uniformierte blickte von seinen Notizen auf.

»Den Fuchs kannst du dir schenken«, sagte der Zivilgekleidete, der die Fragen stellte, zu dem Uniformierten. Er hatte einen kühlen und etwas harten Blick, der wahrscheinlich in freien Stunden, wenn er nicht damit beschäftigt war, Leute aufzuspießen, freundlich sein konnte.

»Wie war das?« fragte er. »Sie saßen die ganze Zeit auf der Küchentreppe, bis der Brand entdeckt wurde? Niemand ging an Ihnen vorbei ins Haus hinein?«

»Nein«, erwiderte David.

»Sind Sie sicher? Kam niemand heraus?«

»Es war keiner mehr drin. Die Verandatür konnte niemand passieren; denn dort stand Sjöman und versperrte den Weg. Ich ging von innen direkt zur Küchentreppe und setzte mich dort nieder.«

»Was hatten Sie im Haus zu tun?«

»Ich habe mit Vergelius gesprochen, mit dem Pastor, bei dem ich wohne. Er sah sich einige alte Karten an, die in der Kammer lagen.«

»Wann kam er heraus?«

»Gleich nach mir.«

»Nach fünf... oder nach zehn Minuten?«

»Nein, nicht so lange. Ich weiß nicht...«

David wurde plötzlich unsicher. Er hatte nichts gegen den Zivilisten, denn der stellte ruhig und genau seine Fragen. Aber David gefielen die Fragen nicht.

»Das kann man hinterher so exakt nicht sagen. Vielleicht erinnere ich mich falsch. Schreiben Sie nicht jedes Wort auf, das ich sage. Ich kann nicht für alles einstehen. Es ist zu lange her.«

»Es ist nur drei Tage her.«

»Vier. Es war am Samstag.«

»Das hängt davon ab, wie man rechnet«, sagte der Zivilist lächelnd.

Die Polizisten hatten ruhige, aufmerksame Gesichter und zeigten über nichts besondere Verwunderung. Nicht einmal über seine verworrenen nächtlichen Erlebnisse.

»Sie brauchen Schlaf«, sagte der Zivilist nur.

»Ich habe schon den ganzen Vormittag geschlafen. Das hilft nicht. Ich dachte schon, ich hätte alles geträumt, als ich erwachte.«

Aber das schienen sie nicht zu glauben, und das war ja die Hauptsache. Schwieriger war es mit dem untersetzten Landwirt, der sich später – am Nachmittag – in die Schulbank zwängte. Ask hatte eine Versammlung einberufen, die Ärketunas erwachsene, männliche und zurechnungsfähige Bevölkerung umfaßte. David wurde extra hinzugezogen. Er mußte nochmals über den Vorgang im Pfarrhof berichten und was geschehen war, als er das Feuer gelöscht hatte. Viele Augenpaare, die meisten hellblau, beobachteten ihn, als er zu Ende war, und niemand sagte etwas, bis Ask sich räusperte und das Wort ergriff. »Das war seltsam«, sagte der und ließ den Blick absichtslos zur Decke schweifen, um gleich darauf wieder David anzusehen. »Das muß ein ganz besonders schnellfüßiger und schnelldenkender Schurke sein, mit dem wir es zu tun haben. Diese Eigenschaften sprechen dafür, daß es jemand von auswärts ist.«

Ein kleines Lächeln glitt über sein Gesicht, fror aber rasch ein. Asks Gedankengang war sicher ganz klar. Aus Vorsicht drückte er sich meistens ein wenig verschwommen aus. Diese Gewohnheit hatte er von der Politik her. Das hinderte aber nicht, daß man begriff, was er meinte. Sogar David konnte Asks Hintergedanken dechiffrieren: Entweder lügt dieser verrückte Maler, oder er hat das nur erfunden. Oder er spricht die Wahrheit – und dann kann es nur ein Außenstehender sein.

Lars Wilhelmsson saß neben David, und dieser fühlte, wie ihn sein Nachbar vorsichtig mit dem Ellbogen anstieß.

»Ob er schnellfüßig und schnell denkend ist, weiß ich nicht genau«, sagte David. »Er lief jedenfalls schneller als ich.«

Ask nahm das Davonsurren der Fliege nicht zur Kenntnis.

»Wie das auch immer zugegangen sein mag«, fuhr er fort,

»so kann diese Sache nicht mehr weitergehen. Wir müssen versuchen, wachsam zu sein, bis der Fall aufgeklärt ist. Jeder paßt wohl vor allem auf das Seinige auf. Aber es ist notwendig, daß wir, wenigstens eine gewisse Zeit lang, einige Männer bestimmen, die jede Nacht rundherum in Ärketuna patrouillieren. Rundenweise. Besonders hier oben um die Kirche und ums Schulhaus herum.«

»Wäre es nicht Aufgabe der Polizei, Wachtposten zu stellen?« fragte ein Pächter aus der hintersten Bank.

»Ja, das sollte sie eigentlich tun. Aber es ist wohl besser, wir organisieren eine eigene Brandwache.«

»Schade, daß es keine Ortspolizei gibt«, sagte Lars Wilhelmsson mit ausdrucksloser Stimme in die Luft hinein.

Jemand lachte auf, aber das Lachen ging in Husten über, als man sah, wie Ask zornig wurde.

»Dieses Wort habe ich nie gehört«, sagte er langsam. »Und ich begreife es auch nicht recht. Aber es kommt ja oft vor, daß Stentorps Lars' Witze über meinen Verstand gehen.«

Er verschluckte sich und mußte ins Tintenfaß blicken, während er sich sammelte. Von Edvin Wilhelmsson kam ein schneller und ziemlich leiser Einwurf: »Jetzt ist Slätfall an der Reihe.«

In diesem Augenblick wurde die Tür geöffnet. Vergelius trat ein und blickte sich um. »Es hat mich zwar niemand hergebeten, aber ich dachte ...«

»Nehmen Sie Platz, Herr Pastor«, sagte Ask und erhob sich in seiner engen Bank. Einige andere in dem vollbesetzten Saal erhoben sich ebenfalls, um ihrerseits dem Amtmann Platz zu machen. Aber Vergelius blieb an der Tür stehen und blickte auf Max am Katheder. Dieser hatte sich aus alter Gewohnheit dort oben placiert. Nachdem er die Versammlung eröffnet hatte, indem er sagte: »Ja, also, wir scheinen ja alle vollzählig zu sein ...«, hatten andere und sprachgewandtere Personen zu reden begonnen. Max hörte teilnahmslos zu und zeichnete Männchen auf die Schreibunterlage Margareta Ädals.

»Ich nehme an, daß David Malm berichtet hat, was heute nacht geschehen ist«, sagte Vergelius, und Max nickte.

»Wir haben eine höchst farbenreiche Schilderung erhalten, wie es zu heißen pflegt«, warf Ask ein und lächelte pfiffig.

»Ich wollte nur melden, daß der Kirchenschlüssel jedenfalls wieder da ist«, sagte Vergelius, zog den großen Schlüssel aus der Tasche seiner Jacke und legte ihn auf den Katheder.

»Das ist ja allerhand«, murmelte Ask, und David bekam plötzlich Lust, aufzuspringen und wenigstens den Versuch zu machen, diesem Wichtigtuer eins auszuwischen. Wenn der ihm nicht glaubte, dann sollte er es rundheraus sagen.

»Was den Kirchenschlüssel betrifft«, setzte Vergelius fort, »so halte ich es nicht für ratsam, ihn länger draußen liegen zu lassen. Ich selbst habe ein Duplikat, das wir früher machen ließen. Diesen Schlüssel gedenke ich Bergström zu geben, der am meisten in der Kirche zu tun hat.«

»Bergström!«

David hatte, ohne sich zu bedenken, den Namen erregt ausgerufen und fühlte, wie alle Blicke sich auf ihn richteten. Es tat ihm sofort leid, aber er fand nichts zu sagen, das den Ausruf hätte entschuldigen können.

»Ich glaube, das ist ganz in Ordnung«, sagte Vergelius ruhig. »Du und ich, wir treffen uns ja täglich, wir können also den anderen Schlüssel gemeinsam benutzen.«

Ask räusperte sich, bevor er wieder das Wort ergriff. Er lebte in der Vorstellung, daß dies eine wirkungsvolle und ehrfurchtgebietende Einleitung seiner Ausführungen sei.

»Ähm, ja, soso. In die Verteilung der Kirchenschlüssel mische ich mich nicht ein. Und eine Sache steht ein für allemal fest...«, er war gezwungen, wieder ein Räuspern einzulegen, »...ich meine den Umstand, daß der Herr Pastor selbst einen Schlüssel haben muß.«

Kein Gesicht im Saal veränderte sich. Die Versammlung saß mäuschenstill und grübelte über diesen kryptischen Ausspruch nach, der etwas bedeuten konnte oder vielleicht überhaupt nichts.

Vergelius war vor dem Katheder stehengeblieben und blickte Ask mit kummervollen Augen an, die noch dunkler wirkten als sonst.

»Haben wir bald fertig palavert?«

Es war Lars Wilhelmsson, der die Laune heben wollte. »Wie wär's, wenn wir jetzt ein paar Mann für heute nacht bestimmen? Wir könnten dann aus diesen gräßlichen Bänken herauskommen. Mir tut schon das Kreuz weh. Also los, Abstimmung! Deshalb sind wir ja hergekommen.«

Es ging rasch, zwei Runden von je sechs Mann für die Brandwache zu bestimmen. David meldete sich freiwillig, zusammen mit elf anderen. Darauf klopfte Max mit seinem Kugelschreiber auf den Katheder und verkündete, daß neue, freiwillige Brandwächter sich am nächsten Vormittag bei ihm anmelden sollten. Im übrigen sei die Versammlung geschlossen. »Danke, meine Herren.«

Er pfiff leise vor sich hin und sah erleichtert aus, als er zusammen mit David und Lars den Schulsaal verließ.

»Jetzt haben wir zwei Stunden lang hier gehockt und haben eine Sache erledigt, die eigentlich nur fünf Minuten in Anspruch genommen hat«, sagte er. »Aber das ist noch gar nichts gegen die Schweinezuchtvereinigung. Jahre meines Lebens habe ich dort abgesessen. Nicht zu reden von der lieben, alten Gesellschaft für Stromversorgung.«

»Daß du so eifrig warst, dich für heute nacht freiwillig zu melden, verstehe ich nicht«, sagte Lars zu David. »Du hast dich doch noch gar nicht ausgeschlafen.«

»Ich verlasse mich nicht auf die andern«, antwortete er. »Ich glaube, die begreifen überhaupt nicht, was die Malerei in der Kirche für einen Wert hat. Wahrscheinlich würde jeder Wächter wegen des ersten besten Heuhaufens, der zu brennen beginnt, die Kirche im Stich lassen und weglaufen.«

»Heu ist eine nützliche und edle Ware, die du nicht verachten darfst«, sagte Max. Er erblickte im gleichen Augenblick die Lehrerin Margareta, die den Kopf aus dem Küchenfenster des Schulhauses steckte.

»Schönstes Fräulein Ädal mit Poesie und allem Zubehör! Ich habe Ihr Löschpapier vollgekleckert mit miesen Gesichtern. Ich bitte um Vergebung. Es beruhte nur darauf, daß ich mich zu Tode gelangweilt habe. Wiedersehen! Ich mache mich auf die Suche nach meiner Gemahlin, die ringsherum alle Scheunen, Heuschober und Köhlerhütten unsicher macht, um den Brandstifter zu schnappen und ihm die Leviten zu lesen.«

Er verschwand rund um das Haus, sein alter Tweed-Havelock flatterte um ihn herum und sah aus, als hätte jemand lange darauf gesessen.

»Unverbesserlich!« sagte Margareta und blickte ihm nach. »Die ganze Ortschaft zittert vor Angst, im Feuer umzukommen, und er macht einen Ulk daraus. Hast du heute nacht keine Furcht gehabt, David?«

»Und ob! Wie eine kleine Ratte.«

»Armer David! Komm herein, du kriegst eine Tasse guten Kaffee. Die Kanne hat den ganzen Tag auf dem Herd gestanden, um den Leuten, die vorbeikamen, Stärkung und Mut zu geben.«

»Wie steht's mit deiner eigenen Courage?« fragte Lars.

Margareta zog sich etwas vom Fenster zurück und antwortete nicht.

»Du hast Angst gehabt heute nacht«, sagte er mit ironischem Lächeln.

»Ich gesteh' es ein«, erwiderte sie leise. »Ich habe Angst gehabt. Komm herein, du kriegst auch eine Tasse.«

Aber er entschuldigte sich. David ging allein hinein und setzte sich an den Küchentisch. Margareta blickte Lars lange nach, als dieser den Weg hinaufging. Ihre Miene war ein wenig bitter. David hätte ihr gern über ihre Enttäuschung hinweggeholfen, aber sie wirkte uninteressiert. Ihre dunkelgrauen Augen, die das Schönste in ihrem Gesicht waren, wechselten den Ausdruck, als sie sich David zuwandte. Sie sieht mich an, als wäre ich ein Möbelstück, dachte er. Aber ein nettes, bequemes Möbelstück. Wenigstens etwas.

»Erleichtere jetzt dein Herz«, bat sie. »Ich bin neugierig.«

»Ich habe es bereits zweimal erleichtert. Erst vor der Polizei und dann vor der Versammlung.«

»Aber jetzt ist es die liebe, gute Margareta, die alles hören will, vom Anfang an. Bitte.«

»Leider nicht nur sie«, murmelte David. Er hatte drei alte Bekannte durch das Fenster zu Gesicht bekommen. Sie waren bereits auf dem Weg die Küchentreppe hinauf.

»Die Grazien, Gott steh mir bei!« sagte Margareta. »Jetzt kommt das Hauptverhör.« Sie goß resigniert neues Wasser in die Kaffeekanne, während die drei Damen durch die Küchentür hereinströmten. Sie klopften natürlich nicht an.

Das tat man hier nie, hatte David gelernt, das galt für unfein. Ungefähr so, als wollte man die Aufmerksamkeit auf seine geringe Person lenken.

»Haben wir nicht gleich gesagt, es ist David, der hier ist!« lärmte Hildur herzlich. »Armer Junge, sage ich, armer Junge! Wie steht's mit dir?«

»Danke, ich lebe noch.«

Sie ließen sich rund um den Küchentisch nieder, jede mit ihrer großen Handtasche vor sich. Hildur hatte den Hut abgenommen, der aussah wie ein Museumsstück aus der Zeit der Königin Viktoria. Ihr glattgestrichenes Haar war in der Mitte so hart und linealgerade geteilt, daß man den Eindruck hatte, sie könnte jeden Augenblick in zwei Teile auseinanderfallen, der eine ebenso proper wie der andere. Für Ester wäre eine Teilung auch die einzig denkbare Möglichkeit, sich zu vermehren, vermutete David. Sie besaß eine milde Albernheit, die täuschte; denn innerlich war sie bis zu den Zähnen mit einer unerschütterlichen Moral gewappnet. Er gab ihnen eine gewürzte, aber etwas zensierte Schilderung der Nacht.

»Ich muß sagen, es geschehen wunderliche Sachen heutzutage«, sagte Elsa atemlos, als er schloß. »Wer konnte das ahnen, als es beim Amtsgerichtsvorsitzenden brannte!«

»Sonntags verstand man jedenfalls, daß etwas nicht stimmte«, sagte Hildur und biß grimmig in ein hausgebackenes Kuchenstück.

»Und ich habe geglaubt, die Trockenheit wäre schuld, als die Scheune von Stormyra brannte.«

»Die Scheune, ja. Aber erinnere dich doch an das Begräbnis der alten Frau Ask! Ich kriege heute noch eine Gänsehaut, wenn ich daran denke!«

»Was geschah denn auf dem Begräbnis?« fragte Margareta. Man konnte über die Grazien sagen, was man wollte, aber als Neuheitsquellen waren sie unerschöpflich und unentbehrlich.

»Es wurde ein Psalm gesungen«, sagte Hildur langsam und dämpfte die Stimme. »Das heißt, es war nur Vergelius, der sang, und er sang lateinisch. Der Sinn war wohl, daß wir alle den Psalm auf schwedisch singen sollten. Aber es war auch so schauerlich genug.«

»Wieso?«

»Die Melodie. Damit fing's an. Es war der sechshundertneunte. Kennst du den?«

Margareta zögerte und suchte in ihrem Schullehrerinnengedächtnis.

»Das ist wohl einer der besonderen... Tedeum oder so was.«

»Das ist der Tag des Zorns.«

Als Margareta von dieser feierlichen Eröffnung nicht beeindruckt zu sein schien, schob Ester ein: »Er handelt vom Feuer.«

»Ach so«, sagte Margareta kühl, »das war ja ein sonderbares Zusammentreffen.«

»Das kann man wohl sagen. Jedenfalls finde ich, es war höchst unpassend vom Pastor.«

Hildur schwieg und vertilgte den letzten Kuchenrest, während Elsa einhakte: »Aber du weißt doch, wie er ist, der Arme. Nervös und ... ja.«

»Und verrückt«, ergänzte Margareta mit fester Stimme. »Sag frei heraus, was du denkst.«

Elsa wich ihrem Blick aus, aber Margareta fuhr unverdrossen fort: »Wenn ihr hergekommen seid, um gemeines Zeug über den Pastor zu reden, dann beeilt euch gefälligst, den Kaffee auszutrinken. Er ist nicht verrückter als jede von euch.«

»Aber Margareta, mach doch nicht so ein Trara daher«, murmelte Ester verlegen. »Wir wissen, wie hoch du Vergelius schätzt. Das tun wir auch. Aber du mußt doch zugeben, daß er in mancher Hinsicht absonderlich ist.«

Sie blickte vorsichtig zu David hin, der sich bisher gehütet hatte, etwas zu sagen. Er schaute in seine Kaffeetasse hinein und ließ Margareta reden.

»Es wäre mir lieb, wenn du ausnahmsweise einmal offen reden würdest.«

Ester zupfte an dem Tischtuch herum und war auffallend verlegen.

»Gewiß, es ist klar, daß wir das tun wollen. Ich für mein Teil mag ihn gern. Das habe ich immer getan. Wenn man weiß, wie schwer er es gehabt hat mit seinen Nerven und so im allgemeinen. Ich finde, das ist abscheulich. Abscheulich für ihn.«

»Was ist abscheulich?«

»Na ja ... daß es zu brennen beginnt ... wenn ... wenn ...«

»Wenn er an der Brandstelle gewesen ist«, ergänzte Hildur mit fester Stimme.

David sah zu seiner Freude, daß Margareta nahe daran war zu explodieren.

»Da müßte er ja vor allem in der Kirche Feuer legen! Aber den Gefallen tut er euch nicht! So verrückt ist er nicht!« schrie sie, und die drei Grazien duckten sich über den Kaffeetisch, wie Schulkinder es zu tun pflegen, wenn ihre Lehrerin einen Ausbruch bekommt.

»Heute nacht war er draußen, um nach seinen Vögeln zu

schauen«, erklärte Margareta. »Das ist wohl bald die einzige Freude, die er noch hat. Wir beide, David und ich, wir wissen, daß er weggewesen ist.« – »Du weißt es auch?«

»Ja, ich habe wenigstens gesehen, daß gegen halb drei Rauch aufgestiegen ist und daß im Küchenfenster Licht war.«

»Du? Was hast du um die Zeit draußen gemacht?«

David war mindestens ebenso interessiert wie Hildur, aber er verbarg es geschickter.

»Das tut nichts zur Sache, aber ich hab' es jedenfalls vom Weg aus gesehen.« Man hörte ihr an, daß sie bedauerte, was sie in ihrer Erregung eben gesagt hatte, aber Ester fragte augenblicklich weiter: »Warum bist du dann nicht hinaufgegangen?«

»Aus einem sehr einfachen Grund«, erwiderte Margareta. »Ich war nicht angezogen.«

Alle drei Grazien atmeten tief, dann sagte Ester: »Du warst draußen um halb drei Uhr nachts, und du warst nicht angezogen, sagst du?«

»Ach was... angezogen! Ich hatte mein Nachthemd an. Aber ich konnte doch nicht im Nachthemd in den Pfarrhof hinaufpromenieren.«

»Schöne, weiße Erscheinung!« sagte David. »Du bist erkannt.«

»Hast du mich gesehen?«

Sie hatte rote Wangen und sah ihn mißtrauisch an.

»Nur aus der Entfernung, aber ich habe dich nicht erkannt. Ich habe dir etwas zugerufen, als ich zum See hinunterlief.«

»Ich habe dich nicht gesehen, aber ich hörte jemand, der wie ein Wahnsinniger brüllte.«

»Das war ich. Mir war ebenso wahnsinnig zumute, wie es klang.«

Hildur fand, daß man den Faden zu verlieren begann.

»Aber Margareta, was hast du denn eigentlich draußen getan?«

»Das geht dich nichts an«, sagte Margareta störrisch.

»O doch!«

Die Stimme kam von der Tür her. Alle blickten hin und sahen die Gräfin, die mit ungewöhnlich grimmiger und entschlossener Miene am Türpfosten lehnte.

»In einer solchen Situation geht es wirklich alle an, was man nächtlicherweile draußen treibt.«

»Willkommen«, sagte Margareta und erhob sich. Ihr Ton klang ironisch. »Wie nett, daß Sie kommen, Frau Gräfin. Ich nehme an, daß Sie zufälligerweise einiges von dem gehört haben, worüber wir sprachen.«

»Ich habe zufälligerweise nichts gehört, obwohl ich an der Tür gehorcht habe«, sagte sie und warf Hildur einen Blick zu. »Das tun wir alle, wenn wir Gelegenheit dazu haben, nicht? Jetzt ist es am besten, Sie sagen uns frisch von der Leber weg, was gestern nacht geschehen ist. Es ist vielleicht wichtig für die Untersuchung.«

»Bitte, nehmen Sie Platz«, sagte Margareta mit kalter Wut, aber sie hatte sichtlich einen Entschluß gefaßt.

»Ich hatte Besuch. Der dauerte bis ungefähr halb drei. Dann begleitete ich meinen... Gast hinaus. Wir hatten nämlich durch das Fenster gesehen, daß im Pfarrhof Licht war, und er sagte, er könne darauf schwören, daß er auch Rauch gesehen habe. Wir bekamen beide Angst, und er lief hin. Ich ging in mein Zimmer und kleidete mich an, und bevor ich hineinging, hörte ich jemand schreien. Es war David, das habe ich jetzt erfahren. Als ich angezogen war, ging ich zum Pfarrhof hinauf. Kein Mensch war dort. In der Küche brannte das Licht, und die Fensterscheibe, durch die ich blickte, war eingeschlagen. Aber soviel ich sehen konnte, brannte es nirgendwo. Ich ging heim und legte mich wieder nieder. Ich kann nicht behaupten, daß ich gut geschlafen habe. Heute habe ich von meinem Bekannten erfahren, daß das Feuer bereits gelöscht war, als er das Haus erreichte. Er hat zwei Gestalten zum See rennen sehen. Die eine war

David. Im Pyjama«, fügte sie hinzu, holte tief Atem und verstummte. Der Blick, mit dem sie die vier Frauen ansah, sagte klar und deutlich: Na, seid ihr jetzt zufrieden? Dann ging sie mit der Kaffeekanne zum Herd und stellte sie mit beträchtlicher Wucht auf die Platte. Die Gräfin sah nachdenklich aus.

»Aber warum in aller Welt lief nicht Lars Wilhelmsson Herrn Malm und diesem Pyromanen nach?« rief sie dann aus.

Margareta drehte sich mit einem Schwung um ihre Achse.

»Jetzt ist es aber genug!« schrie sie.

»Oh, verzeihen Sie«, murmelte die Gräfin. »Aber... ich konnte es mir denken. Es kann ja niemand anders gewesen sein. Ich wunderte mich nur, warum er Malm nicht geholfen hat, diesen Menschen zu erwischen.«

Margareta ging langsam zum Tisch zurück. Sie war nicht mehr böse. David sah, daß ihre Augen feucht geworden waren, sie war nahe daran, in Tränen auszubrechen. Ihre Stimme klang plötzlich hilflos und flehend:

»Aber liebe Gräfin... das müssen Sie doch verstehen!«

David jedenfalls verstand. Beinahe. Hastig stand er auf und verabschiedete sich. Das Beisammensein mit den fünf willensstarken Weibern in der warmen Küche begann über seine Kräfte zu gehen.

8

Max hatte geahnt, daß seine resolute Gattin auf dem Kriegspfad in der Ortschaft war. Aber es gelang ihm nicht, sie zu finden, und sie hatte sich bereits längst von den drei Grazien getrennt, während er sich auf dem Heimweg durch den Park befand. Als er ins Haus trat, saß sie im Büro und las eine Zeitschrift für Hundezucht. Sie hatte einen Bleistift in der Hand und eine Annonce angestrichen.

»Gar nicht so schlecht, oder wie?« fragte sie.

Er las über ihre Schulter:

> ›Archibald von Mondwald. Vater vieler hervorragender Nachkommen, u. a. Gorm von Mondwald und Fiorina von Helgevik, ferner Soraya von Helgevik, geb. in Brüssel 1961.‹

»Das kostet einiges, aber man muß eben investieren.«

»Hervorragende Nachkommen«, murmelte Max. »Man kann wohl nicht direkt behaupten, daß Gorm …«

»Tjatjatja«, unterbrach ihn die Gräfin.

»Und die Soraya gehört doch eigentlich nicht hierher. Sie ist ja nicht Archibalds Verdienst, sondern doch nur die Mama von dieser ungewöhnlich spitznäsigen Fiorina.«

»Auf die Aufmachung kommt es an, das verstehst du nicht«, sagte die Gräfin und klappte die Zeitung zusammen. Sie erhob sich vom Schreibtisch. Max merkte, daß sie erregt war.

»Die Chancen, daß das Fideikommiß gerettet wird, stehen auf fünfzig Prozent, Max«, sagt sie und ging mit großen Schritten auf und ab.

»Was sagst du?« fragte er mit runden Augen.

»Schau nicht so verständnislos drein. Zu fünfzig Prozent ist es dein Verdienst«, sagte die Gräfin und sah im gleichen Augenblick auf den Fußboden.

»Soso... fünfzig Prozent?« äußerte Max in schwebendem Ton. Es war ihm immer peinlich, von Geschäften nichts zu begreifen.

»Ja, denn es bestehen fünfzig Prozent Chancen, daß es ein Mädchen wird«, murmelte die Gräfin hastig und ging zur Tür. Max schoß aus dem Fauteuil empor, als wäre plötzlich eine Feder losgegangen und hätte ihn in die Höhe geschleudert.

»Ein Mädchen! Ein... ein...«

»Kind.«

»Du?«

»Ja, ich. Und du natürlich.«

»Margit...!«

»Sing keine Arien«, sagte die Gräfin und schneuzte sich. Ihr Blick war etwas getrübt.

»Das ist phantastisch, Margit! Ich... ich...«

Es glückte ihm, ihren Arm zu fassen, und sie blieb einen Augenblick bei ihm stehen.

»Zu fünfundsiebzig Prozent ist unsere Ehe absolut wunderbar«, flüsterte sie mit einer Stimme, die wie auf einem gespannten Drahtseil tanzte. »Wir haben es gerettet, Max.«

Max sah ihr nach, bis sie durch die Tür verschwand. Ihm prägte sich das Bild des Schwanenpaares ein, das im Wasser des Seeufers, in dem sich Schloß Husa spiegelte, majestätisch dahingondelte. Dann setzte er sich vorsichtig in den Fauteuil und sah zur Decke empor. Ihn dünkte, er könne durch sie hindurchsehen. Das ganze Gewicht der Barockmöbel oben im nächsten Stock drückte ihn in den Fauteuil nieder. Sah nicht der elfte Karl mit seinem scheelen Blick direkt durch die Eichenplanken des Bodens und nagelte ihn fest in dem knirschenden Lehnstuhl?

Er hörte ein schwaches Hühnergackern draußen vor einem Kellerfenster und gleich darauf Margits Schritte. Er sprang auf.

»Margit!«

»Ja?«

Er kletterte aus dem Fenster hinaus und trat dabei in die Nesseln.

»Margit«, sagte er stockend und packte sie am Arm, »es kann ja... Ich meine, es ist jedenfalls eine gleich große Chance, daß es ein Mädchen wird! Ein kleines Mädchen! Stell dir vor, ein Mädchen!«

»Max!«

Ihr Blick war ebenso fest wie der Karls XI. und zwang ihn, den Kopf einzuziehen, ins Büro zurückzugehen, das Fenster zu schließen und in den Fauteuil zurückzusinken. Er schloß die Augen und lauschte dem fleißigen Ticken des Holzwurms in der dreihundertjährigen Eiche.

»Nicht in ihrem Alter«, sagte Ester bestimmt und nahm die Stickerei auf, die sie in ihrer Verblüffung weggelegt hatte. »Sie ist siebenunddreißig.«

»Achtunddreißig.«

»Wenn du mir nicht glauben willst, dann laß es bleiben«, sagte Hildur. »Aber du wirst schon sehen. Ich pflege mich nie zu irren.«

»Ja, meine Lieben, jetzt kommen die Sorgen für die zwei«, flötete Elsa, die selten Hildurs Aussagen bezweifelte, voll Mitgefühl. »Das heißt, wenn es ein Junge wird. Er wird wohl nicht dazu imstande sein, Husa zu übernehmen. Die Erbsteuer ist doch entsetzlich hoch.«

»Es kann schon früher zusammenbrechen. Ich habe vom Verwalter gehört, daß sie nahe am Konkurs waren, als der alte Graf starb. Sie haben nichts als Abzahlungen zu leisten.«

»Der arme, liebe Graf«, sagte Elsa und erhob sich. »Er ist ja so weltfremd. Aber jetzt ist es wohl Zeit für mich, heimzugehen.«

Das Gesprächsthema, zu dem Hildurs scharfe Beobachtungsgabe Anlaß gegeben hatte, war von zahlreichen Tassen Kaffee nebst dazugehörigem Kuchen begleitet gewesen. Gastgeberin war diesmal Ester. Als sie sich trennten und ihre Huld über ganz Ärketuna gossen, verbreitete sich gleichzeitig die frohe und unerwartete Neuigkeit. Das ging so rasch, daß sie bereits zu einem wohlbekannten Faktum geworden war, noch bevor die Verblüffung des zukünftigen Vaters abgeklungen war.

Elsa Stenkvist ging direkt ins Konsum-Geschäft, um für das Mittagessen einzukaufen, und mußte lange warten, bis sie an die Reihe kam. Es waren mehr Leute als gewöhnlich da, und man redete über die Brände.

»Man sagt, daß es nach Terpentin in der Küche roch, als die Polizei in den Pfarrhof kam«, informierte der Geschäftsführer seine Kunden. Er hieß Lantz und war – aufgrund seiner zentralen Stellung in der Gemeinde – über das meiste informiert.

»Aber das kann ja von dem Maler stammen«, wandte eine Frau ein, die Bergström als Nachbar hatte.

»Was hat der mit Terpentin zu tun?«

Das wußte niemand. Die Diskussion wollte nicht richtig in Fluß kommen. Die Sache ging alle an, und sie ging sie zuviel an. Sogar jetzt, mitten am hellen, sonnigen Vormittag, wurde die Redelust durch die Angst gedämpft. Lantz ging ins Lager hinaus, um gesalzenen Hering aus dem Faß zu holen. Draußen blieb er eine ganze Weile stehen und schaute auf das Petroleumfaß. Er wußte, daß die Türschlösser des Geschäfts keineswegs erstklassig waren. Das war auch nicht nötig, da er noch nie gehört hatte, daß etwa jemand in Ärketuna gestohlen hätte. Aber jetzt sah die Sache anders aus. Er wohnte im ersten Stock mit seiner Frau und zwei kleinen Jungen.

Ohne sich darum zu kümmern, daß der Laden voll mit wartenden Kunden war, rief er den Verkäufer herbei, damit der ihm helfen sollte. Sie hoben das Petroleumfaß auf und trugen es hinüber in eines der Nebengebäude. Als sie zurückkehrten, geschah es als erstes, daß eine kleine, eingetrocknete alte Frau, die in einer Waldhütte lebte, eine Kanne hinhielt und fünf Liter Petroleum verlangte. Lantz sah den Verkäufer an. Die Frau lächelte nicht einmal. Seine wortlose Eile erschreckte sie.

Elsa Stenkvist, die eine Nase für menschliche Reaktion hatte, fühlte, daß sich die Atmosphäre verändert hatte. Lantz ließ sich nicht Zeit, mit den Kunden zu scherzen und zu plaudern, wie er es sonst tat. Die Leute blickten einander an, als wären sie darauf gekommen, daß sie sich eigentlich nicht so gut kannten, wie sie geglaubt hatten, und daß es nicht der Mühe wert sei, zuviel zu sagen. Die allgemeine Hast in dem Geschäft wirkte lächerlich, da alle wußten, daß es eigentlich keinen gab, der nicht Zeit gehabt hätte. Es entstand eine Art anonyme Feindschaft, die Elsa aus der Stadt kannte, in der sie sich nicht wohl gefühlt hatte.

Zum Unterschied von den andern hatte sie etwas Lustiges zu berichten, und sie konnte es sich nicht verkneifen, es Lars Wilhelmsson zu sagen, der gleich nach ihr ins Geschäft gekommen war.

»Von wem hast du das gehört?« fragte Lars.

»Von Hildur.«

»Ach so, von Hildur! Da ist es nicht sicher, daß die Gräfin selbst es schon weiß. Am besten, man sagt es ihr, damit sie anfangen kann, Jäckchen zu stricken.«

Elsa fand, daß Lars unnötig ausfallend sei. Hildur habe es ja nicht bös gemeint. Sie änderte das Gesprächsthema.

»Wie weit bist du in Slättfall? Ist schon alles in Ordnung gekommen?«

»Noch lange nicht. Es ist soviel zu tun, außen und innen.«

»Aber du hast doch eine Hilfe gekriegt. Taugt das Mädchen nicht viel?«

»Sie ist in Trauer.«

Elsa war so erschüttert, daß sie sich auf eine leere Bierkiste setzen mußte. »Was du sagst! Die Tochter von Andersson? Um wen denn?«

»Elvis Presley«, antwortete Lars und bedeutete Lantz, daß er einige der runden Kokosnüsse haben wollte, die in einem Karton neben den Heringskonserven lagen. »Es hat sie bis ins Herz getroffen, daß man im Radio seit über vier Wochen keine Platten mehr von ihm spielt. Seither ist sie nicht mehr dieselbe wie früher.«

»Ja, ja, diese Mädchen von heute!« sagte Elsa, die sich rasch erholt hatte und fast enttäuscht war. »Du solltest heiraten, Lars. Das sollte Edvin übrigens auch tun.«

»Soll das ein Heiratsantrag sein?«

Die alte Schwatzbase wurde durch seinen ironischen Blick so verlegen, daß sie errötete.

»Aber du mußt dich entschließen, wen von uns beiden du haben willst.«

»Na, du hast ja schon deine Wahl getroffen«, gab sie zurück und hatte die Genugtuung, ihn stutzig zu machen. Seine Augenlider zogen sich zu einem schmalen Spalt zusammen, und in solchen Momenten sah er seinem Bruder sehr ähnlich. Aber den Bruder hätte sie nie zu reizen gewagt.

»Hör mal, mein kleines Engelchen, erfinde gefälligst keine Liebesgeschichten über mich, von denen ich selber nichts weiß.«

»Du bist jedenfalls nicht mehr frei«, lächelte sie nur und ließ ihn stehen, weil sie jetzt an die Reihe kam.

Bis tief in die Dienstagnacht hinein war Lars Wilhelmssons Fenster hell. Er hatte mit dem Bus Tapetenrollen aus der Stadt erhalten und Els-Britt überredet, Überstunden zu machen und ihm zu helfen. Er wollte gern wenigstens die neuen hellen Tapeten fürs Schlafzimmer aufziehen.

Die alten waren braungelb mit roten Spritz- und Fleckmustern, die an zerquetschtes Ungeziefer erinnerten. Als er die letzte Rolle anklebte, war das Mädchen so müde, daß sie sich darin verwickelte und ihr Kleid mit Kleister beschmierte.

»Jetzt sind wir fertig«, sagte Lars. »Du kannst nach Hause gehen und dich niederlegen. Vor neun Uhr brauchst du morgen nicht zu kommen.«

»Ich trau' mich nicht heim, wenn es so finster ist.«

Er starrte sie an. »Du hast doch früher nie Angst vor der Dunkelheit gehabt. Aber du kannst ja hier schlafen, wenn du willst.«

»Nein... Nie im Leben!«

Das kam mit einem solchen tugendhaften Nachdruck, daß ihn die Wut packte.

»Was ist denn los mit dir? Du bist doch bei Edvin und mir schon seit lange vor Weihnachten, und keiner von uns hat dir je ein Haar gekrümmt.«

»Es ist nicht deswegen. Aber ich trau' mich nicht, hier zu schlafen. Am Ende verbrennen wir mit dem Haus!«

Sie hatte eine Art norduppländische Variante der Farah-Diba-Frisur, aber die aufgekämmte Haarmasse hatte sich während der Arbeit gelockert. Die Frage war, ob nicht die Hausgehilfin den Pyromanen zu Tode erschrecken würde, falls sie ihm begegnete.

»Das kann dir zu Hause auch passieren.«

»Nein, nicht bei meinem Papa«, schluchzte sie auf. »Ich will jetzt heim.«

»Zieh deinen Mantel an und kämm dich. Ich begleite dich.«

Sie war etwas verlegen, als sie zu ihm herauskam und er sie mit ihrem Fahrrad erwartete.

»Das ist aber zu dumm, daß Herr Wilhelmsson den ganzen Weg gehen soll«, sagte sie.

»Es bleibt mir nichts anderes übrig. Du kannst ja nichts dafür, daß du dich im Dunkeln fürchtest.«

»Nein, Furcht vor dem Dunkel hab' ich nicht.«

Das kam so bestimmt, daß er das Mädchen, mit dessen siebzehnjährigem Seelenleben er sich bis dato noch nicht beschäftigt hatte, sicher genauer angesehen hätte, wenn das Tageslicht nicht schon längst entschwunden gewesen wäre.

»Aber ich will nicht allein gehen, wenn es finster ist. Die Leute reden soviel. Weil es in Stentorp auch gebrannt hat.«

Jetzt begriff er plötzlich, und sie tat ihm fast leid.

»Hör mal, daß du damals die Schnur vom Bügeleisen vergessen hast, das hat nichts mit den Bränden hier zu tun. Das kann niemand behaupten. Sicher hat das auch keiner behauptet.«

»Die Leute sind so gemein, Herr Wilhelmsson, das wissen Sie gar nicht, wie gemein die sind!« sagte sie heftig.

Sie gingen im Dunkel am Pfarrhof vorbei, und er sah, daß er düster und still dalag. »O ja, das weiß ich zur Genüge«, murmelte er.

»Gestern war ich in der Stadt im Kino, und da standen draußen zwei, die ich nicht gut kannte. Der eine hat gefragt, wie das eigentlich gewesen ist, damals, wie Stentorp gebrannt hat, und ich hab' gesagt, wie es war und daß ich das Bügeleisen vergessen habe am Morgen, als Sie auf den Pferdemarkt gefahren sind. Da hat er gefragt, ob ich das Bügeleisen oft vergesse, und da hat der andere gelacht, und dann sind sie gegangen.« Sie war so beleidigt, und bekümmert, daß sich die Frisur wieder gelockert hatte.

»An deiner Stelle würde ich mich um so was gar nicht kümmern«, sagte Lars. »Daß du heimgegangen bist und so lange von der Tante weg warst, obwohl Edvin dir alles genau aufgetragen hatte, das ist eine Sache für sich. Aber daß er gerade in letzter Minute ein Hemd gebügelt haben wollte, das war nicht dein Fehler.«

»Aber ich habe es vergessen, und das hätte ich nicht tun dürfen!«

»So was kommt vor. Alles ist ordentlich untersucht worden, und sie haben ja das Bügeleisen und die Reste des Kontaktes, der drin saß, gefunden. Sie wissen, daß du die Wahrheit gesagt hast.«

Sie ging eine lange Weile im Dunkel, und er konnte ihr Gesicht nicht sehen.

»Aber die glauben vielleicht, daß ich es mit Absicht getan hab'«, flüsterte sie, nahm ein Taschentuch aus der Tasche und schneuzte sich heftig. Sie waren jetzt beim Haus ihres Vaters angelangt.

»Quatsch«, sagte Lars. »Wenn sie erst den Brandstifter gefaßt haben, vergessen sie alles. Und du auch.«

»Aber niemand weiß doch, wer es ist«, sagte das Mädchen. »Wissen Sie, was Papa glaubt, Herr Wilhelmsson?«

»Nein. Ich will es auch nicht wissen. Geh hinein und leg dich ins Bett.«

Sie fand seine Zurechtweisung ungerecht und blickte ihm lange nach, bis er an der Wegbiegung verschwand. Aber seine barsche Antwort hatte sie in ihrem Glauben bestärkt. Kaum war sie in der warmen Küche drin, rief sie: »Papa! Weißt du, was ich glaube, was Wilhelmsson glaubt?«

Lars wanderte langsam in der milden, bewölkten Nacht heimwärts. Er wußte, daß mindestens sechs Mann hier im Zentrum des Ortes auf Wacht standen, aber er konnte nicht bemerken, daß jemand sich im Dunkeln bewegte. Es war zweifellos klug von ihnen, kein Wesen aus sich zu machen. Die Chancen wurden dadurch größer. In allen Häusern, die er am Weg sah, war ein Fenster hell. Die Wachsamkeit war sichtlich groß. Als er am Schulhaus vorbeiging, kam es ihm so vor, als sehe er einen Schatten im Hof. Lars war es unangenehm, gesehen und vielleicht von einem vierschrötigen Kriminalbeamten aus der Stadt ausgefragt zu werden. Er verließ deshalb den Weg und glitt hinter die Schlehenbüsche, die ihn einsäumten. Wenn man es sich recht überlegte, hatte das Mädel recht. Das klügste war, nachts nicht einsam herumzulaufen. Die Leute redeten.

Er ging quer über die Wiesen zur Kirche hinauf, die im Nachtdunkel weiß leuchtete. Eigentlich hatte er nie daran gedacht, wie klein diese Kirche war. Sie stand majestätisch auf ihrer Anhöhe, und besonders hier auf der Seeseite türmte sie sich in unnatürlichen Proportionen auf. Lars besaß eine Vorliebe für die Kirche. Er hatte schon seit seinem sechsten Lebensjahr für den alten Küster Orgel spielen dürfen. Wäre nicht Edvin mit seinem beschränkten Bauernverstand als älterer Bruder seit dem Tod des Vaters der Bestimmende gewesen, dann hätte vielleicht aus Larsens Orgelspiel mehr werden können als nur Begleitung zum Gottesdienst.

Lars Wilhelmsson hatte Lust, jetzt hineinzugehen, Licht anzuzünden und für die schlafende Ortschaft ein Stückchen zu spielen. Aber das würde David bloß noch verrückter machen, als er es ohnehin schon war. Er saß wahrscheinlich irgendwo hinter der Mauer geduckt und bewachte seine armseligen Bibelklecksereien wie ein kleiner, bissiger Terrier. Lars ging vorsichtig durch die Tür am Wegende und blickte nach David aus, um zu sehen, ob dieser auf einer Bank eingeschlafen war. Lars fand ihn nicht. Um ihn nicht unnötig zu erschrecken, verließ er den Kiesweg und ging auf leisen Sohlen über das Gras rund um die Kirche. Es war so finster unter den alten Bäumen, daß er nicht einmal das Kreuz unterscheiden konnte. Ein Nachtvogel schrie unten am See, und Lars zuckte unwillkürlich zusammen. Als er rund um die Kirche gegangen und an ihre Südseite gekommen war, tauchte David aus dem Dunkel auf und zeichnete sich im Wegeingang als Silhouette ab, gekrönt mit einer alten Mütze, die er häufig zu tragen pflegte. Lars wollte ihm gerade ein gedämpftes Signal über seine Anwesenheit geben, da sah er, wie David sich rasch in den Schatten der Mauer zurückzog und vorsichtig hervorlugte. Er hatte etwas entdeckt, dem er außerhalb der Mauer nachschlich, und es sah sehr unternehmungslustig aus, als er die Mütze tiefer in die Stirn schob und aus dem Eingang hinausglitt, ohne das mindeste Geräusch zu verursachen.

Dank der Grasfläche war es für Lars Wilhelmsson nicht schwer, ihm ebenfalls lautlos zu folgen. Als Lars zum Eingang kam, konnte er Davids heftige, aber verhaltene Atemzüge vernehmen, aber er gab sich nicht zu erkennen, sondern bewegte sich nur so viel, daß er den gleichen Ausblick wie David bekam. Lars erkannte sofort, was es war, das Davids Aufmerksamkeit erregt hatte. Jemand stand auf der Verandatreppe des Pfarrhofs auf der anderen Seite des Weges. Lars fragte sich, ob David die Gestalt auf der Treppe erkannte. Selbst hegte er keinen Zweifel daran, wer es sei, trotz der Dunkelheit. Als der Mann auf der Treppe sich umgesehen hatte und in den Gartenweg hinabging, mußte sogar David den Pastor Vergelius an dem würdigen und etwas schwankenden Gang erkannt haben. Lars wartete darauf, daß David den Pastor rufen und sich ihm zu erkennen geben würde. Aber Vergelius trat auf den Weg hinaus, nachdem er den Zaun sehr leise geöffnet hatte, und David gab immer noch keinen Laut von sich. Schweigst du, dann schweige ich auch, dachte Lars. Ihm wurde recht eigentümlich zumute.

Vergelius hielt sich nahe an den Pfarrhofzaun. Er ging rasch und zielbewußt über den Grabenrand die Anhöhe hinauf, und seine Schritte waren kaum hörbar. Als er den halben Hügel hinaufgekommen war, bog er plötzlich ab und verschwand unter den Bäumen rund um den Glockenturm. Im selben Augenblick sah Lars, wie David einige schnelle Schritte über den Weg machte und dem Pastor folgte. Lars ließ David den gleichen Vorsprung, den Vergelius hatte, und kreuzte den Weg genau wie David, der hinter dem Glockenturm verschwunden war.

Drei gute Freunde schlichen einander im Schatten der Nacht nach. Das erinnerte Lars an ein Räuber-und-Gendarm-Spiel, das er als Kind gespielt hatte, aber sein Sinn für Humor funktionierte im Augenblick nur mangelhaft. Der Vergleich erreichte sein Bewußtsein, ohne ihn zu belustigen. An das geteerte Holz des Glockenturms gedrückt, wartete er einige

Sekunden. Als er dann auf den offenen Weideplatz kam, konnte er sowohl David wie Vergelius klar erkennen. Der erste ging aufrecht und sicher den Weg hinauf. Der andere vollführte lautlose Sprünge und verkroch sich dann hinter ein Gebüsch. Lars folgte ihm, zwischen den Büschen kreuzend, die wie Soldaten in einer Reihe standen. Vergelius war jetzt oben angelangt, ungefähr in gleicher Höhe mit Slättfall, wo Lars die Lampen hatte brennen lassen.

David wagte sich offenbar noch nicht hinauf. Lars wußte nicht genau, wo er steckte, wählte ein Gebüsch, das unförmig aussah, und streifte die Schuhe ab. Lautlos lief er in Strümpfen über den trockenen Grasboden. David hörte ihn nicht, bevor Lars ganz nahe bei ihm war. Der sprang das letzte Stück und landete direkt auf dem Rücken Davids, der vor Schreck aufkreischte. Beide rollten auf dem Boden, und Lars zwang den Maler auf die Schultern. Er hielt ihn mit hartem Griff.

»Wen, zum Teufel, verdächtigst du eigentlich?« fragte Lars Wilhelmsson den Maler.

9

Lars ließ David los, der sich aufrappelte und nach seiner Mütze suchte, die er im Gebüsch verloren hatte. Der heftige Schreck und die ebenso heftige Erleichterung hatten seinem Nervensystem einen doppelten Hieb versetzt, worauf er nun mit Wut reagierte. Er blickte Lars, der etwas verlegen wirkte, scharf an, nahm die Mütze wieder ab und zupfte umständlich Stacheln und Blätter aus dem Mützenfutter und dem Haar. »Wen verdächtigst du denn selber?«

»Wie meinst du das?«

»Gestern nacht«, sagte David und versuchte Lars' Blick in der Dunkelheit zu fangen, »hast du gesehen, wie ich den Irren – oder was er sonst sein mag – vom Pfarrhof aus gejagt habe. Aber du hast nichts getan, um mir zu helfen.«

»Was weißt du darüber?«

»Du bist aus dem Schulhaus gekommen.«

»Ach so, es hat sich bereits herumgesprochen?«

»Ja, und das ist nicht Margaretas Fehler. Die Grazien haben sie auszuhorchen versucht, aber sie ist standhaft geblieben. Da ist die Gräfin erschienen und hat mitgeholfen, und kein Mensch kann solchen vier vereinigten Dampfwalzen widerstehen.«

»Nein, Gott bewahre«, sagte Lars, und seine Stimme hatte den alten fröhlichen Ton wiedergewonnen. »Um meine Tugend bin ich nicht besorgt, es ist mir egal, wenn mein guter Ruf lädiert wird. Schlimmer ist es mit Margareta.«

»Sie wird sich schon aus der Affäre ziehen.«

Lars hatte sich neben David auf den Stein gesetzt, halb von ihm abgewandt, während David seine Pfeife stopfte und wartete.

»All right«, sagte Lars schließlich. »Unsere schöne Schulleiterin hat mich gestern zu Fall gebracht.«

»Endlich«, fügte David hinzu.

»Mmm ... vielleicht war es fällig. Jedenfalls ist es richtig, daß ich dich gesehen habe, wie du aus dem Pfarrhof gekommen bist. Ich hab' auch den gesehen, den du gejagt hast. Ihr seid von der Kirche zum See hinuntergerannt.«

»Hast du ihn erkannt?«

»Nein.«

David glaubte ihm. Es war so gut wie unmöglich gewesen, jemand auf diese Entfernung im Dunkel zu erkennen.

»Aber du bist nicht nachgelaufen. Obwohl du gehört hast, was ich geschrien habe.«

»Nein, ich habe es nicht getan.«

Er schwieg. Der Pfeifenkopf glühte im Dunkel und knisterte leise.

»Lars«, sagte David leise, »wollen wir nicht offen miteinander reden?«

Der andere murmelte etwas Umständliches.

»Du hast das Ärgste geglaubt. Du hast geglaubt, es ist Per-Olof.«

»Geglaubt!« antwortete Lars leicht irritiert. »Was zum Kuckuck sollte ich glauben? Du weißt doch selbst, wie die Sache liegt. Jedenfalls hatte ich keine Lust, gerade ihn zu jagen. Das sollen die andern erledigen.«

»Du willst es nicht glauben?«

Lars schwieg.

»Ich auch nicht«, sagte David.

»Aber du schleichst ihm trotzdem nach.«

Lars sprach bitter, und David antwortete heftig: »Was soll ich tun? Man wird mißtrauisch. Nicht nur auf ihn. Ich verdächtige bald jeden Menschen, daß er einen schwachsinnigen Ausdruck in den Augen hat und dazu imstande sein könnte. Bergström zum Beispiel! Wie zum Teufel kann es Per-Olof wagen, ihm den Kirchenschlüssel zu überlassen?«

»Bergström ist bloß ein zuverlässiger, alter Trottel.«

»Er haßt alles und alle. Oder denk an deine Gräfin! Bei der stimmt's im Oberstübchen nicht richtig, wenn man es genau bedenkt. Mit allen ihren sonderbaren Geschäften... Stell dir vor, das wäre eine von ihren genialen Ideen, um sich Geld zu verschaffen!«

»Den Zusammenhang verstehe ich nicht richtig«, sagte Lars.

»Oder Max«, fuhr David fort, ohne sich um den Einwurf zu kümmern. »Er würde es sicher gern sehen, wenn diese hoffnungslose Ahnenruine niederbrennen und er dadurch etwas Geld bekommen würde, mit dem er sich rühmen könnte.«

»Bisher hat es auf Husa nicht gebrannt«, wandte Lars sachte ein.

»Oder du selbst!« lärmte David weiter. »Warum schleichst du nachts in der Gegend herum? Oder Edvin, der heilfroh ist, dich mit Hilfe der Versicherungsgelder, mit denen er dich ausgekauft hat, von Stentorp wegzukriegen.«

»Oder die Grazien«, meinte Lars mit leichtem Lachen und nahm ihn unterm Arm. »Sie sind über die Waldwiese am Glockenturm vorbeigegangen. Hast du daran nicht gedacht? Ganz zu schweigen von dir selber.«

»Du hast recht, ich bin nicht normal«, sagte David düster.

»Das erste vernünftige Wort, das ich von dir höre. Beruhige dich jetzt. Überlaß das dem Untersuchungsrichter, sonst gibt es einen Kurzschluß in deinem Hirn.«

»Ich fühle mich zu diesem Burschen direkt hingezogen«, murmelte David. »Er hat versucht, mich wie einen Bückling zu räuchern, und mich obendrein auf den Schädel geschlagen. Aber möglicherweise nehme ich das zu persönlich.«

Lars hielt den Eisendraht nieder, und David blieb mit einem Bein auf der Seite der Abzäunung stehen.

»Was kann übrigens die Polizei tun? Die kann sich ja nur an das allgemeine Dorfgerede halten. Glaubst du nicht, daß sie auch an Per-Olof interessiert ist? Immer wieder ist der Kommissar mit seiner Fragerei durchgekommen, wer beim Amtsgerichtsvorsitzenden durch den Kücheneingang heraus- und hineingegangen ist.«

»Was hast du ihm geantwortet?«

»Was sollte ich antworten? Ich habe halt versucht, zu erzählen, wie es war.«

Lars half ihm ziemlich handfest über den Zaun. »Versuch einmal den Mund zu halten. Bloß zur Abwechslung.«

»Stoß nicht so!«

Lars versprach, ihm während der Nachtstunden, die er noch vor sich hatte, Gesellschaft zu leisten. Sie setzten sich am Fuß des Glockenturms auf die Erde und hatten von dort einen guten Ausblick über die Mauer und den westlichen Eingang, den einzigen, der noch einen Burgturm besaß. Sie hatten auch den Pfarrhof unter Kontrolle, aber darüber sprachen sie nicht. Die Geräusche der Nacht waren sparsam und einschläfernd. Schlaftrunkene Kiebitze pfiffen dann und wann unten am Seeufer schrill auf. Es prasselte unter dem Glockenturm, wenn ein Maulwurf hervorschlüpfte.

Es wurde drei, man hörte Schritte, die sich auf dem Weg unten näherten, und gleich darauf konnte Lars eine Männergestalt im Morgengrauen vor dem Schulhaus erkennen. Er stieß David an, der eingeschlafen war.

»Wach auf! Da kommt er!«

David sprang verschlafen auf die Beine und versuchte nach allen Seiten auf einmal zu blicken.

»Was? Wer? Wo ist er...?«

»Nur die Ablösung. Immer mit der Ruhe. Du kannst jetzt nach Hause gehn und dich hinlegen.«

Sie gingen den Weg hinunter und trafen den Mann. Es war ein Kleinbauer, der Jansson hieß. Er hatte den Magen voll mit heißem Morgenkaffee und sah frisch und wach aus.

»Jetzt lös' ich dich ab«, sagte er. »War's ruhig?«

»Ja«, antwortete Lars, »ganz ruhig.« Er merkte nicht, daß die beiden einen schnellen Blick wechselten.

»Ich mach' erst eine Runde um das Schulhaus. Mir kommt das so vor... ich hab' dort was gehört.«

Lars hatte nicht das Herz, ihm zu sagen, daß es wahrscheinlich nur ein Polizist war, der auf der Rückseite des Schulhauses gegen den Schlaf kämpfte. Jansson knurrte leise und schlich um die Ecke.

»Wir machen eine Runde um die Mauer«, sagte David. »Ich glaube, wir sind zeitweise eingeduselt. Das ist zu dumm!«

»Wir haben abwechselnd gedöst, da kann nichts passieren.«

David ging voraus auf dem steilen Wall unterhalb der Mauer. Als er um die Mauer herumging und auf die Ostseite kam, schrie er auf. Lars stolperte hinter ihm und blickte auf das östliche Chorfenster, auf das David zeigte, bevor er kehrtmachte und zurücklief.

»Ich bin ein Narr«, stöhnte er schluchzend. »Es ist mein Fehler! Ich bin ein Dummkopf...!«

Lars war stehengeblieben und sah zum Chorfenster hinauf, wo ein heftiger, brandroter Reflex alle Farben in den kleinen, bleigefaßten Rauten ausgelöscht hatte. Er rief David zu, aber der hörte ihn nicht. Mit ein paar Sprüngen erreichte er ihn und packte ihn am Arm, als er eben auf den Weg hinausrasen wollte.

»Stopp, David! Es brennt nicht!«

Er zog ihn mit sich zurück und zeigte zum Fenster hinauf, in dem das Rot nun in goldgelbe und silbrige Töne überging, welche die kleinen Glasrauten in allen Farben des Spektrums erstrahlen ließen. David schluckte. Überall in der Runde begannen Vögel zu singen, und einer unten am Seeufer piepste wie besessen.

»Es war die Sonne«, sagte David. »Sie ist aufgegangen.«

»Das pflegt sie täglich zu tun.«

»Das war schön.«

»Und ein bißchen schauerlich.«

Sie begannen zu lachen. Sie fühlten sich wie betäubt, als sie zum Pfarrhof zurückwanderten, den ersten Sonnenschein im Rücken. Als sie auf den Weg hinaufkamen, blieben sie stehen.

»Hej«, sagte Lars zögernd.

Vergelius stand beim Pfarrhofzaun und sah sie an. David wußte nicht, ob der Mann heraus- oder hineingehen wollte.

»Wo ... wo bist du gewesen?« fragte er.

»Draußen«, antwortete der Pastor. »Genau wie ihr.«

David fiel wie erschlagen ins Bett und schlief bis mittags zwölf Uhr. Wie die meisten Ortsbewohner erwachte er mit roten und müden Augen. Das Gewissen war ebenfalls erwacht und zwang ihn, seine Butterbrote stehend beim Küchentisch zu verzehren, bevor er zur Kirche hinüberging. Er konnte sich nicht erinnern, seit dem letzten Freitag dort etwas Nützliches ausgerichtet zu haben.

Der sonnige Morgen, den er vor fast neun Stunden draußen erlebt hatte, war ein umwölkter, grauer Mittwoch geworden. Nun ist ein Tag vergangen, seit es gebrannt hat, dachte er. Vielleicht ist jetzt Schluß. Vielleicht hat ihn die Wachsamkeit erschreckt, und er hält es für klüger, rechtzeitig aufzuhören. Vielleicht werden wir ihn nie zu fassen kriegen. Eigentlich wäre es am besten so. Wenn es jemand ist, den man kennt ... Und den man vielleicht mag und schätzt. Schließlich ist ja kein Mensch zu Schaden gekommen.

Trotz all solcher Argumente war ihm klar, daß dieser Gedanke abwegig war. Es nützte nichts, wie man die Sache auch drehte und wendete. Er war in die Kirche gekommen und prüfte die Sprossen der Leiter. Hinauf schaffte er es immer allein. Anders war es, wenn er hinabsteigen sollte und unter sich die Tiefe hatte, die so unvermeidlich mit kaltem, hartem, grauem Stein endete.

Den ganzen Nachmittag arbeitete er an einer kleinen Inschrift in einem geringelten Band oberhalb des Kopfes der heiligen Katharina. ›Virgo dum clamat de celis ...‹

Als die Jungfrau vom Himmel schrie... Sie schrie natürlich nicht vom Himmel; denn sie lag auf der Erde festgekettet zu Füßen des Henkers. Es mußte jemand vom Himmel kommen, während sie schrie. Wahrscheinlich ein Engel. Das taten sie meistens. Aber er war doch neugierig und ärgerte sich, daß die Inschrift beschädigt aussah. Es war nicht sicher, ob er jemals erfahren würde, wer die Jungfrau gerettet hatte.

Es war über fünf, und er war immer noch mit Katharinas traurigem Ende beschäftigt, als er Leute im Waffenhaus hörte. Zuerst vernahm er Per-Olof Vergelius' tiefe Stimme:

»Bitte sehr, treten Sie nur ein.«

Darauf ein Brummen der Gräfin: »Kolossal, wie die Tür knarrt. Kann Bergström nichts dagegen tun?«

Sodann eine Stimme, die die ganze Kirche mit Gezwitscher zu füllen schien: »Nein! Oh! Was für eine bezaubernde alte Kirche! Hier hätten wir heiraten sollen, Liebling! Wir haben uns in der Oscar-Kirche trauen lassen, weißt du, Margit... Oh, schau doch! Nein, schau nicht! Ich verstehe gar nicht, wie Sie es wagen können, so hoch hinaufzuklettern! Ich werde schwindlig, wenn ich Sie nur anschaue!«

»Ich auch«, antwortete David, der sich über den Arm des Kruzifixes hinuntergebeugt hatte. Reizend eingerahmt von Fegefeuer und Höllenpein stand eine kleine, weißgekleidete Dame in rosafarbigem Shantunghut, schlug die Händchen zusammen und blickte direkt zu ihm auf. Vergelius trat in die Kirche, hinter ihm die Gräfin, die einen Mann in Davids Alter hereinlotste. Zuletzt kam Max.

»Hallo, David«, sagte er. »Estelle, das hier ist David Malm, der die Malereien restauriert.«

»Nein, so was!« sagte die schöne Estelle und sandte einen zusätzlichen dunkelblauen Blick in die Höhe.

Max präsentierte seine jüngere Schwester und seinen Schwager, der ein Direktor der Textilbranche und mäßig interessiert an alten Kirchen war.

»Zeigen Sie uns alles, lieber Herr Malm. Das sind ja äußerst interessante alte Malereien. Stell dir vor, ich war schon seit zehn Jahren nicht mehr hier«, wandte sie sich an ihren Mann.

»Was hast du denn damals hier getan?« fragte die Gräfin trocken.

»Es kann sein, daß ich nicht soviel in die Kirche ging, als ich noch zu Hause wohnte. Das ist eigentlich schrecklich, aber Sie wissen ja, wie die Kirche damals ausgesehen hat, Herr Pastor. Sie war so schrecklich ungemütlich und weiß gekalkt und so in der Art.«

»Ja, ja«, sagte Vergelius, »das mag sein.«

Im gleichen Augenblick erhoben sich im Waffenraum Lärm und Brüllen und wiederholtes Poltern an der eisenbeschlagenen Pforte.

»Jetzt kommen die Goten«, sagte Max gedämpft zu David.

Er hatte eine ganze Schulklasse erwartet, aber es waren nur zwei Jungen, die hereinstürmten.

»So was von einem Ungetüm, diese Tür! Schwer wie ein ganzes Gebirge! Und der Krach, wenn sie zufällt!«

»Wir haben ihn gehört«, sagte die Gräfin.

»Seid jetzt still, Urban und Knut«, sagte Estelle, die beide Buben ihr eigen nannte. Der zehnjährige Senior war bereits ein gutes Stück die Leiter hinauf zu dem Gerüst unter dem Dach geklettert.

»Ihr seid jetzt in der Kirche. Benehmt euch! Was habt ihr mit euren Hemden gemacht?«

»Es war der Teer am Glockenturm«, sagte der achtjährige Knut, bevor er ebenfalls die Leiter bestieg.

»Geht von der Leiter weg!« sagte der Direktor-Vater mechanisch.

»Komm, Knutte! Die Leiter hält! Ojojojoj, was für eine Masse alte Kracher am Dach! Lauter Friedhofsdeserteure! Achtung, hoher Seegang, das wackelt saumäßig!«

Urban war auf das Gerüst hinaufgekommen und hüpfte nun auf den Planken auf und ab, die nachgaben und bis zu David hin knackten. Estelle schrie, und der Direktor brüllte, sie sollten sofort herunterkommen.

»Augenblicklich, sage ich!«

Himmel und Erde schwankten für David. Er stand aufrecht mit geschlossenen Augen und hielt sich krampfhaft an dem Kruzifix fest, das auch einen Stoß bekommen hatte und majestätisch zu pendeln begann. Ihm wurde übel, und er hatte große Lust, sich seinem Schwindelgefühl zu überlassen und zu fallen – tief und lang zu fallen.

Er vermochte sich auf die Knie niederzulassen und begann zu der Leiter hinzukriechen. Als er zu dem Untier kam, das Knut hieß, ergriff er eines der hüpfenden Beine und brachte es zum Stillstand.

»Verschwinde!« flüsterte er. »Jetzt! Sofort! Sonst schmeiss' ich dich runter!«

»Komm, Urban«, sagte Knut ernüchtert. »Wir machen eine Talfahrt.«

»So was tut man nicht«, sagte Estelle, als sie unten waren. Vergelius hielt die Leiter für David.

»Ich verstehe nicht, warum sie so wild sind«, klagte Estelle.

»Das sind alle Jungen«, behauptete ihr Mann nicht ohne Stolz.

»Es gibt verschiedene Arten von Kindern«, meinte die Gräfin. »Hoffe ich«, fügte sie mit einem Blick auf Max hinzu.

»Kleine Mädchen zum Beispiel«, murmelte er mit einem etwas albernen Lächeln.

»Wo ist die Krypta?« lärmte Urban, der Sinn für Realitäten hatte.

Vergelius führte sie in die Sakristei, und David half ihm, die schwere Holzluke im Boden zu öffnen.

»Hier lag früher über dem Abstieg eine Steinplatte«, berichtete er dem Direktor, »aber die wurde weggenommen, als man vor ein paar Jahren die Graböffnung vornahm.«

»Du weißt ja, das war unser Vetter Henning«, erklärte Estelle, »dieser eigentümliche Mensch, der seinen Doktorgrad erworben hat. Er bekam die Erlaubnis, einen Sarg zu öffnen, und dann hat er ein Buch darüber geschrieben. Das soll wahnsinnig wissenschaftlich gewesen sein.«

Sie hatten die Öffnung aufgemacht, und der kalte Schimmelgeruch des Gewölbes schlug ihnen entgegen. Urban und Knut leiteten das Hinunterklettern über die schmale Steintreppe. Vergelius folgte mit einer Petroleumlampe.

»Wem hat die Graböffnung gegolten?« fragte der Direktor.

»Einem Oberst unter Karl XII.«, antwortete Max. »Er hieß Gabriel, und mein Papa trug übrigens denselben Namen. Ich selbst bin nach einem Sohn benannt, den der Oberst von seiner russischen Mätresse hatte: Maximilian.«

»Das ist so wahnsinnig romantisch«, sagte Estelle, »er ist nämlich bei Breitenfeld gefallen.«

»Bei Holovczyn«, verbesserte Max.

Die Gruft war kalt und finster. Das Licht der Petroleumlampe flackerte geisterhaft über die mit Flor behängten Fahnen an den Wänden, über zerrissene Siegeszeichen, die dunkel geworden waren. Aber richtige Gespensterstimmung konnte sich nicht einstellen, solange Knut und Urban zwischen den Sarkophagen herumkletterten und ihre große Zufriedenheit mit dem Interieur bekundeten.

»Erste Klasse! Schau her, Knutte, ein prima Sarg!«

»Gibt's keine Totenschädel?«

»Jetzt ist es aber genug!« knurrte die Gräfin.

»Denkt daran, daß es Gräber sind und daß eure Vorfahren hier liegen«, bat Estelle.

»Nicht alle.«

Der Protest des Direktors war gedämpft, aber bestimmt. Er besaß gewiß keine sechzehn Ahnen wie seine Frau, aber er hatte dreieinhalb in der Textilbranche.

»Wie war dieser Gabriel denn mit euch verwandt?« fragte er und klopfte auf den Sarkophag, der mit einer schmalen Borte geschmückt war, auf der lateinische Sentenzen standen.

»Das wollen wir gleich sehen«, sagte Max. »Es war der Großvater meines Großvaters ... warte ... meines Vaters ...«

Max ließ sich auf der kleinen Steinbank, die rund um die Gruft lief, nieder und begann mit den Fingern zu rechnen. Vergelius und die Gräfin krochen im Gruftdunkel herum und versuchten, die lateinische Inschrift zu entziffern.

»Mortis ut vite«, las er.

»Dann kommt ein b und ein n. Das ist vielleicht Griechisch«, schlug die Gräfin vor.

»Keineswegs. Hier ist die Fortsetzung ... b ... nis ...«

Die Gräfin kroch hervor und bürstete sich die Knie ab. »Es ist unmöglich, rund um den Sarg zu kommen«, meinte sie.

»Durchaus nicht«, kam Vergelius' Stimme aus einer Ecke. »Est ... vox ... aber jetzt ist es tatsächlich Ende. Est ... vox ... i ...«

David mußte Estelle die Treppe hinaufhelfen.

»Es ist so himmlisch dunkel«, sagte sie. »Kommt nun, Kinder. Ihr dürft nichts mitnehmen!«

Die Gräfin riß ein Miniaturschild aus Bronze aus Knuts Händen und legte es auf einen der Sarkophage mit dem gräflichen Wappen obenauf zurück. Sie trieb die Jungen vor sich her.

»Max! Komm herauf!«

»Ich komme. Aber jetzt hab' ich es!«

Er rechnete immer noch an den Fingern, als er heraufkam und ihnen in die Sakristei folgte.

»Es war also der Bruder des Großvaters des Großvaters meines Urgroßvaters. Der ältere Bruder.«

»Falsch«, sagte die Gräfin. »Es war der Onkel des Großvaters des Großvaters deines Großvaters.«

»Ja, aber liebe Margit, hör jetzt gut zu. Erst war der Großvater ...«

»Oder möglicherweise der Vater des Bruders«, gab die Gräfin nachdenklich zu. »Nein, das ist ja derselbe Vater, das geht nicht.«

Urban und Knut hatten es übernommen, den Deckel über der Gruftöffnung zuzuschlagen, und taten es mit einem solchen Krach, daß sämtliche dahingegangenen Grafen hätten aufwachen können. Sie hätten dieses Spiel sicher gern fortgesetzt, wenn die Gräfin sie nicht bei den Ohren genommen und zur Sakristei hinausgeführt hätte.

»Brennt es nirgends?« fragte Knut mit frisch erwachter Neugierde.

Estelle zuckte zusammen. David fühlt sich ebenso unangenehm berührt wie Max und die Gräfin, besonders da gleichzeitig Vergelius nach ihm rief. Seine Stimme klang ängstlich.

»Aber es steht doch in jeder Zeitung«, sagte Urban, der seinen Bruder unterstützen wollte. »Das hast du uns gesagt, Mama.«

»Es brennt nirgends... im Augenblick. Und darüber können wir froh sein«, verkündete die Gräfin mit fester Stimme.

Die Textilkinder waren enttäuscht.

»Das ist aber fad«, fand Urban. »Man hat uns doch versprochen...«

Der Herr Direktor hob drohend die Hand, und vor der Gefahr einer Ohrfeige verstummten seine Sprößlinge.

David Malm ging zuerst aus der Kirche hinaus. Er blickte sich nach Vergelius um. Die ängstliche Stimme des Pastors hatte Malms Magennerven rebellisch gemacht. Noch ein einziges Wort über Feuer, geäußert von diesen höllischen Plagegeistern, und David hätte sich genötigt gesehen, ihre Erziehung in seine Hände zu nehmen.

Ohne weitere Zeremonien trieb er die Gesellschaft aus der Kirche hinaus. Als sie an der Nische beim Eingang vorbeikamen, bemerkte Estelle, daß er den Schlüssel zu sich steckte.

»Früher hat man den Schlüssel immer hier liegen lassen. Die Kirche ist doch für alle zugänglich, oder nicht?«

»Nicht jetzt.«

»Der Pyromane!« flüsterte Estelle und riß die Augen auf. »Sind Sie nicht schrecklich ängstlich und nervös?«

David antwortete nicht. Er blickte um sich, aber alles schien ruhig zu sein, nur einige unbekannte Autos parkten vor der Schule. Vergelius war nicht zu sehen. Ein mit Urlaubern vollgepackter Reisebus kam langsam auf die Kirche zu, und der Fahrer bremste ein Stück vor dem Wegeingang.

»Was sind das für Autos?« fragte Max.

»Touristen, wie man so sagt. Den ganzen Tag sind Leute hier durchgefahren.«

Männer, Frauen und Kinder blickten aus den Wagenfenstern und musterten die Gesellschaft vor der Kirche, als erwarteten sie, diese Leute würden beginnen, auf Hörnern zu blasen und Eingeborenentänze aufzuführen.

»Ist Ihnen bekannt, wo hier ein Hof liegt, der Jerusalem heißt?« fragte ein Mann, der eine Kamera an einem Riemen um den Hals und eine verschwitzte Stirnmütze auf dem Scheitel trug.

»Sind Sie vielleicht bekannt mit den Leuten von Jerusalem?« fragte die Gräfin spitz.

»Nein... Wir wollen uns bloß umsehen.«

»Tun Sie das«, sagte die Gräfin. »Hoffentlich geht es rasch. Wir haben nicht so viele Attraktionen.«

Das Auto rollte langsam den Hügel hinab. Die Kinder waren zum Rückfenster geklettert und zeigten großäugige Gesichter, bis das Auto um die Biegung verschwand.

»Kommen die hierhergefahren, nur um die Brände anzusehen?« fragte Estelle mit leichtem Schaudern.

»Es steht doch in der Zeitung«, behauptete Knut.

»Wie schrecklich!« sagte Estelle mit Nachdruck.

»Man sollte Ärketuna absperren und Eintritt verlangen«, schlug Max vor. »Eine Krone für Erwachsene und fünfzig Öre für Kinder und Militär, wie Margit es vorgeschlagen hat.«

»Jetzt gehen wir zum Mittagessen«, erklärte die Gräfin ausweichend. »Ich hoffe, ihr bleibt noch ein wenig. Ihr kommt ja nicht so häufig.«

»Liebste Margit, wir müssen unbedingt abends zu Hause

sein. Wir wollen euch keine Mühe machen, und außerdem ist es ja bei euch zu eng.«

Knut und Urban hüpften vor Eifer.

»Jetzt fahren wir und schauen, wo es gebrannt hat, Mama!«

Estelle protestierte erschöpft.

»Aber du hast es uns doch versprochen«, maulte Urban.

»Das ist wahnsinnig schrecklich!« sagte die Gräfin mit Nachdruck, ehe sie mit Max, der allzu deutlich seine Belustigung zeigte, davonschritt.

David war rund um die Kirche gegangen, um zu sehen, ob alles in Ordnung sei. Er kam im gleichen Augenblick zurück, als die kleine Estelle ihre dunkelblauen Augen auf den Textildirektor richtete und sagte: »Jetzt fahren wir heim, Bertil.«

»Wir könnten doch eventuell übernachten«, antwortete er lahm.

»Bertil! Ich will nicht den Feuertod sterben!«

»Rede keinen Blödsinn!« bat der Direktor.

David, der auf der Wiese hinter ihnen stand, sagte leise in Estelles Nacken, über dem der rosafarbene Hut wippte: »Ich gebe Ihnen vollständig recht. Es wäre sicher ganz gräßlich, den Feuertod zu sterben.«

Sie starrten ihn an, und der Direktor lachte ein wenig krampfhaft.

»Darf ich um drei Kronen bitten«, sagte David.

Estelle zögerte verblüfft, aber da David seine vorgestreckte Hand weiter hinhielt, warf sie ihrem Mann einen hilflosen Blick zu. Er suchte in der Hosentasche nach Kleingeld und kramte drei Einkronenmünzen hervor, die er, ebenfalls verblüfft, seiner Frau hinreichte.

David verzog keine Miene. Estelle schluckte und legte das Geld mit einem schiefen Lächeln in seine Hand.

»Besten Dank«, sagte sie, »und adieu...«

»Wir haben zu danken. Eine Krone für Erwachsene und fünfzig Öre pro Kind«, erwiderte er sachlich, verbeugte sich höflich und floh durch die Pforte.

Beim Auto angelangt, sagte Estelle zu ihrem Mann: »Aufrichtig gesagt, ich glaube, die ganze Sache ist ihnen an die Nerven gegangen. Es stand übrigens in der Zeitung, daß die Bewohner von Ärketuna in Panik geraten sind.«

David ging zur Kirche zurück und stopfte die drei Kronen in die höchst selten benutzte Kupferbüchse beim Eingang.

Abends saß er auf der Veranda und wartete auf Vergelius. Er wollte sich nicht niederlegen, bevor der Pastor heimgekommen war. Mehrere Male hatte er Lust, sein Fahrrad zu nehmen, nach Slättfall zu fahren und Lars mitzuteilen, daß sich Vergelius irgendwohin begeben hätte, ohne etwas davon zu sagen. Vielleicht wußte Lars, wo er war. Vielleicht war er bei ihm, und sie spielten Schach miteinander. Etwas hielt ihn davon ab, Leute anzurufen und nach Vergelius zu fragen. Man könnte darüber tratschen.

Als es kühl und dunkel wurde, zog er sich mit seinem Buch ins Haus zurück. Er war froh, daß er heute keinen Wachtdienst hatte, denn er fühlte sich bereits um elf Uhr schläfrig. Er mußte im Lehnstuhl eingenickt sein, denn als er auf die Uhr blickte, war es Mitternacht vorbei. Das Läuten einer Glocke hatte ihn geweckt. Erst glaubte er, es seien die Kirchenglocken, aber der Ton war viel zu spröde und schrill. David ging hinaus und lauschte. Jemand lief auf dem Weg vorbei, reagierte aber nicht auf Davids Ruf. David nahm das Fahrrad und radelte zum Park von Husa. Der Laut schien von dort zu kommen.

Als er zur Auffahrt kam, hätte er im Dunkel beinahe die Gräfin überfahren. Sie hatte einen Regenmantel über die Schultern geworfen und lief aus Leibeskräften. Aber das Schloß lag still. Aus dem Schlafzimmerfenster und aus der Küche schien Licht.

»Was ist los?« rief er ihr zu. »Wer läutet denn da?«

»Ach, Sie sind es, Malm! Ich habe mich so erschrocken. Es ist die Milchglocke. Max hat sie wahrscheinlich in Gang gesetzt. Es brennt im Wagenschuppen.«

Sie bog in den Pfad ein, der zur Wohnung des Verwalters führte, und Malm hörte in der Dunkelheit nur die Stimme der Gräfin: »Es ist nicht gefährlich! Nur im Wagenschuppen!«

Im Moment kümmerte er sich nicht darum, wo es brannte. Er hatte nur einen Gedanken: Nun mußte er Vergelius erwischen!

10

David sah den hellen Regenmantel der Gräfin zwischen den Bäumen verschwinden, und gleichzeitig brach hinter ihm die Hölle los. Er hatte bereits als er nach Husa radelte hie und da ein Bellen aus dem Hundezwinger gehört, aber nun war es, als habe jeder einzelne der gräflichen Neufundländer sich entschlossen, sein Bestes zu einem Konzert beizutragen, das bis zum Weg herauf gehört werden konnte. Sie waren aus dem Hundepferch herausgesprungen und tanzten unten im Dunkel wie verrückt herum. David drehte das Fahrrad um und wollte es besteigen, aber ein Geräusch, das er verursachte, weckte die Aufmerksamkeit des Hundes, und nun kam das ganze Rudel, geführt von dem wie eine Dampfsirene heulenden Archibald, über den Hof direkt auf ihn zugestürzt. Es waren Gorm, Raja und die spitznäsige Fiorina – alle in der Fünfzig-Kilo-Klasse. Zuletzt wirbelten noch ein paar junge Hunde herbei, welche die Gräfin leider noch nicht hatte verkaufen können.

Er war umringt, ehe er noch das Fahrrad hätte besteigen können. Archibald brüllte ihm seinen Zorn mit voller Wucht ins Gesicht, und Gorm warf das Fahrrad um. Die übrigen sprangen um ihn herum und jaulten vor lauter Freude darüber, in der ruhigen und langweiligen Nacht aus dem Hundezwinger herausgeschlüpft zu sein. David wußte, daß Archibald kein Beißer war, Max hatte gesagt, er sei nur lustig. Aber der lustige Archibald hatte David bereits zu Boden gestoßen und bellte und geiferte ihm voll Eifer ins Gesicht.

»Idiot!« brüllte David. »Ich bin's doch nur! Hör auf!«

Er kam auf die Füße und konnte ihn nach der Seite von sich schieben, wo die Gräfin verschwunden war.

»Dort ist das Frauchen! Such Frauchen!«

Gorm schnüffelte mit der Schnauze am Boden und verschwand in dieselbe Richtung wie seine Herrin. Die ganze Meute tummelte sich mit hoch wedelnden Schwänzen und fröhlichem Gebell hinterher. David trocknete sich das Gesicht mit einem Taschentuch ab und fuhr dann davon, so rasch er die Anhöhe hinaufradeln konnte. Es gab die Möglichkeit, daß Vergelius in den Pfarrhof zurückgekommen war, während er, David, über dem Buch im Vorraum gedöst hatte. Es gab auch andere Möglichkeiten. Er beschloß, diese inzwischen beiseite zu lassen und auf das Beste zu hoffen.

Die Verandatür stand weit offen, genau wie er sie verlassen hatte. Im Vorraum leuchtete die Stehlampe über sein Buch und die erkaltete Pfeife. Er suchte das Haus durch und begann mit Vergelius' Schlafzimmer. Das Bett war unberührt, und der weiße, gehäkelte Überzug zeigte kein Fältchen. Er mußte es aufgeben, festzustellen, wo Vergelius war und was der draußen für Angelegenheiten zu erledigen hatte. Es gibt absolut nichts, was ich tun kann, dachte David.

Mir bleibt nur übrig, wieder nach Husa zu radeln und mir den Brand im Wagenschuppen anzusehen.

Der Brand war schon gelöscht, als der Maler an der Wohnung des Verwalters vorbeigefahren kam. Vor dem Wagenschuppen stand eine kleine Gruppe Menschen, die sich gedämpft miteinander unterhielten. Ein Stück von ihnen entfernt sah er die Gräfin im Kreis ihrer Hunde: eine ziemlich majestätische Gestalt – bis auf den weißen Saum ihres Nachthemdes, der unter dem Regenmantel hervorblitzte.

»Kümmere dich nicht darum!« rief sie Max zu, der allein im Dunkel saß und an einem Feuerlöschapparat herumbastelte. »Es ist schon gelöscht. Du bringst ihn ja doch nicht in Gang.«

»Dreckzeug!« fluchte Max und hieb mit einem Stein auf das Ventil.

David hatte Angst, die Spritze könnte plötzlich funktionieren und ihn sowohl wie Max zu Schaumtortenkomikern in einer Farce verwandeln. Nachdem er gegrüßt hatte, zog er sich vorsichtshalber zurück.

Der Verwalter und ein paar Angestellte, die das Feuer mit gewöhnlichen Fußpumpen-Brandspritzen gelöscht hatten, debattierten vor dem Wagenschuppen.

»Das ist ausgeschlossen«, sagte ein blonder Mann im Overall, der Traktorenführer war und Sandberg hieß. Es war zu erkennen, daß er nicht zum ersten Mal sein Auditorium zu überzeugen versuchte. »Ganz ausgeschlossen, sage ich. Seit acht Uhr sind Larsson und ich mindestens zehnmal hier vorbeigegangen. Der Mensch ist noch nicht geboren, der an uns vorbeischlüpfen und das Haus in Brand setzen könnte.«

»Aber du hast doch gesehen, daß es gebrannt hat«, äußerte der Verwalter irritiert.

»Sicher hat es gebrannt, verdammt ja! Aber keiner hat das Feuer legen können, solange ich die Wache gehabt habe.«

Niemand vermochte ihm länger zu widersprechen.

»Es riecht ja nach toten Eskimos«, sagte David. »Was hat denn da eigentlich gebrannt?«

Der Verwalter ging vor ihm in den Schuppen hinein. Max, die Gräfin und die andern folgten ihm. Weit hinten war ein Stall für alte Wagen, die nicht mehr benutzt wurden. Die meisten sahen zwar museal aus, waren aber in so schlechtem Zustand, daß kein Museum Interesse an ihnen haben konnte. Der Verwalter leuchtete mit einer Taschenlampe und zeigte, was von einer ehemals königsblauen Kalesche mit gräflichem Wappen übriggeblieben war. Rund um den Wagen war der Boden naß, und die Wände sahen rußgeschwärzt aus, als der Schein der Taschenlampe über sie huschte.

»Noch ein Glück, daß nicht mehr passiert ist«, sagte der Verwalter. »Es hätte ebensogut auch die heurige Ernte sein können.«

»Nicht, solange wir Wache hatten«, kläffte Sandberg.

»Halt's Maul jetzt!« grollte der Verwalter. »Entschuldigung«, fügte er mit einer Kopfneigung ins Dunkel hinzu. »Ich finde jedenfalls, es war ein Glück, daß nichts Wertvolleres verbrannt ist.«

»Kann man wohl sagen«, meinte Max mit einem Räuspern. »Den Wagen hier hatte mein Urgroßvater angeschafft, als er Kammerherr wurde.«

»Dein Großvater, Liebling«, sagte die Gräfin.

David hatte den Schuppen verlassen und draußen einen Rechen gefunden. Der Verwalter leuchtete mit der Taschenlampe, während Malm mit dem Rechen in der nassen und qualmenden Polsterung des Wagensitzes herumstocherte. Der Wagenboden und die hinteren Räderachsen waren verbrannt und zusammengestürzt, so daß der Rest des Sitzes zwischen den Rädern niedergesunken war. Einige der Männer halfen die Sitze loszumachen und trugen sie aus dem Stall hinaus.

»Der Feuer scheint oben auf dem Sitz gelegt worden zu sein«, sagte David. »Es hat sich durch den Überzug hindurchgefressen. Komisch, daß nicht der ganze Sitz verbrannt ist.«

»Wäre es nicht besser, der Polizei die Untersuchung zu überlassen?« fragte Max. »Wir sollten nichts anrühren.«

»Herr Malm hat recht.«

Der Verwalter wühlte in der schwarzgebrannten Füllung herum. Man konnte den Arm quer durch den Sitz strecken, wo das Feuer sich hinausgefressen hatte.

»Das hier ist nicht mit Zeitungspapier angezündet worden oder mit Petroleum oder mit andern Mitteln, wie sie diese Kerle anwenden«, sagte er. »Es sieht mehr danach aus, als ob etwas hier gelegen und geglüht hätte, bis es die Polsterung erreichte. Dann ist es ziemlich rasch gegangen. Es entsteht kein ordentliches Feuer, bevor die Unterlage nachgibt und die Luft dazukommt.«

»Bitte, holen Sie mir die Taschenlampe«, bat David.

Er nahm sie und ging damit wieder in den Wagenschuppen. Er kroch zwischen die Hinterräder und suchte eifrig in dem schwarzen Dreck am Boden. Als er zu den Männern vor dem Stall hinauskam, war er schwarz im Gesicht und an den Händen.

»Hast du etwas gefunden?« fragte Max.

Er reichte dem Verwalter eine schwarze, gebogene Röhre.

»Was ist das da?«

Der Verwalter drehte mit gerunzelter Stirn die Röhre in seiner Hand.

»Da ist ein Loch oben und unten«, sagte er. »Es sieht aus, als wäre auch in der Mitte eine Öffnung gewesen, aber das ist schwer zu sehen. Es ist eine Art Metall, die Wärme nicht besonders gut verträgt.«

»Genau so etwas fand man auf Stormyra, als es in der Scheune brannte«, sagte einer der Männer eifrig.

»Das stimmt«, erinnerte sich Max und nahm die Röhre, die ihm der Verwalter reichte. »Es ist die gleiche Art von Röhren, aber die hier scheint kleiner zu sein. Die Polizei soll sie sich anschauen. Ich nehme sie mit heim.«

Der Verwalter hob den alten Sitz auf und trug ihn in den Schuppen zurück.

»Ich schlage vor, wir setzen die Wache wie bisher fort«, sagte er. »Du kannst jetzt abgelöst werden, Sandberg.«

»Ich bleibe«, erwiderte Sandberg verbissen. »Meine Tour ist erst um ein Uhr aus. Hier gibt's keinen Brand, solange ich Wache halte.«

»Ich hab's gemerkt«, äußerte der Verwalter in leichtem Ton. »Wollen Sie ein paar Mann mit hinauf haben, Herr Graf?«

»Nein, danke, ich kümmere mich selbst um das Schloß.«

»Ich kann dir Gesellschaft leisten«, erbot sich David.

»Vielen Dank. Margit hat den Schlaf auch nötig.«

»Gute Nacht!«

»Gute Nacht – und Dank für die Hilfe.«

Die Stimmen der Männer entfernten sich im Dunkel. David wanderte mit Max und der Gräfin durch den Park. Hinterher kamen in einer langen Karawane die schweifwedelnden Hunde.

»Warum haben Sie die Hunde herausgelassen, Malm?« fragte die Gräfin. »Sie sind doch nur im Weg.«

»Er dachte wohl, sie sollten aufpassen«, antwortete Max an Davids Stelle.

»Ich habe gar nichts getan«, sagte David wahrheitsgetreu. »Erstens habe ich sie nicht herausgelassen. Sie sind selbst gekommen.«

»Das verstehe ich nicht.«

Die Gräfin war auf dem Pfad vor ihnen stehengeblieben. Sie sahen nur ihren Regenmantel, der unter den Eichen weiß schimmerte.

»Die Hunde können doch nicht selbst herauskommen«, sagte Max. »Es ist ein Riegel an der Außenseite des Hundepferchs. Du mußt versehentlich dagegen gestoßen haben.«

»Aber ich bin doch gar nicht in die Nähe gekommen.«

Sie kümmerten sich nicht mehr um ihn. Die Gräfin hatte zu laufen begonnen, und Max folgte ihr mit langbeinigen Sprüngen. David blieb einige Augenblicke auf dem Pfad stehen. Als er die Gräfin aufschreien hörte, begann er auch zu laufen.

Sie hatten den Park durchquert und kamen zum linken Flügel von Husa, wo die Hühner schliefen. Alle drei standen und starrten zum Schloß hinauf. Die Gräfin schrie nicht mehr. Sie hielt die Hände an den Mund gepreßt und blickte auf die Fenster des ersten Stockwerkes. Das alte Haus war wiederum zum Leben erwacht. Vor dreihundert Jahren hatte aus jedem Fenster dieses häßlichen Großmachttraumes Licht geleuchtet. Diese Nacht leuchteten einige Fenster wieder.

Nein, es leuchtete nicht darin. Es brannte! Die Gräfin hatte während des Laufens ihren Regenmantel von den Schultern verloren. Sie sah weiß und seltsam klein im Nachtgewand aus. Sie umklammerte Max mit den Armen.

»Es brennt! Husa brennt... Max! Was sollen wir anfangen?«

Max schien vollkommen aus der Fassung zu geraten, da er nicht mehr an ihrer resoluten Ruhe Stütze finden konnte. Erst als David auf halbem Weg über dem Vorhof war, stürzte er ihm nach. David konnte das Tor nicht aufkriegen. Die Gräfin hatte es hinter sich abgesperrt, und er mußte auf Max warten.

»Den Schlüssel her! Schnell!« rief er.

»Ich hab' ihn nicht... Margit muß ihn haben. Sie ist zuletzt herausgegangen.«

»Die Tür öffnen!« schrie die Gräfin und rannte aufs Haus zu, die Hunde hinter ihr her. Sie konnten ihre Stimme kaum hören, das Hundegebell übertönte alles.

»Den Schlüssel hast doch du!« schrie Max.

»Her mit dem verdammten Schlüssel!« brüllte David. »Die Baracke verbrennt, während wir hier stehen und quatschen!«

Max sah im Halbdunkel bleich aus. Er trat einige Schritte zurück und sah zu den Fenstern hinauf, hinter deren Gardinen der Feuerschein hin und her flackerte.

»Mag alles verbrennen«, sagte er mit matter Stimme.

»Max!«

Die Gräfin hatte ihre Selbstkontrolle wiedererlangt. Sie sah ihrem Mann durchdringend in die Augen.

»Den Regenmantel mit dem Schlüssel hab' ich verloren«, sagte sie mit eisiger Stimme. »Es ist sinnlos, ihn zu suchen. Du läufst hinüber zum Verwalter und rufst an. Sie kommen mit mir um das Haus herum, Herr Malm. Wir werden versuchen, uns Eingang zu verschaffen.«

»Du darfst nicht hineingehen, Margit! In deinem Zustand... Das ist doch gefährlich, verstehst du das denn nicht?« stammelte Max.

»Halt den Mund!«

Sie sagte es so nachdrücklich, daß Max augenblicklich gehorchte. Er drehte sich um und rannte zur Wohnung des Verwalters zurück. Die Gräfin lief vor David um das Haus herum. Im Vorbeisausen nahm jeder von ihnen einen Gartenstuhl vom Rasen, um etwas fürs Hinaufklettern zu haben.

»Das Bürofenster«, sagte die Gräfin. »Einschlagen!«

»Nicht nötig.«

David war vor ihr und zeigte zum Fenster hinauf. Die eine Hälfte stand mit zerbrochener Scheibe offen. Eine Leiter war an die Mauer gelehnt.

»Die Leiter ist vom Hühnerstall«, sagte sie. »Ich hatte sie dort liegenlassen.«

»Pech.«

»Nein, nur Nachlässigkeit.«

Sie kletterte vor ihm hinauf und verschwand mit einem Plumps durch das Fenster. Als Malm sich hinter ihr hineinschwang, war sie bereits aus dem Zimmer hinaus. Sie liefen nach entgegengesetzten Richtungen und trafen sich in der Halle. Der Rauchgeruch kam aus den oberen Stockwerken.

»Hier ist nichts«, sagte die Gräfin atemlos. »Wahrscheinlich ist es nur oben.«

Sie lief zur großen Treppe hin.

»Halt!« rief David ängstlich. »Wir können da nicht hinauf!«

»Blödsinn! Wir gehen zurück, wenn es zu heiß wird.«

Sie war bereits oben und stand am Treppenabsatz unter einem enormen Elchkopf, der ebenso dumm dreinschaute wie unter normalen Umständen.

Aber der Blick der Gräfin war herausfordernd.

»Am Ende ist er noch oben!« ächzte David.

»Dann werden wir ihn festnehmen.«

Dann dürfte uns etwas bevorstehen, dachte David. Ihr und mir. Obwohl sie keine Ahnung hat, wie hart er schlägt... Aber es ist vielleicht besser so.

Der Rauch schien von überall herzukommen. Sie hatten kaum eine Chance und liefen planlos ins gelbe Zimmer hinein. Die Flammen schlugen aus dem Bett hervor, und die verblaßten, strohtrockenen Seidengardinen brannten lichterloh. Es roch nach Terpentin im Zimmer.

»Wir nehmen zuerst den Ehrenstahl und ein paar dazu! Das andere ist nichts wert!« rief David ihr nach.

Sie riß die Aquarelle von den Wänden und fing Karl XI. auf, den Malm ihr zuwarf, bevor er in den Waffensaal lief. Dort war der Rauch so intensiv, daß Malm nicht unterscheiden konnte, was brannte. Er versuchte sich hustend zu dem großen Schlachtgemälde an der Wand vorzukämpfen, mußte es aber aufgeben. Die Gräfin war mit dem, was sie an sich gerissen hatte, die Treppe hinabgelaufen.

»Wir müssen nasse Handtücher vors Gesicht nehmen«, schrie er. »Anders geht es nicht!«

Die Außentür wurde geöffnet, als sie auf dem Rückweg von der Küche an ihr vorbeiliefen. Max stürzte ihnen entgegen und versuchte seine Frau daran zu hindern, wieder die Treppe hinaufzurennen. Aber sie riß sich mit hochgeschwungenem nassem Handtuch los und blieb erst oben auf dem Treppenabsatz stehen. Auf der Treppe hatten sich mehrere Männer versammelt, die nach Max gekommen waren.

»Wer will, kann helfen!« rief die Gräfin. »Aber das ist freiwillig, merkt euch das! Es ist sehr heiß hier oben. Herr Malm wird euch sagen, was ihr zuerst versuchen sollt mitzunehmen. Er versteht sich darauf.«

Sie hatte offenbar Vertrauen zu seinem Kunstverständnis gefaßt. Es war nichts anderes zu machen als ihr mit den Männern im Schlepptau zu folgen.

»Die Feuerwehr kommt in vierzig Minuten!« rief Max.

»Da kann es zu spät sein!«

Es wäre zwecklos gewesen, irgendwo löschen zu wollen. Die beiden obersten Stockwerke standen bereits in Flammen und waren unerreichbar.

»Aber dort oben ist ja fast nur Schund und Gerümpel«, erklärte die Gräfin, als sie an Davids Seite in den Waffensaal eindrang.

Er raffte einige silberbeschlagene Flinten zusammen, die ihn hinreichend alt dünkten, und floh mit seiner Last so rasch wie möglich aus dem Rauchmeer. Aus dem Nebenzimmer kamen zwei Männer, die einen Tisch schleppten. Max lief ihnen über die Treppe nach. Er hielt eine Armbrust an sich gepreßt und hustete so heftig, daß er fast über das Treppengeländer fiel.

Beim nächsten Anlauf machte David einen Versuch, in den dritten Stock hinaufzusteigen. Er begann zu verstehen, wie der Brandstifter gearbeitet hatte. Der war durch das Bürofenster eingestiegen, hatte im obersten Stockwerk begonnen und befand sich in großer Eile, als er mit seinem Terpentinbehälter und seinen Streichhölzern von Zimmer zu Zimmer rannte. Sofas, Betten und staubige, alte Gardinen brannten lichterloh. An einigen Stellen hatten die Bemühungen versagt, aber darum kümmerte er sich nicht. Er sprang ohne Pause die Treppe hinab und setzte im nächsten Stockwerk seine Wahnsinnstat fort, spritzte Terpentin um sich und warf brennende Streichhölzer hinterher. Nur an einigen Stellen sah es so aus, als habe er sich Zeit gelassen, ordentlich Feuer zu legen. Im Waffensaal brannte ein großer Haufen von Möbeln, die auf dem Boden zusammengeschleppt worden waren.

David hielt sich dicht an der Wand der Treppe zum dritten Stock. Der Rauch umwallte den Maler wie ein lebendes, aber formloses Wesen und schnüffelte neugierig an seinen brennenden Augen und seiner rinnenden Nase. Nun, da Malm sich vom Lärm des Erdgeschosses und der Treppe entfernt hatte, konnte er das Geräusch des Feuers hören. Es bewegte sich abwärts. Es brannte gewiß fast überall im Haus, aber das wirkliche Feuer – das imstande war, Wände zu stürzen und Türen zu sprengen – war noch nicht tiefer als bis zum vierten Stockwerk vorgedrungen. Es donnerte über seinem Kopf, und das infernalische Knistern war wie eine hohnvolle Vergrößerung der Behaglichkeit eines Kaminfeuers. Über allem lag das Geläute der Milchglocke, die jemand in Tätigkeit gesetzt hatte, um die Leute zu alarmieren.

Eine Sekunde lang war ihm, als könne er begreifen, wie dem Brandstifter zumute sei. Das Knistern und Dröhnen, wenn das Feuer ein neues Stockwerk eroberte, war ein entsetzlicher Laut, aber es mußte ein aufputschendes Gefühl sein, zu wissen, daß man selbst diese Hölle losgelassen hatte.

Er blieb auf dem Treppenabsatz stehen und sah zur Treppe in den vierten Stock hinauf. Der Rauch wallte in Stößen von oben herab, und es war vergebliche Mühe, durch ihn hindurchzusteigen. David sah bereits schwefelgelbe Flammen über einer Tür auflodern, und schnell verbrannte eine blasse Landschaft, deren oberer Teil in Öl gemalt war. Malm schätzte die Chancen ab, in eines der Zimmer auf der Seeseite hinein- und wieder herauszukommen, bevor das Feuer die Treppe erreicht hätte. Es gab ein Mädchenporträt eines Meisters der Renaissance dort oben, das er für kostbarer hielt, als es Max bekannt war.

Es schien wert, den Versuch zu wagen. So feige und schreckgelähmt er auch war – er konnte den Blick der braunen Augen dieses Mädchens aus dem fünfzehnten Jahrhundert nicht vergessen. Solche Mädchen gibt es eine unter Millionen, dachte er, als er durch einen großen und leer hallenden Speisesaal lief, in dem er keine Spur von Feuer sah. Er kam in einen kleinen, viereckigen Raum, das Überbleibsel eines gustavianischen Salons im Stil der Chinaschwärmerei. Ein lackierter Lampenschirm brannte auf dem Boden. Er warf ihn um und versuchte, mit den Füßen das Feuer zu ersticken, bis er das Sinnlose einsah, ein so kleines Brändchen im großen Flammenchaos aufzuhalten. Er eilte weiter durch einen langen Raum, in dem drei finstere Herren in Allongeperücken auf eine Masse glühenden Plunders am Boden starrten. Als er die nächste Tür aufriß, stand er dem Mädchen Auge in Auge gegenüber. In dem Raum gab es nur sie und ein uraltes Sofa, und es brannte nichts. Er nahm das Bild vom Haken herunter und ging rasch den gleichen Weg, den er gekommen war, zurück. Er konnte es sich nicht versagen, auf das Mädchen zu blicken. Sie hatte blondes Haar, glattgekämmt an den Schläfen, und eine mit Perlen bestickte schwarze Samthaube über ihrer weißen und kindlich gerundeten Stirn. Ihre schmalen Finger spielten mit einer Blume, die sie auf den Knien hielt.

Er öffnete die Tür des leeren Speisesaales und stieg in den Flur hinaus. Die bloße Hitze sagte ihm, daß er einen Irrtum begangen hatte. Instinktiv ging er ein paar Schritte zurück und bedeckte das Gesicht mit dem Ärmel seiner Jacke. Die Augen rannen ihm so stark, daß er kaum etwas sehen konnte. Aber was er gesehen hatte, genügte ihm. Das Feuer hatte die Treppe vom vierten Stock erobert und war auf dem Weg zu ihm. Er hatte eine Wand von Hitze vor sich, als er halb blind und hustend zurück in den Speisesaal taumelte.

Es mußte eine Möglichkeit geben, von der anderen Seite die Treppe zu erreichen, die hinunterführte. Er raste zurück durch den Raum und vergaß vollständig, daß er die Türen hinter sich hätte schließen sollen, um zu allem Elend nicht auch noch einen Gegenzug zu erzeugen. Atemlos erreichte er das Giebelzimmer nach Osten und hatte das Gefühl, der Weg führe ihn direkt aus dem Fenster hinaus, besann sich im letzten Moment, machte kehrt und versuchte eine Tür zum Flur zu finden. Das Giebelzimmer war voller Rauch, und er konnte nicht sehen, was es enthielt oder ob es irgendwo brannte. Er riß eine Tür auf, entdeckte aber, daß sie zurückführte. Fluchend und hustend versuchte er sich an der Wand entlang vorwärts zu tasten. Er hatte keine Ahnung, wo sich die Tür zum Flur befand, bekam jedoch die Auskunft vollkommen gratis dadurch, daß sie einstürzte.

Sein erster Impuls war hinwegzuspringen, aber irgendwo in seinem aufgescheuchten und verstörten Gehirn muß noch ein Gedanke gewesen sein, der ihm sagte, daß es falsch sei. Nun hatte er eine Chance: vielleicht die einzige. Immer noch mit dem Bild unterm Arm sprang er durch die brennende Tür und landete auf dem Boden des Flurs, wo die Hitze über seinem

Kopf wie ein brennender Ozean zusammenschlug. Er preßte das Bild gegen das Gesicht und wankte zur Treppe hin, die er nicht sah, sondern nur in dieser Richtung erhoffte.

Er hatte sich nicht getäuscht, denn im nächsten Augenblick stolperte er ins Leere. Er verlor den Boden unter den Füßen und rollte wie ein Bündel bis zum Fuß der Treppe hinunter. Jemand nahm ihn dort in Empfang. Er konnte sich nicht rühren und fühlte sich durchnäßt und zottig. Erst langsam begriff er, daß jemand ihn in einem nassen Filz trug und daß sie mindestens noch eine Treppe vor sich hatten. »Verdammte Treppen!« stöhnte er.

»Er lebt jedenfalls«, hörte er eine Stimme.

Als sie ihn aus dem nassen Filz wickelten, hatte er immer noch das Bild im Arm. Er hielt es fest an die Brust gedrückt und war ein Held. Wenigstens hielt er sich für einen. Aber die Umgebung, die aus der Gräfin, Max und Lars Wilhelmsson bestand, untersuchte seine Arme und Beine und begann ihn sofort zu beschimpfen, als sie sahen, daß er unbeschädigt war. Die Feuerwehr war gekommen und im Begriff, die Brandleitern am Schloß aufzurichten. Auf dem Vorhof war es schwarz von Menschen, und David lag mitten in dem Gewimmel und hörte das Schlußurteil der Gräfin über seine Rettungstat:

»Von all der Idiotie, die Malm zuzutrauen ist, ist das der absolute Gipfel!«

»Danke«, sagte David. Er hielt ihr das Bild hin, um sie zu erweichen. »Ich habe es mitgenommen«, sagte er einfach. »Ich dachte, ich sollte es retten.«

Sie waren nicht halb so beeindruckt, wie er geglaubt hatte. Max nahm das Bild und warf es ärgerlich zu Boden.

»Eher hat es dich gerettet«, sagte er. »Aber ich bin froh, daß du lebst, obwohl du ein Idiot bist.«

David kam auf die Füße und entfernte Filzwolle von seinen Lippen. Er ging zu dem Bild hin und drehte es um.

Max hatte recht. Die kleine, braunäugige Holländerin hatte ihn gerettet. Wenigstens sein Gesicht. Von ihr selbst war nichts anderes mehr übrig als ein verschmierter, zerquetschter Kuchen schwarzverbrannter Ölfarbe.

Sie konnten nichts mehr für Husa tun. Max und David standen nebeneinander auf dem Platz und betrachteten die Arbeit der Feuerwehrleute. Im Morgengrauen war es klar, daß bis zum dritten Stock hinauf das meiste gerettet werden konnte. Der Rest war nur eine schwarze Mauerschale rund um ausgebrannte Säle.

David ging langsam über den Hof zwischen den Gruppen der Einheimischen umher, die herumstanden und zuschauten. Nur wenige sprachen. Die Gesichter sahen in dem fahlen Dämmerlicht vor Angst und Müdigkeit leer aus. Manche standen und grübelten darüber nach, was wohl jetzt im Ort geschehen mochte, während sie hier standen und zusahen. Vielleicht brannte es bereits an einer andern Stelle. Vielleicht im eigenen Haus. Aber es waren nicht viele, die heimwärts gingen. Der Schreck lähmte ihre Glieder.

Davids Fahrrad stand beim Wagenschuppen. Mit schleppenden Schritten ging er hin, um in den Pfarrhof zu fahren und seine versengten Kleider zu wechseln. Als er am Hundezwinger vorbeikam, in dem Archibald und seine Bande eingeschlossen waren und leise knurrten, hielt ihn jemand auf. David Malm blieb stehen und blinzelte müde den Mann an, der sich ihm in den Weg gestellt hatte. Es war Ask, dessen bleiches Gesicht rußig war. Neben ihm tauchten Edvin Wilhelmsson und einige andere auf. Edvin packte den Maler am Kragen, als Malm weitergehen wollte.

»Wo steckt der Pastor?« fragte Edvin hart.

11

Obwohl Edvin nicht laut gesprochen hatte, waren sie plötzlich von einer ganzen Menschenschar umgeben. David fühlte ihre Blicke wie zudringliche Finger an seinem Gesicht herumtasten. Edvin wiederholte seine Frage.

David steckte die Hände in die Hosentaschen und blickte in die Runde.

»Ich habe keine Ahnung, wo er steckt«, sagte er. »Scheußlich, wie kalt und widerlich es übrigens geworden ist, nicht?«

Die Gesichter im Kreis blieben ihm eine Antwort schuldig.

»Wo ist der Pastor?«

Es war Antonsson. David erkannte die Stimme.

»Wahrscheinlich liegt er zu Hause und schläft.«

Es gibt Lügen, die sich schnell und bedenkenlos einstellen. Sie pflegen weiße Lügen genannt zu werden, weil sie so sinnlos sind, daß niemand ihnen Glauben schenkt, am allerwenigsten die, die sie aussprechen.

»Du weißt, daß dies nicht der Fall ist«, sagte Edvin.

»Wir sind drüben im Pfarrhof gewesen und haben nachgesehen. Im Bett ist er auch nicht«, fügt Ask hinzu, der sich weiterhin um einen konzilianten Versammlungston bemühte.

»Schaff ihn zur Stelle«, sagte Edvin mit verdächtiger Ruhe.

Lars Wilhelmsson hatte sich neben David gestellt und fixierte seinen Bruder scharf.

»Halt's Maul, Edvin!«

Es kam hart und kalt. Die Wut fegte jeden Ausdruck von

Edvins länglichem Gesicht weg. Er starrte Lars einige Augenblicke leer an. Ask klopfte ihn leicht auf den Rücken und murmelte etwas Ablenkendes. Edvin schob ihn von sich.

»Paß auf, du«, sagte er zu Lars, »jetzt hast du dem verrückten Pastor lange genug die Stange gehalten. Schaff ihn herbei. Wo steckt er?«

»Es ist nicht meine Sache, darauf achtzugeben.«

»Er ist vielleicht wieder draußen und schaut den Vögeln zu, was?«

Jemand lachte in der Menge. Lars' Gesicht hatte sich gerötet, und er nahm die Hände aus den Hosentaschen.

»Ich finde, du solltest es dir überlegen, ihn verrückt zu nennen.«

Edvin antwortete nicht, aber aus der Menge hörte man eine sich überschlagende Stimme: »Er ist ja in einer Nervenheilanstalt gewesen!«

»Sag das noch einmal«, bat Lars.

Er blickte sich in der schweigenden Menge um.

»Komm nur hervor. Wir können uns über die Sache unterhalten.«

Aber niemand hatte Lust, sich mit Lars zu unterhalten. Edvin hatte den Bruder aus dem Auge gelassen und spuckte in einen Fliederbusch.

»Im April hat es das erstemal bei uns gebrannt«, sagte er langsam. »Und seither hat es überall gebrannt und gebrannt. Das muß ein Ende nehmen.«

»Du kannst doch wohl den Pastor nicht für den Brand auf Stentorp verantwortlich machen«, sagte Lars scharf. »Du weißt sehr gut, daß Els-Britt daran schuld war.«

»Die blöde Gans hat das Bügeleisen vergessen«, gab Edvin zu.

»Darüber hast du dich nicht so gekränkt«, sagte eine Stimme hinter seinem Rücken. »Ich hab' gehört, du hast ihr ein Fahrrad geschenkt, als du das Geld von der Versicherung bekommen hast.«

Mehrere lachten jetzt, und der Sprecher hielt Edvins langem, lichtblauem Blick ruhig stand. »Das Rad war natürlich nicht neu«, fügte er hinzu.

Diese Anspielung auf Edvins Geiz erweckte solche Heiterkeit, daß die Leute wieder unter sich zu reden begannen. David benützte den Moment, da die feindliche Aufmerksamkeit etwas nachließ, und zog sich mit Lars aus der Menge zurück. Sie gingen schweigend nebeneinander zum Wagenschuppen, wo David sein Fahrrad hatte. Er bat Lars, sich auf den Gepäckträger zu setzen, und sie schwankten hinaus auf den Weg zur Kirche.

»Hoffentlich begegnen wir der Polizei«, sagte David. »Eine kleine Verhaftung am frühen Morgen würde ihnen sicher gut passen.«

Lars antwortete nicht. Er hatte nicht einmal für den einfachsten Scherz Verständnis. Die Verandatür stand offen, als er David ins Haus folgte.

»Warum sperrst du nicht ab, wenn du weggehst?«

»Ich hab's vergessen. Aber das spielt ja keine Rolle. Für ihn reicht ein Fenster.«

»Das hat er offenbar auch in Husa gemacht.«

»Und sehr schlau hat er es organisiert«, antwortete David. »Wahrscheinlich hat er im Wagenschuppen Feuer gelegt, bevor sie Wachen ausgestellt hatten. Er macht das irgendwie mit einer Röhre. Ich weiß nicht, wie das funktioniert, aber es sieht so aus, als würde er dadurch ein paar Stunden Vorsprung bekommen – oder mehr –, bevor es zu brennen anfängt. Als der Verwalter die Milchglocke in Bewegung setzte, um die Leute zu alarmieren, sind Max und die Gräfin aus dem Schloß gelaufen, und das war genau das, womit er gerechnet hatte.

Niemand war in der Nähe, nur die Hunde und ich. Die hat er herausgelassen, und er hatte das Glück, daß sie mich gerochen haben. Dadurch ist er uns alle losgeworden und konnte unbehindert ans Werk gehen. Aber er scheint Eile gehabt zu haben.«

»Er, er!« unterbrach ihn Lars. »Von wem reden wir eigentlich?«

Heftig öffnete er die Tür zu Vergelius' Schlafzimmer. Es war leer wie früher. Lars setzte sich schwer auf das Bett nieder und rieb mit den Händen seine rauchmüden Augen. David hatte ihn noch nie so nervös gesehen.

»David«, sagte er und versuchte seine Stimme zu festigen. »Wann hast du ihn zuletzt gesehen?«

Er kramte eine Zigarette aus der Tasche seiner Jacke hervor, zündete sie an und ließ das Zündholz auf den Boden fallen. Sie stießen heftig zusammen, als beide gleichzeitig versuchten, es mit dem Fuß auszutreten.

»Immer mit der Ruhe«, sagte Lars.

David grinste verlegen und erwiderte: »Es war um fünf. Er führte die Schwester und den Schwager von Max in die Kirche. Wahrscheinlich glaubte er in seiner Unschuld, sie seien gekommen, um sich die Malereien anzusehen, aber sie waren mehr an den Bränden interessiert. Schade, daß sie nicht über Nacht geblieben sind«, fügte er nachdenklich hinzu.

»In Husa?«

»Ja, dann hätte es vielleicht kein Feuer gegeben. Alle wären ja nicht zum Wagenschuppen hinausgelaufen. Wenn der Pyromane beim Hereinklettern der kleinen Estelle mit Papilloten im Haar begegnet wäre, hätte er sicher sofort kehrtgemacht.«

Lars hörte kaum zu.

»Sollen wir ihn suchen?« fragte er.

»Wo?«

Lars zuckte die Achseln.

»Übrigens ist er ja ein freier Mensch«, sagte David. »Er hat das Recht, zu gehen, wohin er will. Es könnte sein, daß er allem den Rücken gekehrt hat.«

»Weshalb?«

»Es ist ihm wohl bewußt geworden, was die Leute reden. Vielleicht findet er auch, daß diese Brandepidemie beklemmend ist. Ich merke schon lange, daß er ganz verstört wirkt. Ich glaube, das ist eine Phobie.«

»Quatsch!« sagte Lars, stand vom Bett auf und drückte die Zigarette an einem Blumentopf aus. »Die Wahrheit ist ganz einfach die, daß wir keine Ahnung haben, was er treibt.«

»Jetzt redest du wie Edvin.«

»Möglich. Der Unterschied ist bloß der, daß Edvin ihm keine Chance geben würde, das alles zu erklären. Aber du und ich würden es tun.«

Er machte die Lederjacke zu und ging zur Tür.

»Jetzt geh' ich heim und leg mich nieder«, sagte er.

Aber er tat es nicht. David sah ihn durch das Küchenfenster in die entgegengesetzte Richtung verschwinden. Es war so hell, daß er sehen konnte, wie Lars sich vor dem Schlafzimmerfenster des Schulhauses auf die Zehen stellte und leicht an die Scheibe klopfte. Im Augenblick, da Margareta das Fenster öffnete, machte David das seine zu. Das beginnt eine Gewohnheit zu werden, dachte er. Das Problem ist nur, wer bei der Hochzeit Orgel spielen wird.

Es war sinnlos, in dem lichten, kühlen Morgen zu versuchen, Schlaf zu finden. Ebenso sinnlos war es, Vergelius zu suchen. Trotzdem wanderte er planlos einige Male rund um die Kirche und den Glockenturm, und als er aus der Entfernung sah, daß Edvin Wilhelmsson und Ask Husa verließen, ging er durch den Park hin. Es waren nicht mehr sehr viele Leute beim Schloß. Die Feuerwehrautos waren noch da, und die Männer kletterten auf den Leitern in die rauchigen Fenster. Auf dem Vorhof waren Max und der Verwalter damit beschäftigt, die Haufen der herausgetragenen Gegenstände aus dem Bereich des Wassers zu schaffen, das überall auf dem niedergetrampelten Grasboden in Lachen stand. David packte einen schweren Marmortisch an den zarten Empirefüßen und half Max, den Tisch in einen Hausflügel hineinzuschleppen. Max war blaß und verschwitzt und hatte zahlreiche Rußstreifen auf Hals und Armen.

»Ich habe über die Sache mit den Hunden nachgedacht«, sagte David. »Es war natürlich er, der sie herausgelassen hat.«

»Wahrscheinlich. Das war ja das beste Mittel, sie zum Schweigen zu bringen.«

Archibald kam hinter ihnen herausgetrottet und starrte David an, war aber offenbar nicht mehr imstande, Äußerungen der Freude von sich zu geben.

»Daß Archie nicht begriff, daß etwas nicht stimmte, ist erstaunlich«, sagte David. »Wo er doch so klug sein soll.«

»Klug? Er ist ein Einstein unter den Hunden«, sagte Max und streichelte Archibald, der ergeben knurrte, über den Rücken. »Sein einziger Fehler ist nur, daß er viel zu gutmütig ist. Besonders denen gegenüber, die er kennt.«

»Du meinst, es war jemand, den er kannte?«

»Archibald kennt alle Menschen«, antwortete Max. »Er hat einen viel größeren Bekanntenkreis als wir, weil er frei herumläuft.«

Er strich sich über die Augen und lächelte matt.

»Aufrichtig gesagt, David, ich bin jetzt zu müde für solche Feinheiten. Wir überlassen Archibald der Polizei, sie soll ihn verhören.«

Archibald legte das Kinn auf Maxens Knie und gab sich den Anschein, klug auszusehen.

»Bist du traurig, Max?« fragte David vorsichtig.

Max hatte sich auf die Eingangstreppe niedergelassen und blickte zum Schloß empor. Es war nie schön gewesen. In dem nüchternen Morgenlicht ähnelte es mehr einer vom Brand beschädigten Kaserne. Nur die Turmuhr, die seit einem Jahrhundert auf halb drei stand, verlieh ihm ein schwach historisches Aussehen. Max zog seine karierte Mütze tiefer in die Stirn, um sich den Anblick zu ersparen.

»Ich weiß nicht. Ich bin zu müde, um etwas zu fühlen. Aber das hier war weder Fisch noch Fleisch. Es war nur alt. Und es wird eine entsetzliche Masse Geld kosten, restauriert zu werden.«

Er zündete sich eine Zigarette an und blies den Rauch in die Richtung des Schloßgebäudes.

»Geld ist ein Genußmittel, das sich diese Familie so ziemlich abgewöhnt hat, seit mein Großvater seine fröhlichen Tage mit einer grandiosen Pleite beendete.«

»Aber ihr seid doch versichert«, tröstete David.

»Wahrscheinlich. Darüber weiß Margit besser Bescheid. Das ärgste Übel ist, daß wir diese hoffnungslose Bude bald wieder instand setzen müssen, weil Margit nämlich... äh, das gehört nicht hierher.«

Er räusperte sich etwas verlegen und erhob sich. Aber er mußte etwas in Davids Miene bemerkt haben, denn er setzte ihm den Zeigefinger auf die Brust und fragte: »Ach so! Ist es schon publik?«

David nickte.

»Die Grazien?«

»Ich nehme es an«, antwortete David. »Ich habe es von Lars gehört, und der hatte es von Elsa.«

»Gütiger Himmel! Die sind phantastisch! Wissen sie auch, was es sein wird?«

»Ich glaube, sie hoffen auf einen Jungen.«

»Sag ihnen«, erklärte Max und streckte den Arm mit einer Karl-XII.-Geste gegen Husa aus, »daß es ein Mädchen wird. Und daß besagtes Mädchen sich mit dem reichsten Öldirektor verheiraten wird, den ihr Papa finden kann. Und daß Husa eine Anstalt werden wird. Für alte, neugierige Jungfern.«

David versprach eifrig, die Botschaft auszurichten, und setzte seine planlose Promenade fort. Oben bei der Kirche sah er keinen Menschen. Es war fünf Uhr morgens, und die Ortschaft wirkte wie ausgestorben. Aber mehr als je hätten gerade jetzt die Brandwächter auf ihrem Platz sein müssen. Es war nicht undenkbar, daß der Feuerteufel abermals zuschlug, während alle, die an den Löscharbeiten bei Husa teilgenommen hatten, ihren verlorenen Schlaf in den Morgenstunden nachholen wollten. Die quälende Unruhe wegen der Kirche und der Malerei verließ David nicht. Er hatte immer noch den Kirchenschlüssel bei sich. Er hatte ihn am vergangenen Abend in die Tasche gesteckt, als er nach den Besuchern von Husa abgeschlossen hatte. Vergelius hat ihn jedenfalls nicht, dachte er.

Er schämte sich des Gedankens, sobald er durch seinen Kopf huschte. Er erinnerte sich, was er Lars gesagt hatte: Sprechen wir uns einmal offen aus. Wie wär's, wenn er zur Abwechslung einmal diesen Gedanken zu Ende dächte? Er war froh – rückhaltlos froh –, daß er den Kirchenschlüssel hatte und daß Vergelius nicht in die Kirche hineinkommen konnte.

Konnte er wirklich nicht in die Kirche hineinkommen...?

Mindestens eine halbe Minute stand er da und starrte auf das Kirchentor, als könnte ihm dort eine Offenbarung zuteil werden. Und irgendwie war dies auch der Fall. Ihm war, als stehe er unterhalb des Altars, wie er es am vergangenen Abend getan hatte, und lauschte der Debatte von Max und der Gräfin über die karolinischen Ahnen. Estelle zwitscherte etwas in sein Ohr, und ihr Sprößling grölte: »Brennt es irgendwo?«

Und mitten hinein hatte er Per-Olof Vergelius seinen Namen rufen gehört.

»David!«

Die Stimme klang ängstlich und dumpf.

»Per-Olof!«

Das Echo klang weiter unter dem Gewölbe nach, als er durch den Gang zwischen den Bänken in die Sakristei lief. Er zog den Riegel von der Holzplatte zurück und stemmte die eine Hälfte auf.

»Per-Olof...!«

Aus der kühlen Finsternis unten hörte er Vergelius' Stimme, und gleich darauf tauchte sein Antlitz am Fuß der Steintreppe auf.

»Ich danke dir, David. Gottlob, daß du gekommen bist.«

Er sah etwas mitgenommen aus, und die Blässe wurde durch die dunklen Bartstoppeln noch hervorgehoben. David stammelte unzusammenhängende Albernheiten, während Vergelius die Treppe heraufkam. Er wirkte wie erschlagen. Auf dem Pult unter dem Fenster stand eine Karaffe mit Wasser, er trank sie gierig aus, ohne das daneben stehende Glas zu benützen.

»Herr du meine Güte ... du hast ... du bist gestern unten eingeschlossen worden«, stotterte David. »Das war mein Fehler ... Ich verstehe nicht, wie ich so was machen konnte ... Ich hab' geglaubt, du hättest von außerhalb der Kirche gerufen ...«

»Die Luken sind mit einem gräßlichen Krach zugefallen, und dann war es still.«

»Die Untiere!« schrie David. »Ich hätte es mir denken können!«

»Was denn für Untiere?«

Vergelius ließ sich in den Schaukelstuhl fallen.

Er schien in seiner Erschöpfung sogar das schwarze Samtkissen mit dem Silberkreuz zu schätzen.

»Die Neffen von Max waren es! Diese kleinen Textilgangster! Sie haben die Luken zugeschlagen!«

»Sie hatten wohl keine Ahnung, daß ich noch unten war. Sie konnten mich nicht sehen, weil ich mich hinter dem Sarkophag befand und die lateinische Inschrift zu deuten versuchte. Ich bin überzeugt, daß sie es nicht absichtlich getan haben.«

»Du ahnst nicht, wie das Gehirn eines solchen kleinen Ungeheuers konstruiert ist! Oh, warum habe ich sie nicht beide vom Gerüst hinuntergeworfen!«

»Nana, David, reg dich nicht auf, ich bin ja wieder oben«, sagte Vergelius begütigend. »Anfangs habe ich gerufen, aber so allmählich ist mir klargeworden, daß ihr die Kirche verlassen habt. Ich hielt es für das beste, die Stimme für den Vormittag zu schonen. Ich wußte, du würdest mich hören, wenn du zurückkommst, um zu arbeiten.«

David starrte ihn ungläubig an.

»Du meinst doch nicht, du hast dort unten gesessen und... und hast bloß die Stimme geschont?«

»Solange das Petroleum reichte, hatte ich genug zu tun, die Inschrift zu deuten. Zuletzt ging es dann. Mortis ut vite bonis«, zitierte er langsam aus dem Gedächtnis, »est vox ite venite...«

»Und als das Petroleum ausgegangen ist?«

»Da habe ich eine Übersetzung gemacht. Willst du sie hören?

›Dies ist die Stimme des Todes
und des Lebens.
So sagt sie:
Geht hin in Verdammnis,
Kommt wieder als Gesegnete.‹

Ja, und nachher war dort unten nicht mehr viel zu tun. Ich habe lange daran herumgefeilt, vielleicht ist die Übersetzung etwas überarbeitet. Aber es war schwer zu schlafen.«

David sah, daß Vergelius immer noch fror, und legte ihm seine Jacke um die Schultern.

»Per-Olof«, sagte er, »ich hätte das nie fertiggebracht.«

»Fertiggebracht? Lieber Freund, es war nichts anderes zu tun. Es geht einfach nicht, die Luken aufzukriegen, wenn draußen der Riegel vorgeschoben ist.«

»Ich meine, ich wäre übergeschnappt.«

Vergelius blickte in den Grufteingang hinab.

»Sei so lieb und schließ die Gruft«, bat er.

»Danke für die Gesellschaft«, fügte er hinzu, als die Deckel zuschlugen, und dann sagte er so leise, daß David die Worte kaum verstehen konnte: »Die Toten können uns gewiß nichts Böses tun wie die Lebenden, aber einen gewissen Respekt bekommt man stets vor ihrer Stille.«

Man merkte an seinen Augen, daß die Nacht nicht spurlos an ihm vorübergegangen war.

»Wie spät ist es?« fragte er plötzlich.

»Fünf. Du hast hier zwölf Stunden gesessen. Inzwischen ist einiges geschehen.«

Vergelius blickte ihn mit müden Augen an. David sprang von dem Baststuhl neben der Tür auf. Erst jetzt wurde es dem Maler wieder klar, was sich in Husa abgespielt hatte. Er geriet in Erregung und wußte nicht, wie er das dem Pastor mitteilen sollte.

»Ja, es ist geschehen... du verstehst... Herrgott, Per-Olof, du hast ja hier zwölf Stunden gesessen, und es hat in Husa gebrannt – und du warst nicht dort! Du hast keine Chance gehabt! Du warst nicht dort!« schrie er.

Er sah ein, daß es keine geschickten Formulierungen waren, als er den Ausdruck in den Augen des Pastors sah.

»Es hat in Husa gebrannt, sagst du... und ich war nicht dort?«

David trabte um den Schaukelstuhl herum und fühlte sich gleichzeitig albern, erleichtert und den Tränen nahe.

»Vergib mir«, sagte er. »Verzeih – oder denk, was du willst... Aber ich bin so unbeschreiblich froh!«

»Daß ich es nicht gewesen sein kann?«

»So ungefähr«, gab David zu und wich seinem Blick aus.

»Wie ist es in Husa zugegangen? Wurde jemand verletzt?«

David berichtete über den Brand, und Vergelius lauschte gespannt.

»Haben außer dir auch noch andere diesen Verdacht?« fragte er nach einem kurzen Stillschweigen.

»Ich fürchte ja«, erwiderte David beschämt. Zu seiner Verwunderung antwortete Vergelius in leichtem Ton: »Ich wundere mich nicht darüber.«

»Es sah so merkwürdig aus«, redete David drauflos. Er fühlte sich über Vergelius' vernünftige Reaktion erleichtert. »Aber eigentlich ist ja alles vollständig erklärlich. Es waren lauter Zufälle und...«

Er unterbrach sich, Vergelius betrachtete ihn ausdruckslos.

»Außer einer Sache«, sagte David stockend.

»Welcher Sache?«

»Der Psalm. Der sechshundertneunte Psalm.«

»Dies irae...«

Mehr äußerte Vergelius nicht. David versuchte, mit einem Lachen darüber hinwegzukommen: »Eigentlich spielt es keine Rolle. Du wählst, welchen Psalm du willst. Aber ich möchte gerne wissen, warum es grade dieser war.«

»Leider kann ich es dir nicht sagen.«

Der Pastor erhob sich langsam und massierte sein Rückgrat, das während der Nacht auf der Steinbank arg gelitten hatte. David schluckte und versuchte, auf eine feinfühlige Weise die Frage umzustellen. Ihm lag sehr daran, eine Antwort zu erhalten. Andernfalls würde diese Gruftgeschichte, die eine gnädige Vorsehung, ein Zufall oder zwei ungewöhnlich lebhafte Rangen geschaffen hatten, wertlos werden.

»Ich möchte das sehr gern wissen«, sagte David. Er ruckte ein wenig an dem Riegel vor dem Eingang der Gruft. Vergelius wandte sich in der Tür um und sah ihn an.

»Du weißt sehr gut, daß es Sachen gibt, über die ich nicht sprechen kann«, sagte er ruhig.

»Auch nicht in einer solchen Situation? Du kannst keine Heimlichkeiten für dich behalten, wenn der ganze Ort an allen Ecken und Enden brennt. Verstehst du nicht, daß das gefährlich ist? Daß es um Menschenleben geht?«

»Vielleicht.«

Vergelius wandte ihm den Rücken zu und verließ die Sakristei. David lief ihm nach und hielt ihn im Mittelgang zurück.

»Per-Olof! Du mußt es mir sagen! Du mußt es mir jetzt sagen!« Er faßte ihn am Arm und zwang ihn, zur Decke hinaufzusehen. »Schau dort hinauf! Schau auf den brennenden Ofen! Ich hab' ihn jeden Tag vor mir. Als ich das Gemälde aus dem Schmutz und dem Staub dort oben am Dach hervorgeholt hatte, war ich glücklich und zufrieden. Ich fand, es sei das Beste, was der Meister im vierzehnten Jahrhundert gemalt hat. Jetzt aber erschreckt es mich.«

Vergelius machte sich sacht frei, aber er ließ das Bild oben an der Deckenwölbung nicht aus den Augen.

»Wie bist du darauf gekommen, jetzt daran zu denken? Das ist wirklich eigentümlich.«

»Das ist gar nicht eigentümlich! Dieses Bild stellt dar, wie furchtbar ein Brand aussieht, und die Brände müssen aufhören, Per-Olof!«

Es schien, als höre Vergelius nicht, was David sagte.

»Sie schritten hindurch, frank und frei, und kein Schaden geschah ihnen«, zitierte er, und die Kirche dröhnte von seiner Predigerstimme. »Vielleicht«, fügte er hinzu und unterbrach sich plötzlich. Er ergriff Davids Arm. »Es ist so entsetzlich, verstehst du. Ich würde es sagen, wenn ich könnte. Aber es ist so entsetzlich, wenn man nicht versteht ... wenn man nicht weiß.«

Er blickte David forschend an und ließ dessen Arm nicht los.

»David, verstehst du das?«

Die Gewalt seiner Stimme und der angespannte Ausdruck seines Gesichts machten es David klar, wie wichtig es für Vergelius sei, wenn die Antwort ja lautete. Aber wie konnte er, Malm, etwas anderes antworten, als daß er nichts begriff? Er fand, daß sie schon längst die zuverlässige Wirklichkeit verlassen hatten und gegenwärtig ein hartes Spiel mit ihren Nerven trieben. Plötzlich überkam ihn die Müdigkeit nach der langen Nacht. Er schüttelte den Kopf, und Vergelius ließ ihn los.

»Ich habe einen Augenblick lang geglaubt, du könntest mir helfen«, murmelte er. Sein Blick war verhängt und enttäuscht. »Ich gehe hinein und lege mich jetzt nieder. Ich muß versuchen zu schlafen.«

David wußte nicht, was er sagen sollte. Die Kirchenpforte fiel ins Schloß, und er war allein. Es war gegen sechs Uhr, und die Kirche war voll heller Morgensonne, die durch die Fenster strömte. Obwohl ihm die Augen fast zufielen, war er sicher, keinen Schlaf finden zu können, wenn er zu Bett ging. Außerdem war er ebenso unruhig wie früher. Er entschloß sich, in der Kirche zu bleiben und mit der Arbeit zu beginnen. Müde hin, müde her, er würde tun, was in seiner Macht stand, damit kein Brand in der Kirche ausbrach. Er kletterte die Leiter hinauf und begann seine Werkzeuge zusammenzupacken.

Die wirkliche Müdigkeit kam erst nach einer Stunde und überwältigte ihn völlig. Ihm war, als würde eine Gardine vor seinen brennenden Augen heruntergezogen. Er knüllte seine Jacke zusammen und streckte sich auf dem Holzgerüst aus. Kaum hatte er den Kopf auf das improvisierte Kissen gelegt, schlief er ein.

Er erwachte mit dem unbestimmten Gefühl, nicht allein zu sein. Es war so still in der Kirche, daß er nicht feststellen konnte, ob er das Knarren der Tür im Traum gehört hatte oder ob es Wirklichkeit war. Als er den Kopf hob, hörte er ein langgezogenes Zischen. Es füllte die ganze Kirche und erinnerte ihn an ein großes Tier, das die Luft einzog. Er wartete schreckgelähmt auf das Ausatmen.

12

Ein Orgelakkord weckte ihn endgültig wie ein jubelnder Stoß vor seine Brust. Das monströse Einatmen stammte vom Orgelwerk, als es Luft einzog, und Malm war froh, daß niemand gesehen hatte, wie sehr er sich entsetzt hatte. Er fuhr sich mit den Fingern durch das rote Haar und richtete sich langsam und vorsichtig auf.

Der Rücken schmerzte ihn nach dem Kontakt mit den Holzplanken. Von der Orgel her brausten wie siegreiche Fanfaren noch einige Akkorde durch das hallende Gewölbe. Ein morgenfrisches Flötengezirp schwirrte dem Präludieren voran, bevor die Stimmen der Fuge einander zu jagen begannen. Nach ihrer Vereinigung strömten sie in gemeinsamer Harmonie dahin und füllten die laue und sonnenlichte Luft um ihn herum mit Musik, die von überall und nirgends herzukommen schien. Er fand, daß dieses Erwachen, wenn man es recht bedachte, gar nicht so übel war.

Erst glaubte er, es sei Lars, der hereingekommen war, um ihn zu überraschen. Aber er erkannte bald, daß die Hände, die über die Tasten liefen, eine besondere Macht besaßen. Er konnte den Organisten nicht sehen, da die Fassade der Orgel ihn verbarg. Neugierig ging er auf dem Gerüst näher heran. Es gab niemand, der ihm die Leiter halten konnte, aber die Möglichkeit, direkt vom Gerüst auf die Galerie hinüberzusteigen, bestand immerhin. Dieser Weg war ihm vor zwei Tagen angewiesen worden, aber die Erinnerung daran machte ihn wütend. Damals hatte er sich nicht getraut. Jetzt beschloß er, Gott und den Menschen zu zeigen, was für ein Tarzan der Dorfkirchen er eigentlich war.

Der Mann, der spielte, war fast ebenso verwundert wie David, als dieser den Kopf über die Orgelfassade reckte. Der Unbekannte hörte zu spielen auf, das Echo des letzten Anschlags klang langsam aus und starb unter den Wölbungen. Es gab eine ganze Reihe von Sachen, die man sagen oder fragen konnte.

David entschloß sich, »guten Morgen« zu sagen, und versuchte sich mit dem Teil seines Körpers, der über die Orgelfassade reichte, höflich zu verbeugen.

»Guten Tag«, antwortete der Mann. Er hatte seine dunkle Brille auf der Nase heruntergeschoben und taxierte David mit einem freundlich verwunderten Blick aus grauen Augen.

»Aha, so ist es also«, sagte David und sah sich nach der Sonne um, die durch die Fenster der südlichen Längsseite fiel. »Wie spät ist es?«

»Elf Uhr.«

»Verflucht, da hab' ich über fünf Stunden geschlafen! Nein, so was!«

»Hier?«

»Jawohl. So prachtvoll bin ich noch nie geweckt worden.«

»Wollen Sie nicht herein- oder herauf- oder herunterkommen?« fragte der Mann. »Ich weiß nicht recht, in welcher Körperstellung Sie sich befinden.« Er schien etwas unruhig zu sein. Wahrscheinlich glaubte er, er sei dem Dorftrottel begegnet, aber David konnte diesem Fremden nicht erklären, warum er in der Kirche geschlafen hatte. Er kletterte hinüber und plumpste neben ihm auf den Boden.

»Gestatten Sie, daß ich mich vorstelle. Ich heiße Malm und restauriere die Kirchengemälde hier.«

»Ach so«, antwortete der Mann und erhob sich. Er war groß und schlank und hatte einen graumelierten Kopf, dessen

Haaransatz von seinen ursprünglichen Positionen zurückzuweichen begonnen hatte. Er präsentierte sich.

»Jetzt verstehe ich«, sagte David. »Kein Wunder, daß die Orgel so geklungen hat.«

»Danke, das freut mich. Die Sache ist die, daß der schwedische Rundfunk in Kürze hier in der Kirche eine Aufnahme machen will, und ich bin hier, um die Orgel auszuprobieren.«

»Wie sind Sie hereingekommen?«

Die plötzliche Barschheit in Davids Stimme verursachte ein Glitzern hinter den dicken Augengläsern.

»Ich trat ein, da das Tor offenstand. Zuerst habe ich im Pfarrhof angeklopft, aber dort war niemand.«

»O doch, aber er schläft. Vermutlich schläft er wie ein Stein.«

David wollte schon sagen, weshalb, aber er besann sich. Der freundliche Orgelvirtuose hatte bereits ein etwas schiefes Bild von den Schlafgewohnheiten in diesem Ort erhalten.

»Ich hoffe, ich störe nicht«, entschuldigte sich der Mann.

»Nicht im geringsten. Zu Ihrer Information möchte ich bloß anführen, daß ich mich sozusagen hier als eine Art Kirchenwächter betrachte. Sie haben sicher in den Zeitungen gelesen, wie schwer wir es in Ärketuna im Augenblick haben. Das Dumme ist nur, daß ich so leicht einschlafe. Ich hätte ebensogut in etwas anderem als Musik erwachen können.«

»Möglich«, antwortete der Organist trocken. David wußte nicht, daß es die schwarzen Rußstreifen in seinem Gesicht waren, welche die grauen Augen so aufmerksam zu beurteilen versuchten. Er hatte sich nach dem Brand in Husa nicht gewaschen, aber er lebte in glücklicher Unkenntnis seines Aussehens.

»Diese Sache mit dem Radio ist erstklassig«, sagte er. »Haben wir wirklich eine so feine Orgel?«

»Sie ist alt und sehr gut. Leider muß einiges repariert werden.« Er koppelte das Brustwerk ein und schlug eine Taste an. Der Ton war tot. Die Finger liefen eine halbe Oktave hinauf, und das Werk brachte gehorsam und genau die Töne hervor. Plötzlich kamen zwei tonlose Schläge in der Skala.

»Wieder stumm«, sagte er und erhob sich, um David das Brustwerk zu demonstrieren.

»Wie in einem Leierkasten«, meinte David. »Der seufzt manchmal nur und hüpft über ein paar gefühlvolle Töne hinüber.«

»Das hier«, sagte der Organist und klopfte auf die stumme Prunkfassade der Orgel, daß es in den Pfeifen widerhallte, »ist eigentlich nichts anderes als ein großer und netter alter Leierkasten. Aber er klingt besser.«

»Es kommt darauf an, wer spielt. Bitte, fahren Sie fort. Ihr Name und Ihr guter Ruf bürgen mir dafür, daß Sie mir die Kirche nicht verbrennen lassen werden. Ich muß jetzt nach Hause und etwas zu mir nehmen. Aber wenn Sie weggehen, bevor ich zurück bin, dann sperren Sie bitte die Tür zu und geben den Schlüssel im Pfarrhof ab.« Er verbesserte sich: »Das heißt, mir.«

»Oder dem Herrn Pastor?«

David rieb sich müde die Augen. Da war wieder das alte Problem.

»Nein«, sagte er plötzlich entschlossen. »Nur mir. Ich kann jetzt nicht darüber nachdenken, und wahrscheinlich spielt es auch keine Rolle – aber geben Sie ihn mir.«

»Und wenn ich Sie nicht finde?«

Er war offenbar von bedachtsamer Natur.

»Dann schlucken Sie ihn«, antwortete David. »Wenn Sie können. Die Hauptsache ist, daß er irgendwo sicher liegt.«

Als er die Kirche verließ, erklang die Fuge wieder. Sie folgte ihm in den Sonnenschein hinaus und verstummte erst, als er die Mauer passiert hatte. Er sah, wie Margareta ihm vom Schulhaus zuwinkte. Sie trug eine Einkaufstasche. Er eilte zu ihr hin, sie nahm ihn resolut am Arm und schob ihn in die Küche hinein.

»Ein Skandal, wie du aussiehst! Der ganze Ort ist voll von Polizisten und neugierigen Touristen, und du läufst herum wie ein Landstreicher! Hast du dich nicht gewaschen, seit du heute nacht in Husa versucht hast, dir das Leben zu nehmen? Los, da ist der Waschraum!«

»Ich habe keine Zeit gehabt«, entschuldigte sich David. »Es ist immer was dazwischengekommen, und dann bin ich eingeschlafen.«

Als er sich gesäubert hatte und herauskam, stand Margareta am Herd. Eier mit Speck brodelten in der Pfanne, und die Lehrerin schnitt Kartoffelscheiben in die schmelzende Butter zum Braten.

»Was für ein Anblick!« sagte David träumerisch. »Ich könnte nie eine Frau heiraten, die Kartoffeln mit Margarine braten würde.«

»Bei dir liegt die Liebe im Magen.«

Ihr Ton war barsch, aber sie hatte bereits für ihn den Tisch gedeckt.

»Willst du Bier oder Milch haben?«

»Ich möchte alles in großen Portionen haben. Wie sieht es in Husa aus?«

»Es ist jetzt gelöscht. Wo bist du eigentlich gewesen? Weißt du nicht, daß Vergelius zurück ist?«

»Ja, Gott sei Dank!«

»Wie... wie war er?« fragte sie und stellte sich mit dem Rücken zu ihm an den Herd. »Ich meine, was hat er in der Nacht gemacht?«

»Woher weißt du, daß er zurück ist? Hast du mit ihm gesprochen?«

»Nein, ich glaube, das hat keiner getan. Wir dachten, es sei am besten, ihn in Frieden zu lassen. Er sah so müde aus, als wäre er die ganze Nacht auf den Beinen gewesen.«

»Das war er nicht, soviel kann ich dir sagen. Wo hast du ihn gesehen?«

»Vor dem Pfarrhof. Er ging gerade hinein. Wir... tja... wir

haben ihn nicht gerufen, weil wir nicht recht wußten, was wir ihm sagen sollten. Es war um fünf.«

»Heute morgen.«

»Jawohl. Hast du eigentlich eine Ahnung, wie spät es ist?« fragte sie und betrachtete ihn, die Pfanne in der Hand.

»Ungefähr«, antwortete David. »Ich habe gewisse Auskünfte erhalten. Angeblich ist heute Donnerstag, und die Uhrzeiger dürften zwischen elf und halb zwölf stehen. Ich befinde mich im Kirchspiel Ärketuna, von Gott vergessen, aber beachtet von der Presse.«

»Du?«

»Nein, die Ortschaft.«

Sie legte ihm eine tüchtige Ladung Rühreier mit Speck und Bratkartoffeln auf den Teller und schob ihm einen irdenen Topf mit roten Rüben hin.

»Hmm...«, schmatzte er.

Sie streute etwas Pfeffer auf seine Kartoffeln.

»Er war um fünf einen Augenblick bei mir, als er von dir weggegangen war«, sagte sie.

»Mit dir wird der Augenblick zur Ewigkeit«, zitierte David und futterte mit geschlossenen Augen.

»Überlaß solche geistvollen Bemerkungen gefälligst den Grazien.«

»Verzeih mir, ich wollte nicht geistvoll sein. Ich habe dir nur ein Stück aus der ›Insel der Glückseligkeit‹ vorgetragen. Meine eigene Art, das Essen zu preisen.«

»Jedenfalls sah er erschöpft und niedergedrückt aus«, setzte Margareta fort. »Wir waren froh, daß er zurückkam, und wollten ihn nicht zur Rede stellen. Das sollen Edvin und seinesgleichen besorgen, hat Lars gesagt.«

»Das werden sie hübsch bleiben lassen.«

Er erzählte ihr, wo Vergelius die Nacht verbracht hatte.

»Der arme Mensch!« rief sie aus. »Aber gleichzeitig ist es ein Glück. Es klingt dumm, so etwas auszusprechen, aber jetzt hat er ja ein Alibi, wie man so sagt.«

»Er ist wohl der erste Bewohner von Ärketuna, der so etwas Feines wie ein Alibi hat. Einige im Ort werden glauben, daß es eine Art Medaille ist.«

»Mir fällt ein Stein vom Herzen, David!« flüsterte sie. Ihre Augen waren feucht, und David erkannte, daß sie ebenso ängstlich gewesen war wie er. Er wollte ihr diese Illusion nicht rauben. Vergelius betreffend, gab es für ihn immer noch Dinge, die er nicht begriff. Er wollte Lars anrufen und ihn bitten, zu ihm zu kommen und mit ihm zu sprechen. Gemeinsam konnten sie vielleicht einige Ordnung in die Sache bringen und Vergelius dazu bringen, zu sagen, was er über die Brände wußte oder nicht wußte.

Lars meldete sich nicht auf den Anruf, und als David Margareta adieu sagte, war er unsicher, was er beginnen sollte. Ein sonderbares Gefühl sagte ihm, daß er die abscheuliche Geschichte jetzt in seiner Hand hatte. Es lag in seiner Macht, den Brandstifter zu entlarven. Es mußte ein Mittel geben, Vergelius aus seiner starren Haltung loszukriegen. Warum half er ihm nicht? Warum gab er keine einleuchtenden Erklärungen, wenn er den Verdacht um sich herum merkte? Warum verteidigte er sich nicht wenigstens? Mit seinem quälenden Schweigen kam man nicht weiter.

Der widerliche Verdacht war zum ersten Male in ihm aufgetaucht, als Vergelius von seiner mißglückten Promenade rund um den See, bei der er angeblich seine Kamera gesucht hatte, ohne diese zurückkehrte. Das war erst zwei Tage her. David war damals der Gedanke gekommen, ob er die Kamera wirklich verloren habe oder ob es nur eine Ausrede war, um während dieser Zeit etwas anderes tun zu können.

Aber wenn es die Wahrheit war, müßte die Kamera doch irgendwo zu finden sein. Warum sich nicht auf die Suche machen? Es war jedenfalls eine feine und teure Kamera, und Vergelius würde froh sein, wenn er sie zurückbekäme. Außerdem würde sich David bedeutend besser fühlen, wenn er sie finden könnte. Er ging zum Pfarrhof zurück und sah, daß die Rolladen in Vergelius' Schlafzimmer heruntergezogen waren.

Laß ihn schlafen, dachte er. Ich werde nach der Kamera suchen und ihm sein Alibi dadurch ein bißchen verbessern. Der Gedanke, in dem sumpfigen Uferwasser herumzuwaten und Vergelius' Strandhütte ausfindig zu machen, behagte ihm zwar nicht im mindesten. Er entschloß sich, in Stormyra einen Kahn zu leihen und zum Südstrand hinüberzurudern, wo, wie er wußte, die Hütte liegen sollte.

Der Aschenhaufen von der verbrannten Scheune lag noch wie eine schwarze Wunde in den ringsum blühenden Wiesen. Es waren gewiß nicht mehr als vier Tage seit dem Brand vergangen, aber er fragte sich doch, wie lange es dauerte, bis ein Brandplatz überwachsen und vergessen sei. Er schob den Kahn ins Wasser und ruderte in den mittagsstillen See hinaus. Die Vögel führten im tiefen Schilf ein sehr zurückgezogenes Dasein. Aber vom Ufer her hörte er Autos starten und fahren, und als er an Husa vorbeiglitt, dessen Strand schilffrei und mit der Spiegelung des Schlosses in dem trüben Wasser dalag, vernahm er Stimmen, die der Wind zusammen mit dem scharfen Brandgeruch über den See hinaustrug. Ärketuna war ein Touristenziel geworden, aber nicht auf die Weise, wie die Gräfin es sich gedacht hatte.

Auf gut Glück wählte er einen Weg durch das Schilf. Er wußte, daß sich Vergelius für den Kahn, den er zuweilen gebrauchte, Wege geschnitten hatte. Der erste führte ihn in die Irre, er mußte umkehren und es aufs neue versuchen. Vögel, deren Namen er nicht kannte, flatterten auf und umkreisten ihn kreischend. Der Kahn schwenkte herum und glitt in einen Tümpel. Er hörte ein Zischen hinter sich und verlor vor Schreck fast ein Ruder, bevor er sich umwandte und sah, daß es ein Schwan war. Malm war froh, daß er im Boot saß und ein Ruder in der Hand hatte, und noch froher darüber, daß er dieses Wesen nicht vor ein paar Tagen getroffen hatte, als er wehrlos auf dem Schilfhügel lag.

»Nur keine Aufregung, alter Junge«, sagte er beruhigend zu dem Schwan. Dieser sah aus wie eine kräftige Mannsperson, eine Art Hafenstrolch mit Raufboldallüren. Drohend knallten die Flügel. Der Schwan streckte den Hals und zischte David einige unliebsame Bemerkungen zu. David dachte daran, wie schön Schwäne sind, wenn sie in einem poetisch abendrosa gefärbten Teich mit Wasserrollen und Erlenbüschen lautlos und majestätisch dahingleiten. Aber im Nahbild fand er dieses Exemplar schlangenäugig, streitsüchtig, schmutzig und geradezu abscheulich.

Zehn Meter weiter versuchte er einen neuen Weg durch das Schilf zu bahnen und kam in einen niedrigen Tümpel, in dem der Kahn auf Grund stieß. Vergelius' Hütte war gut verborgen. David konnte sie kaum entdecken. Vom Kahn aus konnte er sie nicht erreichen, er mußte zu Fuß hinüberwaten. Das Wasser ging ihm sofort bis zu den Knöcheln, und ihm schien, es schmatze schadenfroh bei jedem Schritt.

Die Hütte hatte einen engen Eingang, und drinnen war nichts anderes als ein Schilfbett mit Zeitungen darauf und ein alter Schlafsack. David hatte keine Lust, um den halben See herumzugehen, wie Vergelius es angeblich getan hatte. Aber er war gezwungen, es zu tun, wenn das Unternehmen überhaupt einen Sinn haben sollte.

Er hatte den Eindruck, daß dieser ganze sumpfige Vogelsee sich gegen ihn verschworen hatte. Aus der Entfernung sah der See zwar sehr schön aus, aber seit jenem Mittwochmorgen hegte Malm einen stillen Haß gegen diese Landschaft. Er war deshalb ziemlich verblüfft, als er die Kamera fand. Der Riemen des Futterals befand sich kaum zwanzig Meter von der Hütte entfernt im Schilfbett. David ergriff das Leder und brachte etwas Nasses, Schmutziges und Verrostetes zum Vorschein, das als Gebrauchtware fünfzehnhundert Kronen gekostet hatte. Dieses Etwas war nicht mehr zu gebrauchen. Aber das war Vergelius' Sache. Wichtiger war, daß er das Zeug gefunden hatte, wodurch wenigstens dieser Punkt bestätigt war.

Als er an den Strand von Stormyra zurückkam, hatte sich der Wind deutlich gedreht, denn Malm bekam den Rauchgeruch von Husa direkt in die Nase. Er zog den Kahn ans Ufer und machte sich mit der Kamera um den Hals auf den Heimweg. Auf halbem Weg blieb er stehen und zog die Luft ein. Der Wind konnte sich nicht abermals gedreht haben, denn der Brandgeruch kam aus der entgegengesetzten Richtung. Husa lag weit zurück, aber der Geruch kam von vorn. Möglicherweise von der niedergebrannten Scheune.

Er war weitergegangen, überlegte es sich aber und kam zu der Erkenntnis, daß etwas nicht stimmen konnte. Die Asche der Scheune und die verkohlten Plankenreste konnten nach vier Tagen unmöglich mehr riechen. Er fühlte kleine Stecknadelstiche unter den Armen und in der Magengegend, als er langsam über die Seewiese zurückging. Zuletzt warf er die Kamera auf die Erde, um von ihr nicht behindert zu werden, und begann zu laufen. Der Weg, den er nehmen sollte, war nicht schwer zu finden. Die Nase zeigte ihm die Richtung an. Er rannte über den trockenen, rutschigen Nadelteppich in den Wald hinein. Unter den Bäumen angelangt, gab es für ihn keinen Zweifel mehr. Wie ein feiner Nebel in der Luft kamen die ersten Rauchschleier auf ihn zugeflattert.

13

Den hellen Grenzstreifen des Waldes gegen die Seewiesen hin, wo Espen und Birken unter den Fichten eingesprengt waren, hatte er hinter sich gelassen. Er ging zwischen den Steinblöcken durch den Wald, in dem die Stämme so eng beisammenstanden, daß das eben noch schwirrende Sonnenlicht einem anderen Zeitalter anzugehören schien. Es ging ständig aufwärts, und der Berg brach durch das Moos hervor, das sommertrocken unter seinen Füßen knisterte. Der Rauch nahm zu, aber man konnte ihn nicht mehr von der Luft unterscheiden. Er verwischte die Konturen für Davids brennende Augen und schien mit jedem Atemzug, den der träge Wind durch die Baumkronen machte, dicker zu werden.

Er hatte noch nie einen Waldbrand gesehen. Trotzdem wußte er, daß es nur ein diesiges Niemandsland in schweigender Erwartung war, das ihn von ihm trennte. Das Schweigen der Vögel und das schwindende Licht unter den Fichten erinnerte ihn an eine Sonnenfinsternis. Er erlebte die gleiche Beklemmung. Sie hatte nichts mit Schreck zu tun. Angst war etwas, das er nunmehr mit engen, brennenden Häusern und unbekannten Menschen verband, die man zu kennen geglaubt hatte. Die wortlose Angst, die ihn vorwärts trieb, ließ sich weder durch Scherz noch durch Vernunft beschwichtigen.

Der Aufstieg wurde steiler, und aus dem Boden traten uralte Granitrücken hervor, die sich zwischen den Fichten erstreckten. Er blieb unter einem Abhang stehen, in dessen Steinhaut die Jahrtausende Runen gegraben hatten. Über sich sah er ein Fichtenskelett, das silbergrau eingetrocknet war. Er wußte, daß das Feuer nahe war – wahrscheinlich bereits auf dem Weg zur anderen Seite der Anhöhe hinauf. Er fühlte nichts. Er hörte die Hitze.

Es war ein merkwürdiger Laut. Ein unberechenbarer Wind sang in den Baumkronen: ein knisternd trockener Laut, der an Stärke zunahm. Ein Eichhörnchen huschte über das Gestein zu seinen Füßen. Malm sah, wie das Grab oben auf der Höhe sich im Raum krümmte und das Moos schwarz wurde. Gelbe und rote Flammen schossen empor und tanzten über den Boden. Sie wurden immer stärker und schlugen einen Ring um die Bäume. Die Fichten brannten. Sie sangen mit in der Teufelssymphonie, die David in die Flucht trieb.

Eine Ahnung sagte ihm, er müsse den Wald durchqueren, um rasch näher zum Ort zu kommen und Leute zu alarmieren. Aber er hatte keine Ahnung, von welcher Seite er gekommen war und welchen Weg er nehmen sollte. Er fühlte nur einen einzigen Trieb: wegzulaufen aus dem heißen Knistern, das mit dem Wind hinter seinem Rücken lag. Der Boden wurde sumpfiger, und der Maler sprang über schwankende Erdhügel, ohne den Geruch zu merken. Ein Auerhahn lärmte an ihm vorbei – sie hatten jetzt einen gemeinsamen Feind und nahmen kaum Notiz voneinander. Malm stolperte zwischen Baumstümpfen und abgehackten Zweigen in einer Abholzung. Die Luft wirkte hier klarer und leichter. Er schien dem Feuer entkommen und aus der Rauchzone heraus zu sein. Er blickte zu den Fichtenwipfeln hinauf, um die Windrichtung festzustellen, aber er konnte dieses Problem nicht lösen. Sein Kopf kam ihm vollkommen leer vor, als wäre die Innenseite nur ein mit Rauch gefüllter Hohlraum, fast unempfindlich für Eindrücke. Es dauerte einige Zeit, bevor ihm klar wurde, worauf er starrte. Als es ihm gelang, seine Beobachtung zu fixieren, war die geduckte Gestalt von einem Gebüsch wilder Himbeeren bereits verdeckt.

Er dachte automatisch, das sei ein Mensch, der auf der Flucht vor dem Feuer war und in den Ort lief, um Hilfe herbeizuholen.

»Der Wald brennt!« brüllte David und stolperte weiter über Reisig. Im nächsten Augenblick sah er einen Schimmer der Figur, die hinter den Fichten weiter unten verschwand. Direkt vor ihm stand ein Felsblock mit zwei kleinen Fichten, die in der Enge nebeneinander verkümmert waren. Unter ihnen prasselte ein kleines Feuer von trockenen Zweigen und Reisig. Augenblicklich wurde es hell in seinem Kopf, und er schlug sich mit der Faust auf die Stirn. Sein erster Impuls war, der Gestalt, die bei seinem Ruf davongerannt war, nachzustürzen, aber er sah ein, daß er keine Chance hatte, sie zu finden.

Der kleine Holzstoß war nicht größer als ein gewöhnliches Kaffeefeuer auf einem Ausflug. David versetzte den brennenden Zweigen einige Fußtritte, um sie von den Bäumen wegzukriegen, aber das verursachte einen knisternden Grasbrand, der fröhlich um seine Füße herum flackerte. Malm sprang zu einer Fichte hin, um sich einen kräftigen Ast abzubrechen. Er hätte nie gedacht, wie schwer es sei, einer widerspenstigen Fichte einen Teil abzuknöpfen. Verzweifelt zerrte er am Ast, mußte es aber aufgeben und weiter unten etwas abreißen. Als er damit das Feuer zu peitschen begann, hatte es sich mit dem Gras des Vorjahres bis zu einem Reisighaufen ausgebreitet, der bald unter den Flammen zusammenbrach. Darüber tanzte die Luft in der Hitze, und seine brennenden Augen konnten sich nicht länger orientieren. Er warf den Zweig weg und begann wieder zu laufen.

Noch immer hatte David keinen genügend klaren Kopf, um einzusehen, daß es mehr Glück als Verstand war, was ihn aus dem Wald hinausführte. Er kam erst zu sich, als der Waldrand hinter ihm lag und er eine Scheune erblickte, die zu Jerusalem gehörte. Er konnte nicht weiter, seine Beine wurden ihm so schwer, daß er sie kaum heben konnte. Er stolperte über einen Graben und kam mit vieler Mühe auf den Weg hinauf. Nach fünfzig Meter Torkeln durch den weißgrauen Staub traf er eine alte Frau.

»Der Wald brennt«, keuchte er ihr im Vorbeiwanken zu. Sie hieß Lovisa, war vom Altersheim und bei Waldbränden keine besonders geeignete Hilfe.

»Jaja, ich hab's schon gehört«, antwortete sie ruhig, blieb mit ihrer Milchkanne stehen, blickte ihm nach, bis er um eine Biegung verschwand, und ging dann weiter, lautlos die Lippen bewegend.

Er begriff, daß außer ihm noch andere das Feuer gesehen hatten und daß der Alarm bereits gegeben worden war. Er nahm den Weg über die Weideplätze und an dem Glockenturm vorbei zur Wegkreuzung bei der Kirche. Von allen Seiten liefen Menschen auf den Wald zu. Keiner grüßte, hie und da rief jemand eine knappe Order. Die meisten Leute trugen Schaufeln und Äxte. Er folgte ihnen über die Seewiesen, blieb aber plötzlich mit einem Ruck stehen. Jene ahnungsvolle und mahlende Unruhe, an die er bereits gewöhnt war, zwang ihn, umzukehren und in die Richtung zum Pfarrhof zu laufen.

Auf dem steinigen Platz unterhalb der Schule sah er Lars Wilhelmsson zwischen den Büschen hindurcheilen. Auch er hatte Schaufel und Axt in den Händen.

»Waldbrand!« rief er.

»Ich weiß es. Ich habe ihn selbst gesehen.«

»Nimm das!«

Lars warf ihm die Schaufel zu und forderte ihn auf mitzukommen.

»Wo willst du hin?« fragte er, als er sah, daß David zögerte...

»Nach Hause.«

Sie sahen einander in die Augen. Lars schüttelte den Kopf.

»Er ist nicht dort«, sagte er. »Ich habe nachgesehen.«

»Aber ich weiß, daß er dort ist.«

Davids Stimme überschlug sich, und er hörte selbst, daß er wie ein zorniges Kind schrie.

»Es nützt nichts, David.«

Er hob die Schaufel auf, die David weggeschleudert hatte, und drückte sie ihm in die Hand. Langsam folgten sie den andern zum Wald.

»Warum bist du hingegangen?«

»Das weißt du«, antwortete Lars. »Wir sind doch übereingekommen, offen miteinander zu reden. Aber es ist verdammt schwer. Der Verdacht ist wie dieser vermaledeite Brandrauch. Man will ihn nicht wahrhaben, aber es nützt nichts.«

»Hast du Margareta getroffen?«

»Nein.«

»In der Nacht war allerhand los. Eine Zeitlang glaubte ich, er sei sicher ... ich meine ...«

»Unschuldig?«

»Ja. Aber das ist nicht so einfach. Ich muß darüber mit dir sprechen.«

Er lehnte den Spaten an einen Stein und zog Lars neben sich auf den Boden.

»Heute morgen bin ich in die Kirche gegangen«, begann er und zog seine Pfeife aus der Jackentasche. Sein Kopf pflegte sich zu klären, wenn er sie stopfte. Er fühlte, daß er Zeit brauchte, um seine Gedanken zu sammeln. Irgendwo in seinem Hirn surrte eine Idee wie ein schwer zu fangendes Insekt – die Vorstellung, er habe alles in seiner Hand. Er empfand sie nicht mehr als Größenwahn. Lars würde ihn nicht auslachen, das wußte er jetzt. Wenn ihnen nur Zeit bliebe, die ganze Sache durchzusprechen, könnten sie sie aufklären. Das wußte er.

»Und in der Kirche, Lars, weißt du ...«, begann er von neuem, nachdem er die Pfeife angezündet hatte. Hinter sich hörte er einen laut ratternden Motor näher kommen, und Lars blickte ungeduldig auf.

»Was, zum Teufel, macht ihr hier?«

Ein Traktor mit Anhänger, beladen mit Wassertonnen, war am Weg stehengeblieben, und Sandberg, der Traktorführer von Husa, streckte sein wütendes Gesicht heraus.

»Wißt ihr nicht, daß der Wald brennt?«

»Ja, wir wissen es«, antwortete Lars.

»Na los, rührt euch!«

Lars ergriff Axt und Schaufel und begann im Laufschritt dem Traktor zu folgen, David hinter ihm.

»Wir brauchen alle Leute, die wir kriegen können«, brüllte Sandberg durch den Motorlärm. »Jeden Quatschkopf, der sitzt und Pfeife raucht«, rief er David zu, der so tat, als höre er nicht.

Der Brand war auf verschiedenen Seiten ungefähr gleichzeitig entdeckt worden. Der Alarm war gegeben worden, bevor David aus dem Wald herauskam, und die Löscharbeit war bereits einigermaßen organisiert. Sie brauchten nur Sandberg zu folgen, der direkt in den Wald fuhr, wo eine Reihe von Männern damit beschäftigt war, einen Brandgraben gegen das Feuer auszuschaufeln, das mit steigender Schnelligkeit durch das Heidekraut angesaust kam. Die Baumäste waren schon abgeschlagen, und David tat, was er die andern tun sah – er tauchte einen Ast ins Wasser, lief zum Heidekraut hin und versuchte damit die hüpfenden Flammen auszuschlagen. Gelbgraue Rauchspiralen arbeiteten sich lautlos aus dem Moos empor, Hitze und Rauch verdichteten sich bis zur Grenze des Erträglichen, das heiße Knattern des brennenden Holzes näherte sich unaufhaltsam und trieb die Männer zurück. Das Unternehmen sah ziemlich hoffnungslos aus. Da und dort eroberten sie kleine, verbrannte Flächen, aber an den meisten Stellen mußten die Männer fliehen, sobald der Brand sich vom Boden an den Bäumen hinaufrankte. Die Wipfel der Fichten explodierten in Flammen, als das Feuer nach ihnen griff. Die Stämme standen bald zu schwarzen Skeletten abgeschält auf dem trostlos zerstörten Boden, den man Stück für Stück aufgeben mußte. Nach den Männern flohen die letzten Ratten und die Vögel. Einige entkamen nicht mehr. Ein Eichelhäher flatterte an Davids Kopf vorbei und fiel einige Meter weiter mit versengten Federn zu Boden.

Malm wurde es übel. Er ging unsicher wie ein Berauschter in der Hitze und dem Rauch, als die Mannschaftskette sich zur Brandgrenze zurückzog. Lars hatte er im Gewirr der stumm laufenden Menschen verloren. Ein Mann mit stark verletzten und blutigen Händen kam von der Seeseite her gerannt und schrie:

»Gipfelfeuer! Es kommt hierher!«

Eine Schar von zehn Männern machte sich sofort daran, eine Brandgasse zu hauen. Man wußte, daß Feuerwehr und Militär auf dem Weg nach Ärketuna waren. Ein Wasserflugzeug, das der Brandbewachung diente, kreiste über ihnen und verschwand hinter den Baumkronen. Einer rief, daß das Gipfelfeuer sich verbreite und mit dem Wind auf sie zukäme. Stimmen erhoben sich, man möge ein Gegenfeuer anlegen, andere zweifelten an diesem Mittel.

»Wir müssen zuerst mit dem Brandbefehl sprechen«, warnte Antonsson von Jerusalem. »Es ist schwer mit einem Gegenfeuer, man kann es dadurch noch ärger machen.«

»Das Flugzeug ist auf dem See niedergegangen!«

Sandberg sah sich nach halbwüchsigen und weniger brauchbaren Kräften um, die man bei der Hauptarbeit entbehren konnte, und entschloß sich für David. Er gab ihm den Auftrag, Kontakt mit dem Brandchef im Flugzeug zu nehmen und Nachricht zu schicken, wie man sich wegen des Gegenfeuers verhalten solle.

David versuchte, den Wald an der Stelle zu überqueren, wo er früher mit dem flatternden Auerhahn um die Wette gelaufen war. Er mußte umkehren. Das Moos war bereits vom Feuer erobert worden. Weiter unten im Wald hörte er Axthiebe und lief an den Männern vorbei, die den Jungwald abholzten, um die Brandgasse zu schaffen. Eine Motorsäge begann zu kreischen, krachend und raschelnd fielen die Stämme. Er konnte sich in diesem düsteren Urzeitwald mit seinen Felsblöcken und dem sparsamen Licht zwischen den finsteren Bäumen nicht orientieren. Er sah ein, daß er falsch gelaufen war, da er Gegenwind hatte, und kehrte um. Im gleichen Augenblick knackte und raschelte es im Gehölz vor ihm, und ein Rudel Rehe entfloh blitzschnell und schattenhaft zwischen den Bäumen. Er konnte nicht erkennen, wie viele es waren. Der Laut des herannahenden Brandes war stärker als alles andere. Aber der Wind brachte noch etwas anderes mit sich, einen wohlbekannten Klang, der mit den Windstößen und dem wallenden Rauch an- und abschwoll. Der Wald begann sich zu lichten, und Malm hörte den Klang deutlicher – es waren die Glocken der Kirche. Jemand mußte den elektrischen Apparat in Gang gesetzt haben, um die Leute zusammenzurufen.

Jetzt hatte er den Wind seitlich gegen sich und erreichte den Waldrand im gleichen Moment, als das Feuer gegen die Fichtenwipfel geflogen kam. Die erste Krone flammte wie eine Fackel auf, und das Feuer warf sich über die nächste. Das ging zu rasch, um sehen zu können, wie dieser Luftsprung der Flammen zustande kam. Es schien keine Gesetze mehr für diesen entfesselten Ausbruch der Hölle zu geben. Selbst die Luft war Feuer geworden und brannte alles Lebende mit ihrem heißen Atem nieder.

Er begegnete Leuten, als er über die Weide lief, und erfuhr, daß man Kontakt mit dem Brandbefehl hatte. Sie strebten weiter zu dem Platz hinauf, wo Sandberg kommandierte. Eigentlich hätte David mit ihnen zurücklaufen müssen. Aber er blieb stehen. Von ihrem atemlosen Gerede über Gegenfeuer, Brandgasse und den Befehlen des Flugzeugführers hatte er eigentlich nur eine Sache gehört, aber die traf ihn mit größerer Wucht als alles andere.

»... und außerdem hat man Rauch aus dem Glockenturm steigen sehen!«

Die Kirche, dachte David. Bloß nicht die Kirche! Nein, das darf nicht sein! Guter Gott, das nicht!

Er rannte über Felder und Äcker, ohne zu sehen, wohin seine Füße traten. Wacholdersträucher schlugen ihm ins Gesicht, sein Gesicht war zerkratzt und blutig. Aber es war, als gelte der Schmerz jemand anderem. David kam an Stormyra vorbei. Vor dem Haus stand das Gesinde in einer engen Gruppe beisammen und gestikulierte zur Waldzunge hin, die hinter dem Stall ganz nahe heranreichte. Er hörte flüchtig, daß sie von Räumung sprachen.

»Wo läuft er denn hin?«

Die Stimme erreichte ihn, als er schon halb vorbei war. Er ahnte, daß sie dem Stormyrapächter gehörte, denn aus ihr sprach der bösartige kollektive Verdacht, der ihm bereits allzu bekannt war.

»Nach Hause.«

Es waren zwei Frauen und drei Männer, und alle sahen ihn mit kalten, ausdruckslosen Gesichtern an. Gottlob kamen noch mehrere herbeigelaufen, und er erblickte Lars, der ihm von weitem zuwinkte.

»Was hast du denn zu Hause zu tun?«

Mit den Händen in den Hosentaschen ging er näher an die Gruppe heran. Lars und die anderen kamen hinzu.

»Der Glockenturm brennt«, sagte David.

»Laß ihn brennen«, antwortete der Pächter. »Bevor das Militär kommt, wird jeder Mann oben im Wald gebraucht. Wo ist übrigens der Pastor? Will der nicht auch helfen?«

Die deutliche Verachtung in der Stimme, welche die Drohung nur maskierte, trieb David das Blut zu Kopf. Seine geschwätzige und sorglose, aber nicht unempfindliche Natur neigte dazu, leicht in Zorn aufzuflammen. Leider erschreckte das selten jemand, denn seine Wut richtete sich meistens gegen Leute, die recht hatten, allzu recht. Hier stand der Stormyrapächter und blickte ihn mit blaßblauen Augen, die voll von berechtigtem Mißtrauen und der Forderung nach Rechtfertigung waren, unverwandt an. Er war ein Apostel der Biederkeit vom Kopf bis zu den großen Gummistiefeln, und er konnte ja nichts dafür, daß er dumm aussah. Das Recht war auf seiner Seite. Vergelius hätte hier sein müssen. Er hätte auch im Bett liegen und schlafen können nach seiner ziemlich anstrengenden Nacht. Aber er durfte nicht verschwunden und unauffindbar sein. Es war schwer, gegen jemand loszugehen, der recht hatte.

»Wie wär's, wenn du dich um deine eigenen Sachen kümmern würdest?« kläffte David in einem zwecklosen Versuch, kalt und ironisch zu wirken.

Der Stormyrapächter blinzelte, als hätte er nicht recht gehört. Er streckte den Kopf vor, sammelte sich, kam aber nicht zum Ausbruch.

»Wenn der Glockenturm brennt, dann kann die Kirche brennen! Begreifst du das nicht?« schrie David.

Lars faßte ihn leicht und warnend am Arm. »Die Kirche brennt nicht«, brummte er besänftigend.

»Ich habe trotzdem die Absicht hinzugehen. Ist hier jemand, der was dagegen hat?«

Der Stormyrapächter gehörte zu den Menschen, die nur jedes zehnte Jahr wirklich in Erregung geraten. Er brauchte lange, um für eine so große und berechtigte Wut einen Ausdruck zu finden. Er sah aus, als könne seine Explosion erst in einer Woche stattfinden, im Augenblick stand er nur breitbeinig da, atmete schwer und klapperte mit den Augendeckeln.

»Laß zum Teufel den alten Glockenturm brennen! Es stehen größere Werte auf dem Spiel«, versuchte Lars zu vermitteln.

»Was weißt du von Werten? Was weiß jemand von euch von Werten?«

Die Frage war so dumm und zänkisch, daß die Männer und die beiden Frauen bloß verblüfft aussahen. Lars nahm ihn unterm Arm und begann ihn zum Wald hin zu ziehen.

»Ich meine natürlich, ihr habt keine Ahnung, was für Werte in der Kirche sind«, murrte David.

»Beruhige dich jetzt.«

»Die Gemälde!« sagte David. »Das versteht ihr nicht, ihr Bauerntölpel! Auch du nicht«, fauchte er, als Lars ihn mit sich schleppte.

»Danke, mein Freund. Aber hör jetzt auf einen alten, erfahrenen Bauerntölpel. In der Kirche brennt es nicht, und du mußt dir diese Malereien einen Augenblick aus dem Schädel schlagen. Du wirst dort oben gebraucht. Wir werden alle gebraucht.«

Er folgte ihm zurück zur Abholzungsstelle, wo Sandberg über eine immer verschwitztere und durstigere Schar von Männern das Kommando führte. Sie waren mit Schaufeln und Äxten in die Defensive gegangen, und die Kampfordnung begann zu schwanken. Es war keine Kunst für David, sich an den Rand der Mannschaftskette zurückzuziehen und hinter einige Baumstämme zu gleiten. Kümmert euch um euren Waldbrand allein, dachte er. Ihm war es wichtiger, daß nichts in der Kirche geschah. Es beruhigte ihn nicht sehr, daß sie noch nicht brannte. Niemand wußte, was dort geschehen konnte, nachdem alle sich in den Wald begeben hatten.

Die Glocken läuteten zweistimmig über den See, als er sich der Kirche näherte. Sie klangen wohl genauso wie an gewöhnlichen, tristen Sonntagvormittagen, aber für David hatten sie einen anderen Ton. Die jüngste Glocke mit ihrer dünnen, unheilverkündenden Stimme schien zu dominieren. Wahrscheinlich beruhte das nur auf dem Rauch, der sich unter dem graugeteerten Schindeldach hervorschlängelte. Als er auf den Weg vor das Schulhaus kam, sah er die Glocken im Rauchnebel schwingen, konnte aber keine Flammen wahrnehmen.

Innerhalb der Mauer war es still, und die Nachmittagssonne schien auf die Blumen der Gräber. Die Kirche sah wie gewöhnlich aus, das heißt, so wie sie im großen und ganzen seit sechshundert Jahren aussah. Er fühlte etwas wie eine sonderbare Erleichterung, die beinahe an Enttäuschung grenzte. Es ist anstrengend, sich für nichts und wieder nichts derartig aufzuregen, dachte er. Er wollte hineingehen, erinnerte sich aber nicht, wo er den Schlüssel gelassen hatte. Ihm war nur noch im Gedächtnis geblieben, daß er ihn nach dem Abzug der Husabesucher zu sich gesteckt hatte.

In der großen Öffnung des Schlosses stak ein zusammengerollter Zettel. Er zog ihn heraus und las:

›Bester Herr Alm! Da ich Sie nicht finden konnte, bevor mein Bus ging, habe ich den Schlüssel, wie Sie mich baten, verschluckt. Sollten Sie ihn wiederhaben wollen, dann können Sie mich in Stockholm nach 21 Uhr anrufen.‹

Ich heiße nicht Alm, und für Scherze bin ich nicht aufgelegt, dachte er und knüllte den Zettel zusammen. Er überlegte es sich, strich ihn wieder glatt und steckte ihn in die Brusttasche. Die Meldung war mit dem Namen und der Telefonnummer des freundlichen Organisten unterzeichnet. David kam es so vor, als ob es schon eine Woche her wäre, seit er den Mann in der Kirche gesehen und ihn hatte spielen hören. Dabei waren nicht mehr als vier Stunden seither vergangen.

Auf jeden Fall war es gut, daß inzwischen niemand in die Kirche hineinkommen konnte. Außer Bergström natürlich. Malm machte eine Runde um das Gebäude und sah nach, ob Fenster offenstanden oder zerschlagen waren. Alles wirkte ruhig, und eine Bachstelze, die zwischen den Gräbern vor ihm behaglich mit dem Schwanz wippte, war das einzige Lebewesen, das er sah. Sonnenschein und Kirchenglocken – man hätte sich fast einbilden können, es sei Sonntag und Gottesfriede.

Statt dessen war Donnerstag und Waldbrand, und er hatte Kopfschmerzen und einen komischen Hustenreiz, den er als chronische Rauchvergiftung diagnostizierte. Wie die Dinge lagen, mußte er sich wieder in den Wald begeben. Er konnte nicht behaupten, daß ihn das verlockte. Es gab einmal eine Zeit – genauer gesagt war es kaum eine Woche her –, da er der Auffassung war, Feuersbrünste seien ein spannendes Schauspiel, und mit seinem Rad hätte er kilometerweit fahren können, um sich dergleichen anzusehen. Nun gab er leicht der Versuchung nach, sich einige Minuten der Ruhe zu überlassen. Er setzte sich auf den Eckstein des Familiengrabes des Amtsgerichtsvorsitzenden und begann seine Pfeife zu stopfen.

Anfangs fiel ihm nicht auf, daß sich der Jubel des gefiederten Sängers in der Trauerweide hinter ihm zu einer Arie entwickelte. Plötzlich kam ihm zum Bewußtsein, daß die Kirchenglocken verstummt waren. Vielleicht gerade in diesem Augenblick, vielleicht schon seit einigen Minuten.

David Malm empfand die Stille als unerträglich beklemmend. Er erhob sich rasch und verließ den Friedhof. Die Pfeife steckte er unangezündet ein. Als er auf den Weg hinauskam und den Rauch um die Glocken wirbeln sah, die regungslos hingen, beruhigte er sich ein wenig. Es mußte die elektrische Vorrichtung gewesen sein, an der dieser zunehmende Brand einen Kurzschluß erzeugt hatte. Eigentlich war es ein Jammer, daß der Glockenturm verbrennen sollte. Er hatte eine Wetterfahne mit der Jahreszahl 1726 und war von einem heimkehrenden Kriegsmann erbaut worden, dem es auf etwas wunderliche Weise geglückt war, in dem mißglückten Krieg ein Vermögen zu erwerben.

David wollte die Pfeife wieder aus der Tasche ziehen, als er den Laut hörte. Erst klang es ängstlich – wie der Versuch eines Hilferufes –, ohne Hoffnung, jemand erreichen zu können. Dann stieg es an zu einem unartikulierten Schrei, der in Stößen zu kommen schien, genau wie der gelbgraue Rauch, der von den schweigenden Glocken emporstieg.

14

Es ist erstaunlich, wieviel man zu denken vermag, wenn man nur dreißig Meter auf steinigem Boden rennt. David fand außerdem, er denke überraschend klar, als er sich ausrechnete, warum der arme Mensch, der im Glockenturm eingesperrt war, nicht selbst durch die Tür herauskonnte. Es brannte aller Wahrscheinlichkeit nach im untersten Teil des Turmes. Die Schreie schienen von oben zu kommen. Das Feuer hatte unten die Oberhand gekriegt und den Eingesperrten die Treppe hinaufgezwungen. Dort gab es keine Möglichkeit des Entkommens. Die Fensteröffnungen waren ordentlich mit Holzläden verschlossen und saßen bloß zur Verzierung dort. Es gab nur die Öffnung unter dem Schindeldach, wo die Glocken vorhin zu schwingen aufgehört hatten. Wer es auch war, der dort drin in der Klemme saß, besonders blendend waren seine Aussichten nicht, solange die Glocken seinen Ruf übertönt hatten. Wer es auch war...

Es konnte der Pyromane sein. Die Idee durchzuckte ihn im gleichen Augenblick, als er die Tür erreichte. Hatte ihn sein eigener Brand drin eingeschlossen? Eine unachtsame Bewegung – und ein Terpentinbehälter fällt um. Im Nu ist das Holzwerk in Flammen und die Tür unmöglich zu erreichen.

Mindestens die Hälfte seiner Kalkulation stürzte zusammen, als er die Hand ausstreckte, um die Tür aufzudrücken. Es saß kein Schlüssel drin. Nichts konnte abweisender wirken als eine altertümliche Holztür mit Eisenbeschlag und großem Schloß. Von innen kamen die Schreie, matter jetzt, aber von besinnungsloser Angst gepeitscht.

Pyromane oder nicht, heraus muß er! David brauchte kaum nachzusehen, ob der Schlüssel an seinem Platz über der Tür hing, er wußte, daß es nicht der Fall war. Er warf sich mit aller Kraft mehrmals gegen die Tür, erreichte aber nichts anderes, als daß er sich fast die Schulter verrenkte. Mit fünfundsiebzig Kilo konnte man gegen dieses Meisterwerk tüchtiger karolinischer Tischlerkunst nicht viel ausrichten.

Es war scheußlich, den Glockenturm und die Schreie zu verlassen, aber er mußte es tun.

David Malm wußte, daß im Holzschuppen des Pfarrhofes eine Axt lag. Er hatte das Gefühl, es dauere Jahre, um hinüberzulaufen, und er fluchte über seine nervöse Tölpelhaftigkeit, als er über eine Hecke fiel. Der Haken an der Holzschuppentür war nicht aufzukriegen. David hätte nie geahnt, zu welchen Ungeschicklichkeiten er fähig war, wenn es galt, einen einfachen Holzpflock aus einer Eisenschlaufe herauszuziehen. Er mußte aus Leibeskräften anziehen, um die Axt, die Bergström bis zum Schaft in den Holzklotz geschlagen hatte, herauszukriegen. Auf dem Rückweg stolperte er mehrere Meter vorwärts mit der Axt in den Armen, da er die Balance über einem Graben verloren hatte. Ich schlag mich mit der Axt noch tot, dachte er, das sähe mir ähnlich! Aber er erreichte den Glockenturm und ließ die Axt auf die geteerten Eichenplanken losschmettern. Die Holzspäne wirbelten um ihn herum, und im Getöse, das die Schneide in dem splitternden Holz machte, hörte er kaum die Schreie. Als er sich nach der Hetze zu beruhigen begann, sah er ein, daß er nichts erreichen konnte, wenn er wie ein Irrer weiter drauflos schlug. Damit würde er nicht mehr zustande bringen als ein Guckloch. Eine Axt hatte er seit Jahren nicht mehr in der Hand gehalten, und auch damals nur, um Späne zu machen. Es war verdammt schwer, mit diesem Eisenmonstrum einigermaßen genau rund um das Schloß zu treffen. Nach einer Ewigkeit, die von Rauch, Holzspänen und den hilflosen Schreien aus dem Turm erfüllt war, merkte er, daß das Holz rund um das Schloß nachgab. Er warf die Axt weg und riß die Tür auf. Der hervorquellende Rauch gab ihm eine Schockbehandlung jener Art, gegen die er sich bereits ziemlich abzuhärten gelernt hatte. Er duckte sich hustend vor der ersten Attacke und kroch in die Türöffnung hinein. Die unteren Balken in dem viereckigen Gebäude brannten hell und heiß. Die Treppe hinauf zu den Glocken, die mehr einer Leiter glich, hatte am Fuß zu brennen begonnen, und der Durchzug beim Öffnen der Tür fachte das Feuer in dem Holzwerk noch mehr an. David taumelte rücklings, halb blind vor Hitze und Rauch, aber als er sich hustend draußen über das Gras beugte, war das Bild auf seiner Netzhaut haftengeblieben – das Bild eines in maßloser Angst zusammengekrümmten Menschen ganz oben auf der Treppe.

David riß sich die Jacke vom Leib und schlang sie rund um Kopf und Gesicht. Es glückte ihm diesmal, bis zur Treppe vorzudringen.

»Spring!« brüllte er in den Rauch hinauf. »Spring! Ich fang' dich auf!«

Ihm kam es vor, daß der andere sich dort oben rührte, aber er konnte nichts hören. Er wußte nicht, woher er die Kraft nahm, nochmals aus raucherstickter Kehle zu schreien: »Geh die Treppe runter und spring das letzte Stück! Ich steh' hier!«

Nun wurde der Mensch oben sichtbar, der sekundenschnelle Schatten einer dunkel gekleideten Gestalt in dem treibenden Rauch um die Glocken und die Öffnung auf einen unerträglich blauen Sommerhimmel. Im nächsten Moment war alles wieder undurchsichtig, und Davids schmerzende Augen wurden endgültig zugemauert. Er sah nicht, daß der Mann ein Stück zu ihm herunterkletterte, hörte nur den Krach, als ein brennender Stützbalken zerbrach und die Treppe einstürzte. Da war die Gestalt bereits vor seinen Füßen mit einem Fall, der so entsetzlich war, daß David aufschrie, ehe er sich auf dem Holzboden wiederfand.

»Per-Olof!« schluchzte er und hustete ihm direkt ins Gesicht, als er ihn aufrichtete. Sie taumelten zur Tür hinaus. Er war schwer, aber David hielt ihn fest. Rauchtränen verhängten David den Blick, und er war sicher, daß seine und die Kleider des Pastors brannten. Zuletzt verließen David die Kräfte. Er blieb, den schweren, bewußtlosen Körper über sich, auf dem Rücken liegen.

»Was ist mit dir?« flüsterte er idiotisch, als er sich endlich frei zu machen vermochte und Vergelius auf den Rücken gelegt hatte. »Wie... wie fühlst du dich? Was fangen wir jetzt an?«

Er begann zu weinen. Die Nachwirkungen des Schocks schüttelten ihn auf dem sonnenwarmen, steinigen Boden. Er empfand eine sonderbare dumpfe Freude über den Geruch von Sonne und Gras und Kuhmist – über die Tatsache, daß er überhaupt Geruch wahrnehmen konnte. Er trocknete sich die Augen und begann Vergelius von dem brennenden Glockenturm wegzuschleppen. Es gab keine Gnadenfrist mehr für die geteerten Planken. Der Luftzug durch die Tür hatte in wenigen Minuten das Gebäude in einen brennenden Höllenofen verwandelt. Alles war so rasch gegangen, daß er es nur langsam fassen konnte, wie unbeschädigt er war. »Sie schritten frank und frei hindurch, und kein Schade geschah ihnen«, dachte er, »sie schritten frank und frei...«

Er murmelte immer noch, als er hörte, wie Stimmen sich näherten, und er fühlte, wie jemand ihn um die Schulter nahm und aufzurichten versuchte. Den Kopf in die Hände gestützt, saß er am Boden und ließ die Tränen rinnen, Rauchtränen oder was für Tränen es auch waren: Er hatte Vergelius' Kopf auf seine Knie gelegt und fühlte, daß man ihn emporhob. Ängstliche Stimmen versuchten ihn zu erreichen, und er erkannte die Stimme Margaretas. Sie klang warm und erquickend. Er tappte in die Luft, ohne seinen zentnerschweren Kopf zu heben, und bekam ihre Hand in die seine.

»Ambulanz«, murmelte er. »Muß anrufen ... Per-Olof ...«

»Sie kommt schon, David. Man hat sie gerufen.«

Sie sprach leise und beruhigend, aber hinter sich hörte er eine andere Stimme. Eine rauhe Männerstimme, er erkannte sie nicht.

»Hat keinen Zweck mehr.«

»Ist es aus mit dem Pastor?«

Die Frage kam von einer Frau. Eine schrille, erhitzte Stimme. Er haßte sie, obwohl er sie nicht kannte. Er haßte alle neugierigen, hitzigen Stimmen. Er haßte und weinte. Es mußte Margareta sein, die ihn mit sich schleppte und so schonungsvoll und monoton in sein Ohr sprach, als wäre er ein kleines Kind.

»Komm jetzt, David. Lieber, kleiner David ... alles wird gut werden. Wir gehen zusammen. Hier gehen wir hinein, siehst du. Jetzt wird alles fein ... Du brauchst nur mit mir zu gehen ...«

Sie brachte ihn dazu, sich im Vorraum aufs Sofa zu legen. Daneben lagen noch ›Posamentierer Lekholm hat eine Idee‹ und eine seiner Pfeifen auf dem Tisch. Ihm kamen diese Dinge jetzt lächerlich vor, und er drehte den Kopf weg. Margareta schob sie beiseite und verließ ihn, wahrscheinlich um etwas zum Trinken zu holen. Er hätte selbst für jemand in seiner Lage etwas zum Trinken geholt. Was sollte man mit einem Mann anfangen, der fortwährend hustete und die Tränen laufen ließ, sonst aber unbeschädigt wirkte?

Der Anblick des ›Posamentierers‹ und der Pfeife auf dem gestickten Taschentuch beruhigte ihn. Hier habe ich gestern abend gesessen. Ich wartete auf Per-Olof. Ich war unruhig wegen ihm. Husa brannte. Nachher war ich in der Kirche. Das war heute früh. Dann begann der Wald zu brennen, und ich wurde ängstlich wegen der Kirche. Ich wußte ja bereits, daß alles in der Kirche begann. Aber ich hatte nie Zeit … nie Ruhe, zu denken. Ich wollte erzählen …

Nun begriff er plötzlich in dem schattigen Vorraum – mit seinen wohlbekannten Porträts auf dem Fries des Kachelofens und seinen regelmäßig gemusterten, gelben Tapeten –, daß er nichts mehr benötigte, am allerwenigsten Ruhe und Zeit. Es genügte ein sekundenschneller Schimmer von Einsicht über den, der in ein Inferno von Rauch und heißen Flammen hineingeraten war. Draußen hörte er die Sirenen des Ambulanzautos; er erhob sich hastig vom Sofa und stolperte durch die Halle und über die Veranda hinaus auf den Weg, wo Leute sich am Zaun des Pfarrhofes zusammendrängten. Jemand hatte eine Filzdecke um Vergelius gelegt.

Margareta sah ihn durch die Halle eilen, als sie mit einem Glas in der Hand aus der Küche zurückkam. Sie hatte in der Speisekammer etwas gefunden, das ihrer Meinung nach Kognak glich, und als David mit seinem roten zerzausten Schopf und dem über den Hosen flatternden, versengten Hemd vorbeisauste, leerte sie aus reiner Zerstreutheit das Glas selbst.

Der Weg vor der Kirche war jetzt voll von Menschen. Als die Leute vom Waldbrand kamen, um den ersten Autos mit Militär zu begegnen, das bei der Löscharbeit helfen sollte, waren sie auf David und Vergelius vor dem brennenden Glockenturm aufmerksam geworden. In aller Eile wurde die Ambulanz von mehreren Stellen aus alarmiert. Wegen der unbestimmten Angaben über den Waldbrand und den Brand des Glockenturms sowie über einen oder zwei Verletzte war ein Arzt mit der Ambulanz gefolgt. Niemand hatte einen richtigen Begriff davon, was geschehen war, und niemand wußte, wie lange David Malm mit dem Kopf des Pastors auf seinen Knien vor dem Glockenturm gesessen hatte. Das wußte er selbst nicht.

Margareta stand auf der Verandatreppe und sah, wie die Ambulanzwärter Vergelius auf die Bahre legten. Der Arzt stand über ihn gebeugt und versuchte David wegzujagen, der ihn mit der Energie der Verzweiflung am Rockärmel zupfte. David ließ nicht nach. Er folgte mit in die Ambulanz. Margareta war im Begriff, dasselbe zu tun, als Lars herbeigelaufen kam. Er erblickte sie und winkte ihr zu.

»Was ist geschehen?«

Er war blaß und schweißbedeckt unter dem Ruß und sah wie jeder Mann, der von der Brandgrenze kam, vollkommen erschöpft aus. Sie wußte nicht, was sie ihm antworten sollte. Es war schwer, ihm in die Augen zu sehen, die wild vor Angst und Müdigkeit waren. Er packte sie an den Armen und schüttelte sie ein wenig.

»Um Himmels willen, Margareta! Steh nicht so da! Was ist los?«

»Ich weiß es nicht ... etwas mit David und Per-Olof ... und dem Glockenturm.«

»Ist er ...?«

Sie brauchte nicht zu antworten. Hildur hatte sich aus der Ansammlung bei der Ambulanz losgemacht und segelte auf sie zu.

»Liebste«, sagte sie spitz zu Margareta. »Was sind denn das für Sitten?«

Margareta folgte ihrem Dolchblick zum Kognakglas und ließ es auf den Verandaboden fallen. Seltsamerweise zerbrach es nicht. Lars hielt sie noch immer an den Armen fest, und Hildurs Augen leuchteten wie scharfe Scheinwerfer.

»Kann mir denn kein Mensch sagen, wie es mit ihm steht?« tobte Lars.

Da kam David aus der Ambulanz heraus und eilte zu ihnen auf die Veranda. Lars ließ Margareta los, und sie setzte sich schwer in den Korbstuhl. Davids Miene gefiel ihr jetzt nicht. Er sah kalt, bewußt und entschlossen aus. »Lebt er?« fragte Lars.

Sie wollte nicht hören, was David antwortete, aber es ließ sich nicht vermeiden.

»Jedenfalls nicht mehr lange.«

»Oh, mein Gott!« hörte sie Hildurs Stimme.

»Still, Hildur!« sagte sie, und im gleichen Augenblick war es mit ihrer Beherrschung zu Ende. Sie begann leise zu weinen und lehnte sich an den Baumwollüberzug des Korbstuhls.

»War er dort oben eingesperrt?« fragte Hildur, die offenbar den Anfang nicht kannte.

David nickte geistesabwesend.

»Und du hast ihm herausgeholfen...?«

Er schien sie nicht zu hören.

»Hat er sich eingeschlossen?« fragte Lars.

Trotz seiner gedämpften Stimme entging die Frage Hildur nicht, und auch Davids fast unmerkliches Nicken wurde von ihr registriert.

»Gütiger Himmel, haben wir es nicht immer gesagt! Und jetzt hat er es fertiggebracht, sich selbst aus der Welt zu schaffen!« sagte sie heiser vor Erregung. »Gestern erst habe ich zu Elsa und Ester gesagt...«

»Komm, Margareta«, unterbrach Lars ihren Redefluß. »Wir gehen hinein. Komm, David.«

Es glückte ihm, die Verandatür vor Hildurs Nase zu schließen. Niemand von ihnen sagte anfangs ein Wort. Draußen hörten sie Hildurs Stimme aus dem allgemeinen Geplauder schrill hervorstechen.

»Er war krank«, murmelte Lars, »deshalb kann man ihn nicht verstehen. Aber er wollte es wohl so haben.«

»Wir wissen so wenig davon, wie er es haben wollte«, antwortete David und befeuchtete mit der Zunge seine trockenen Lippen.

»Aber warum hat er es auf eine so furchtbare Weise getan?« flüsterte Margareta. »Sich einzuschließen... im Feuer... Warum hat er das getan? Wie hast du ihn entdeckt?«

David antwortete nicht. Sie begriff trotzdem. Er hat geschrien, dachte sie. Vor Schreck hat er geschrien. Ihr schwindelte, und sie stützte sich schwer auf den Arm, den Lars um ihre Schultern gelegt hatte. Draußen hörten sie die Ambulanz starten.

»Ich fahre mit«, sagte David. »Ich will bei ihm sein. Wir wissen eigentlich nichts. Aber es wird sich aufklären. Wenn er sich drin eingeschlossen hat, dann wird man am Brandplatz den Schlüssel finden. Vielleicht morgen. Wenn der Turm abgebrannt ist.« Er sprach kurz und abgehackt. »Es spielt ja keine Rolle. Wir werden es wohl nie begreifen. Ich fahre jetzt mit der Ambulanz. Ich habe es abgemacht.«

Er war weg, und das Glas der Verandatür klirrte schwach in der dunklen Halle. Margareta lehnte sich schwer an Lars' schmutziges Hemd, das vom Rauch des Waldbrandes roch. Sie weinte still über den Geruch, den sie haßte, den alle haßten.

»Was nützt das alles«, flüsterte sie.

Lars strich ihr über das Haar.

»Nichts«, erwiderte er sacht. »Überhaupt nichts. Er war eben krank, und niemand wird etwas Böses darüber sagen können.«

Draußen war die Ambulanz weggefahren. Die Stimmen entfernten sich. Margareta war nicht sicher, daß Lars recht hatte. Sicher wird man Böses über ihn reden. Sie hatte die Worte oft genug in der letzten Woche gehört: der verrückte Pastor.

»Ich kann mir nicht helfen, ich habe ihn gern gehabt«, flüsterte sie.

»Ich habe ihn sehr gern gehabt, und ich habe ihn nicht für verrückt gehalten.«

Er öffnete die Tür und führte sie behutsam ins Freie. Die Geißblattgewächse blühten wild um die Veranda, und einige Augenblicke lang umgab sie der süße Duft. Dann kam der Brandgeruch wieder. Sie hielt sich die Nase zu und verabschiedete sich von Lars am Gartenweg. Ich fahre von hier fort, dachte sie. Ich fahre fort und komme nie mehr zurück.

Eine Weile später, als sie vor dem Schulhaus stand und Lars

nachblickte, der zurück in den Wald ging, sah sie ein, daß sie wiederkäme. Wenn sie überhaupt fortfahren würde. Einmal – in einigen Tagen, einigen Wochen – würde der Sommerwind aus dem Wald den Duft von Baumharz und Fichtennadeln mit sich führen. Der Seewind würde über die Kleefelder ziehen und sich mit dem süßen Duft des blühenden Juli vermengen. Es war jetzt vorbei. In einigen Tagen, einigen Wochen würde alles vorbei sein. Vielleicht auch vergessen.

Der Doktor, der in der Ambulanz nichts anderes bei sich hatte als eine zerknüllte, zerlesene Morgenzeitung, der Mann, der sich nach einer Zigarette sehnte und nicht rauchen durfte – dieser gelangweilte Doktor studierte, in Ermangelung eines Besseren, Davids Gesicht. Er dachte, daß rotes Haar und hellblaue Augen oft zusammengehören und daß dieses ziemlich sommersprossige Antlitz unter dem Schmutz sicher von heller Farbe war. Unter all den verschwitzten und rußbedeckten Männern, die er auf seinem kurzen Besuch in Ärketuna gesehen hatte, war dieser da das ärgste Exemplar. Die relative Vertrautheit des Arztes mit wissenschaftlicher Denkweise stützte sein Widerstreben, rotes Haar ohne weiteres mit Starrsinn zu verknüpfen. Aber es stand fest, daß dieser rothaarige Nußknacker zu den starrsinnigsten Menschen gehörte, denen er je begegnet war. Er hatte sich mehr oder weniger an der Ambulanz festgekrallt, um mitzukommen.

»Sind Sie mit ihm irgendwie verwandt?« fragte er zuletzt.

»Keineswegs.«

Der Doktor betrachtete ihn gedankenvoll.

»Er war es, der ihn aus dem Glockenturm herausgeholt hat«, sagte der Krankenwärter an seiner Seite erklärend.

Ein entferntes Interesse glimmte in den Augen des Arztes auf.

»Ach so«, sagte er. »Sind Sie vielleicht selbst verletzt? Wollten Sie deshalb mitkommen?«

»Keineswegs«, antwortete David, und der Doktor seufzte. Er begann dem Rothaarigen, der weiterhin aus dem Fenster starrte und nicht zuzuhören schien, geduldig einige medizinische Zusammenhänge zu erklären.

»Die Wirkungen eines Schocks können wesentlich verspätet eintreten«, dozierte er. »Es kann verhältnismäßig lang dauern, bis man überhaupt irgendwelche Wirkungen fühlt.«

»Danke, ich hab' sie schon hinter mir«, antwortete David und erhob sich in der schwankenden Ambulanz. Er klopfte an die Glasscheibe des Fahrerabteils. »Hier können Sie haltmachen«, sagte er.

Der Fahrer war offenbar unterrichtet, denn die Ambulanz bremste und blieb am Straßenrand stehen, ehe der Doktor dazu kam zu protestieren.

»Ich steige hier aus«, sagte David. »Vielen Dank.«

»Hier?«

»Genau. Ich wollte nur ein Stück mitgenommen werden. Danke für Ihre Hilfe. Ich fühle mich ausgezeichnet. Sie brauchen meinetwegen nicht beunruhigt sein.« Er warf einen Blick auf Vergelius' Gesicht. »Geben Sie acht auf ihn!« fügte er in beschwörendem Ton hinzu.

»Hören Sie mal...«, versuchte der Doktor das sommersprossige Rätsel zur Raison zu bringen, aber die Ambulanztür schlug bereits hinter ihm zu. Dieses sonderbare Benehmen machte es ihm schwer, eine Diagnose zu stellen. Es war ihm unmöglich, zu entscheiden, ob aus den lichtblauen Augen ein milder Wahnwitz oder nur ein überdimensionaler, aber im Grunde genommen harmloser Starrsinn gesprochen hatte.

»Dem Burschen fehlt nichts«, sagte der Krankenwärter tröstend.

Der Doktor, der sich sein medizinisches Urteil gern allein bildete, schnaubte zurechtweisend und vertiefte sich wieder in die zerlesene Morgenzeitung.

David trottete durch den Straßenstaub zurück nach Ärketuna. Nach einigen hundert Metern wich er vom Weg ab und ging in den Wald. Er hatte nicht die geringste Eile. Es war schön, durch den kühlen Wald zu gehen. Hier war er weit vom

Brand entfernt und roch den Duft der Myrtenheide und der Kiefern in der Sonne. Er dachte daran, daß er baden würde, wenn er in den Pfarrhof zurückkam. Wahrscheinlich gab es nicht genügend Wasser im Wasserbehälter, aber er hatte Zeit, um es aufzuwärmen. Es würde ihm auch Zeit bleiben, Kaffee zu kochen, eine Kleinigkeit zu essen und im ›Posamentierer‹ zu lesen. Das einzige, worauf er achten mußte, war, daß er nicht einschlafen durfte. Unter gar keinen Umständen durfte er schlafen.

Draußen auf der Straße hörte er einen schweren Lastwagen kommen, und Malm hockte sich hinter einen Stein nieder, während der Wagen vorbeifuhr. Er war mit Militär beladen, das zum Waldbrand fuhr. Zwar konnte ja keiner der Jungs David kennen, aber es war doch unnötig, sich zu zeigen. Sein Haar und sein Äußeres waren leicht zu beschreiben, wenn jemand auf die Idee kommen sollte.

Als der Laster verschwunden war, zog er sich noch tiefer in den Wald zurück und folgte der Straße in großem Abstand, um nicht gesehen zu werden. Als er zum Waldrand kam, von dem aus er die Kirche sehen konnte, wurde es schwieriger. Bei der Schule und der Wegeskreuzung waren immer noch viele Leute in Bewegung. Vor ihm lag ein Weizenfeld, das sich bis zur Mauer hinstreckte. Es war nichts anderes zu tun, als zu warten. Er streckte sich unter einer Espe auf dem Moos aus und schaute in den Himmel. Das Espenlaub spielte in dem leichten Wind seine nervöse Melodie, und er dachte, daß die Bewegung der Blätter im Sonnenlicht ihn wach halten könnte, wenn er bloß die Augen fest auf sie gerichtet hielte. Er schlummerte sofort ein.

Die Ameisen weckten ihn. Sie hatten reichlich Zeit gehabt und waren bereits in seiner Hose und unter dem Hemd. Er entledigte sich der lästigen Quälgeister, so gut es ging, und konstatierte dabei, daß er zu jener Gruppe Menschen gehöre, die von Ameisen gebissen werden. Trotzdem war er ihnen dankbar, denn er hatte tief geschlafen, und sein Kopf war immer noch schwer wie Blei. Die Sonne war im Begriff, hinter einer katastrophenroten Wolkenbank, die Regen ankündigte, zu verschwinden. Über dem Wald auf der andern Seite des Dorfs trieb der dunkle Rauch. Immer noch sah er Leute auf dem Weg von der Kirche. Es würde lange dauern, bis es ganz still wurde, und es war notwendig für ihn, sich sehr wach zu halten.

Allmählich wagte er, am Rand des Weizenfeldes etappenweise vorwärtszurücken. Es gab ein Weidengebüsch, um sich darin zu verbergen. Er erreichte die Mauer und folgte ihr zum Weg hinauf. Geduldig saß und wartete er in der kühlen Abendluft, bis einige Radler vorbei waren. Es wurde still am Weg, und er erhob sich hinter einem Steinhaufen mit wilden Himbeeren. Die Beeren waren staubbedeckt und unappetitlich. Er hörte keinen Laut und lugte hervor. Aufmerksam beobachtete er von seinem Versteck aus die Fenster des Schulhauses. Nichts rührte sich hinter ihnen.

Mit einigen kräftigen Sprüngen setzte er über den Weg und sauste durch eine Öffnung des Pfarrhofzaunes. Das Skelett des abgebrannten Glockenturmes, der immer noch rauchte, flitzte an ihm vorbei. Gleich darauf schlüpfte Malm die Verandatreppe hinauf und ins Haus hinein. Er war absolut sicher, daß kein Mensch seine Rückkehr bemerkt hatte, und er verschloß die Verandatür in einer fast heiteren Gemütsverfassung. Es war so selten, daß er Erfolg im Schleichen hatte, das sich anschickte, zu seiner zweiten Natur zu werden.

Er nahm ein Bad und wechselte die Kleider. Die alten warf er ohne Zögern in den Mülleimer. Keine chemische Reinigung hätte ein paar ehemalige Hosen aus braunem Khaki noch brauchbar machen können. Das Hemd sah aus, als hätte es jemand dazu benutzt, um die Unterseite eines Autos abzutrocknen. Die Manchesterjacke, die ein lieber, alter Freund gewesen war, hatte er im Glockenturm verloren, und es konnte vielleicht an der Zeit sein, für ihre Ablösung zu sorgen. Aber es war schade um sie. Besonders im Hinblick darauf, daß in ihrer Brusttasche die Telefonnummer des Orgelmannes steckte.

Die Fernsprechauskunft half ihm, die Nummer des Organisten zu finden, und ziemlich bald hatte David die dunkle Stimme an der Strippe. Es war eigentlich sehr angenehm, wenn auch etwas ungewöhnlich, hier zu sitzen und mit einem völlig vernünftigen Menschen in Stockholm zu sprechen, der eben in der Abendzeitung über den Waldbrand in Ärketuna gelesen hatte. Die Glockenturmgeschichte war noch nicht drin, die berichtete David teilweise als Dank für die Auskünfte, die er bekam.

Diese veranlaßten ihn, auf die Veranda hinauszugehen, sobald er den Hörer abgelegt hatte. Vorsichtig niedergeduckt, begab er sich zum Korbstuhl. Er fand den Kirchenschlüssel unter dem Kissen mit dem blumigen Überzug, genau wie es der Mann am Telefon gesagt hatte. Etwas unbekümmert warf er den Schlüssel auf den Telefontisch, als er zurückkam. Er brauchte sich wegen der Kirche keine Sorgen mehr zu machen. Es würde ja nicht mehr brennen.

Er rief das Krankenhaus in der Stadt an, und es glückte ihm, den Doktor der Ambulanz persönlich ans Telefon zu kriegen. Der Doktor erweckte jedoch nicht den Eindruck, als erinnere er sich Malms mit größerem Enthusiasmus, und als er David die gewünschten Auskünfte gegeben hatte, begann er sich nach seinem Befinden zu erkundigen.

»Ich habe manchmal gewisse Einbildungen und Vorstellungen«, antwortete David ausweichend. »Zum Beispiel jetzt habe ich das Verlangen nach einer Promenade. Wahrscheinlich sind das Nachwirkungen. Meinen verbindlichsten Dank.«

So höflich, wie er konnte, legte er den Hörer auf.

Draußen dunkelte es. Es konnte keine Rede davon sein zu lesen, denn er wagte nicht, Licht zu machen. Außerdem mußte er sich nun auf sein Unternehmen konzentrieren. Er ging in den ersten Stock hinauf und hielt vom Fenster aus die Umgebung unter Beobachtung. Ein Militärlastwagen donnerte vorbei in der Richtung nach Ärketuna. Wahrscheinlich bedeutete das, daß man den Waldbrand unter Kontrolle hatte. Er konnte niemanden fragen und würde es zeitig genug erfahren. Er achtete darauf, sich hinter den Gardinen zu halten, bis es so dunkel war, daß man ihn im Fenster nicht mehr sehen konnte. Lange noch zogen die Leute vorbei. Müde Männer kamen vom Waldbrand und plauderten leise in der Sommernacht. Einige Jugendliche radelten vorbei und trennten sich an der Wegkreuzung.

Zuletzt war es so dunkel, daß er nichts mehr unter den Bäumen und oben beim Glockenturm ausmachen konnte. Es war Zeit, sich hinauszubegeben.

Langsam öffnete er die Verandatür so weit, daß er die Treppe hinunterschlüpfen und in dem schützenden Laubwerk des Gartens verschwinden konnte. Er traute sich nicht, noch länger herumzuschleichen und ein Geräusch zu verursachen. So lautlos wie möglich glitt er in das Loch des Zaunes, durch das er am Nachmittag hindurchgerast war. Er sah die zusammengestürzten Balken oben und die Glocken, die man während des Löschens aus dem Brand herausgeschleppt hatte, nachdem die Ambulanz mit ihm weggefahren war. Einen Augenblick lang fühlte er eine nervöse Unruhe, daß alles vergeblich sei, daß es vielleicht zu spät sei. Ein paarmal noch hörte er Leute am Weg vorbeiziehen, aber er wagte nicht, sich weiter zu bewegen.

Die Finsternis verdichtete sich rasch um ihn, und es war still, ebenso still und gottverlassen, wie es in Ärketuna in einer Sommernacht zu sein pflegte, wenn alle ordentlichen Menschen schliefen. Er saß fürchterlich unbequem, aber die spitzen Zweige der Hecke am Rücken und im Nacken hinderten ihn wenigstens, einzuschlafen. Seine Uhr hatte er im Haus gelassen, und er war froh darüber, denn er hatte das Gefühl, daß er bald aufgegeben hätte, wenn er genau gewußt hätte, wie lange er schon zusammengekrümmt in diesem stacheligen und ungastlichen Dunkel saß.

Obwohl es das war, worauf er die ganze Zeit gewartet hatte, erstarrte er am ganzen Körper und begann schneller zu atmen, als er Schritte hörte. Es waren leichte, halb laufende Schritte, die weich über den trockenen Grasboden des Weideplatzes huschten. Hie und da hielten sie an. Jemand lauschte in der Stille, und David versuchte sie zu vertiefen, indem er den Atem anhielt.

Zuletzt sah er, wie sich die Gestalt hinter einem Wacholderstrauch loslöste, und er war dem niemals täuschenden Licht eines offenen Sommernachthimmels dankbar. Vorsichtig erhob er sich aus der Hecke. Gleichzeitig lief die Gestalt ein paar Schritte auf den Glockenturm zu.

Im Augenblick der Entscheidung war er unschlüssig darüber, was er sagen sollte. Ein Satz, den er mehrmals im Laufe des Nachmittags gehört hatte, tauchte in seiner Erinnerung auf:

»Es nützt nichts mehr!«

Er stürzte aus der Hecke hervor und stolperte einige Schritte vorwärts auf eingeschlafenen Beinen. Nun war alles klar. Nur an eines hatte er nicht gedacht: Wie nahe sie einander gegenüberstehen würden. Das Gesicht des anderen leuchtete weiß im Halbdunkel. Er kannte es. Er kannte diese Augen, die so wachsam geworden waren.

15

»Was willst du?«

Das Gesicht hatte er ihm zugewandt, aber im übrigen stand er unbeweglich. Davids Stimme hatte ihn während eines Sprungs zum Glockenturm hin auf dem Boden festgenietet. Langsam richtete er sich aus der grotesken Verrenkung auf und wich fast unmerklich rücklings zurück.

Noch habe ich die Oberhand, dachte David. Er hat mich erkannt, und ich habe ihn überrascht. Aber er weiß nicht, daß seine Lage hoffnungslos ist.

»Der Schlüssel«, sagte David und atmete tief, um seiner Stimme Halt zu geben. »Es nützt nichts, Lars.«

Nun wußte er es. Er antwortete nicht. Mit einigen langbeinigen Sätzen versuchte er den Glockenturm zu erreichen und hob den Arm, um etwas zu werfen. Er stolperte im Halbdunkel, und David hatte ihn bereits erreicht. Der Schlüssel zum Glockenturm fiel weich ins Gras zwischen ihnen. David beugte sich nieder und griff nach ihm. Lars versuchte ihn daran zu hindern. David hatte plötzlich keine Angst mehr – es war Lars, der Angst vor ihm hatte! Bisher noch, dachte er. Jetzt hatte er den schweren Schlüssel in der Hand und wußte nicht, was er damit beginnen sollte. Er war zu groß, um ihn in die Tasche zu stecken. Er wußte auch nicht, was er sagen sollte. Während der ganzen langen Zeit, die er nachmittags und abends zum Nachdenken gehabt hatte, war ihm dieses eine niemals eingefallen: daß er vor Lars in diesem Augenblick verlegen sein könnte. Es war ein lächerliches Gefühl, das einer anderen Zeit angehörte, einer Zeit der Freundschaft und des gemütlichen Lebensstils. Eine Woche nur trennte sie von dieser Zeit, eine Woche rauchvergifteten Alptraums. Nun stand er hier und wußte, daß der Alptraum zu Ende war, und er kam sich bloß leer und idiotisch vor und wußte nicht, was er dem unbekannten Mann, der sein Freund gewesen war, sagen sollte.

»Du verstehst«, sagte er und merkte, daß er in den alten Ton fiel, »ich habe übertrieben, das mit Per-Olof, meine ich.«

»Lebt er?«

»Ja.«

Er glaubte nicht recht zu sehen, aber Lars' angespannte Haltung schien sich zu lockern. Er setzte sich vor David hin.

»Ich wollte es eigentlich nicht ... aber du glaubst mir wohl nicht?«

Was sollte er antworten? Nachdem nichts so geworden war, wie er es sich gedacht hatte, redete er drauflos: »Der Doktor hat es gleich gesagt. Er hat einen Schock und ziemlich schwere Brandwunden an den Armen. Zwei Rippen sind gebrochen. Ich habe am Abend angerufen, verstehst du? Ich habe gewußt, daß du mit dem Schlüssel zurückkommen und ihn zwischen die Brandreste legen wolltest.«

»Hat Vergelius gesprochen?«

»Nein.«

Lars blickte auf.

»Wieso hast du es gewußt?« fragte er leise.

»Das ist eine lange Geschichte ...«

»Wir haben genügend Zeit.«

Seine Stimme klang plötzlich so kühl und beherrscht, daß David unwillkürlich einen Schritt zurück machte und den großen Schlüssel zwischen seinen Fingern umkrampfte.

»Haben wir Zeit?« fragte er.

Lars erhob sich. Sonderbarerweise lächelte er David an.

»Du hast Angst vor mir?«

David antwortete nicht. Er fand keine geeignete Weise, gerade jetzt Mut und Handlungskraft zu demonstrieren.

»Ich wundere mich nicht darüber«, sagte Lars. Immer noch schien er ein wenig belustigt zu sein. »Ich habe dich ja schon einmal niedergeschlagen. Komm jetzt.«

Er schob David vor sich her und begann mit ihm zum Pfarrhof zurückzugehen. Ohne zu zögern, ging er direkt durch die Verandatür hinein und weiter in den Vorraum.

Er schaltete die Stehlampe neben dem Sofa ein und setzte sich, die Füße auf dem blumigen Teppich weit ausgestreckt, als wäre es die natürlichste Sache der Welt, daß er nun müde war und Ruhe benötigte. David nahm auf dem ausgesessenen Lesefauteuil Per-Olofs Platz.

»Du brauchst den Schlüssel nicht mehr in der Faust zu drücken. Leg ihn ruhig weg.«

Aber David war nicht geneigt, diese einzige Stütze in einem wackelnden Dasein aus der Hand zu geben.

»Ich verstehe, daß du besorgt darum bist«, sagte Lars. »Aber du wirst es als Beweis kaum noch brauchen. Per-Olof lebt ja und wird alles erzählen.«

»Ich bin dessen sicher«, sagte David. »Ich weiß nicht richtig, wie es im Glockenturm oben zugegangen ist. Hat er dich gesehen?«

»Er hat mich gesehen.«

David schwieg und wartete auf die Fortsetzung. Lars hatte eine Zigarette angezündet und saß halb abgewandt von ihm.

»Es hat sich nicht ganz so abgespielt, wie du glaubst. Ich war von dem Wirbel beim Waldbrand weggelaufen und habe den Glockenturm angezündet. Da öffnete er plötzlich die Tür, und er stand da und schaute mich an. Mich hat die Panik ergriffen. Ich hab' ihn niedergeschlagen. Das ging übrigens ganz leicht. Er ist nicht stark und dachte überhaupt nicht daran, sich zu verteidigen. Ich habe die Tür versperrt und bin weggelaufen.«

»Es brannte drin.«

Lars antwortete nicht.

»Es brannte drin, und du bist weggelaufen. Als er erwachte, konnte er nicht hinaus. Du willst, ich soll glauben, du hast es in Panik gemacht ... daß du es nicht so gemeint hast. Aber du vergißt die Glocken.«

Lars drückte die Zigarette mit einer langsamen Bewegung in der Aschenschale aus. Er sah David nicht an.

»Als ich dich auf dem Weg zum Waldbrand getroffen habe«, sagte dieser, »ging ich zum Pfarrhof, um mich zu versichern, daß Per-Olof schlief. Er hatte eine sehr anstrengende Nacht hinter sich, aber davon hast du nichts gewußt. Du wußtest jedoch, daß er in seinem Bett lag. Du warst im Haus gewesen und hast es gesehen. Trotzdem hast du zu mir gesagt, er sei weg. Du wolltest, daß ich das glaube. Es ist ganz richtig, wie du sagst, daß du dich aus dem Wald entfernt und den Glockenturm angezündet hast. Aber du hast auch das Läuten in Gang gesetzt. Gerade das war deine Absicht. Du wußtest, daß das Läuten ihn wecken und hinauslocken würde. Als er zum Glockenturm gelaufen kam, hast du drin gestanden und auf ihn gewartet. Du hast ihn niedergeschlagen und eingeschlossen. Die ganze Zeit hast du genau gewußt, was du wolltest. Es sollte so aussehen, als habe er zuletzt sich selbst in einem der Brände, die er legte, das Leben genommen. Seit Samstag, als es auf der Auktion gebrannt hat, hast du zielbewußt daran gearbeitet, ihn in den Augen der Ortschaft zum Pyromanen zu stempeln.«

Es wurde still, als er das gesagt hatte. David legte endlich den Schlüssel weg und griff nach seiner Pfeife, die auf dem Tisch neben dem ›Posamentierer‹ lag. Lars beobachtete ihn, während David die Pfeife stopfte und sich unbehaglich bewußt war, daß seine Hände zitterten.

»Aber weshalb, David? Weshalb sollte ich das alles getan haben? Das wäre doch vollkommen sinnlos.«

David schüttelte den Kopf.

»Lieber Freund«, sagte Lars und warf ihm eine Zündholzschachtel zu. Seine Stimme hatte fast den alten, herzlichen

Klang von früher. »Versuch das Ganze nicht künstlich zu verwirren. Ich bin ja bereit, zu gestehen, daß ich alle Brände gelegt habe, und ich habe die Absicht, mich heute nacht noch einem der Brandwächter zu stellen. Ich kann es nicht erklären, warum ich Lust hatte, diesen verdammten Krähwinkel brennen zu sehen, aber so war es jedenfalls. Jetzt ist es Schluß. Aber das mit Per-Olof, das kann doch nicht dein Ernst sein. Ich habe oben im Glockenturm in einer wahnwitzigen Panik gehandelt, und ich bin froh, daß du ihn retten konntest. Jetzt, nachdem alles vorbei ist, bin ich heilfroh, begreifst du das nicht? Ich bin kein Mörder!«

Seine Stimme überschlug sich, und er sprang heftig auf.

»Ich weiß nicht, was du willst«, sagte David müde. »Wahrscheinlich bist du eine Art Pyromane, weil du so gehandelt hast. Ich kann darauf nicht antworten, ich bin kein Psychologe. Es hat dich befriedigt, die Ortschaft in Brand zu setzen, weil du sie haßt. Ob du ein Mörder bist, weiß ich nicht. Vielleicht hast du am Anfang nicht diese Absicht gehabt. Jedenfalls ist es so gekommen. Auf diese Weise sollte Per-Olof nie gegen dich zeugen können. Du wolltest, daß die Brände ihm zur Last gelegt werden.«

Lars stand aufrecht vor ihm, mit unbeweglichem Gesicht und schmalen Augen.

»Mach dich nicht lächerlich«, sagte er, und seine Stimme klang rauh. »Du hast ja keine Ahnung, wovon du sprichst... Ich habe dir gesagt, daß dein Hirn früher oder später Kurzschluß haben wird.«

»Es nützt nichts, Lars. Versuch nicht, mir einzureden, daß du ein geistesgestörtes Individuum wärest, das nicht weiß, was es tut. Du bist immer bei klarem Verstand gewesen und nach einem genauen Plan vorgegangen. Schon seit Vergelius erfuhr, daß das Geld am Samstag gekommen war. Du hast gewußt, was du tust, seit Stentorp brannte und du gehört hast, wie Vergelius für mich von den drei Männern im brennenden Ofen gepredigt hat. Die Predigt hat dir gegolten.«

»Woher weißt du das? Was weißt du von Stentorp?«

Er stand nun über David gebeugt, mit starken Händen ergriff er seine Arme und zog ihn aus dem Fauteuil in die Höhe. Es war nicht gerade eine liebevolle Umarmung, und David hatte keine Chancen, sich ihr zu entziehen. Er blickte in harte und kalte Augen und wußte nicht, ob ihm überhaupt noch eine Chance blieb.

»Ich habe keine Angst vor dir!«

Lars lächelte sonderbar, ließ ihn aber nicht los.

»Übrigens spielt es keine Rolle, ob ich Angst vor dir habe oder nicht!« setzte David mit dem Aufgebot seiner ganzen Willenskraft fort, »du kannst mich niederschlagen, das weiß ich bereits. Du kannst mich irgendwo einsperren und das Haus anzünden. Tu es! Es nützt dir nichts mehr. Per-Olof wird sprechen. Es gibt nichts, was ihn länger hindern kann.«

Das letzte schleuderte er mit Stentorstimme direkt in das verhaßte, wohlbekannte Gesicht.

»Oh... entschuldigt mich!«

Die Stimme kam von rückwärts. Lars wandte den Blick von Davids Gesicht zur Tür hin.

»Ich habe wirklich keine Ahnung gehabt, daß du zu Hause bist, David.«

Der Griff um seine Arme löste sich, David drehte sich um und erblickte Max. Der liebe, alte, nette und ein bißchen dumme Max stand in der Tür und entschuldigte sich. Er hatte seine unbeschreibliche Tweedmütze abgenommen und hielt sie wohlerzogen in der Hand. Er schien zu zögern, ob er eintreten sollte, da er die beiden in einer Situation überrascht hatte, die er nicht verstand.

»Die Verandatür stand offen, und ich sah Licht. Man wird etwas nervös, wenn man Brandwache hat. Ich habe geglaubt, es sei der Brandstifter oder dergleichen.«

David strich müde mit der Hand, die voll mit schmerzenden Brandblasen war, über die Augen.

»Was falsch du dachtest, kann recht auch sein«, zitierte

er etwas nachlässig. Er bemerkte, daß Lars eine Grimasse machte, die ein Lächeln vorstellen sollte, und sich schwer auf das Sofa sinken ließ. Max sah bekümmert drein.

Es wurde Sonntag, und es schien, als müsse der Gottesdienst ausfallen, da der von seinem Urlaub einberufene Adjunktus angerufen und berichtet hatte, daß er in Nässjö infolge einer Zugverspätung festsitze. Zuletzt einigte man sich, daß trotz diverser Verbände Vergelius sehr wohl die Predigt für die Gemeinde halten könne. Nur mitsingen konnte er beim Altardienst nicht, denn dabei würden seine Rippenbrüche allzusehr schmerzen. Der Adjunkt war erleichtert, als Vergelius ihn bat, mit dem nächsten Bus in seine Sommerpension zurückzufahren. Er hatte eine blonde und in der gleichen Pension ihren Urlaub verbringende Rot-Kreuz-Schwester mit ernsten Gedanken, aber heiterem Gemüt getroffen und versprach sich noch einiges von dieser Bekanntschaft. Aber davon wußte sein Arbeitgeber nichts, und der Adjunkt sah sich noch nicht veranlaßt, darüber zu sprechen. Vielleicht nach dem Urlaub, das walte Gott!

Margareta spielte bei der Messe die Orgel, und es beruhte nicht nur auf den fehlenden Pfeifen, daß es klang, wie es eben klang. Trotzdem wurde es der größte kirchliche Erfolg in Ärketuna seit Jahr und Tag. Die kleine Kirche, die zweihundert Seelen faßte, falls die physische Verpackung derselben nicht zu voluminös war, zeigte eine fast hundertprozentige Fülle.

Vergelius traute zuerst seinen Augen nicht. Aber als er auf der Kanzel stand und über den Text des Tages in freier Rede zu sprechen begann, anfangs ziemlich schwebend, aber dann immer sicherer, glaubte er zu verstehen, daß die Leute aus Dankbarkeit so zahlreich erschienen waren.

Sie hatten auch Grund dazu, dankbar zu sein. Sein Blick wanderte über ihre Köpfe zur Decke hinauf, wo Nebukadnezars Ofen direkt über dem Kruzifix brannte. Die Worte begannen leichter zu kommen, er fühlte, wie die Stimme unter den Wölbungen an Volumen gewann, und er merkte kaum die Schmerzen im Brustkorb, wenn er tief Atem holte, um Luft für eine neue Periode zu sammeln. Er versuchte, die allgemeine Dankbarkeit und Erleichterung auszudrücken. Es war ja seine Pflicht, jetzt, da sie gekommen waren und nicht wußten, an wen sie sich mit ihren Gefühlen wenden sollten.

Nachher wurde ihm durch David klar, daß in der großen Teilnahme etwas wie Reue lag. Und gewöhnliche Neugierde. David versuchte ihm einzureden, daß er mit seinem Verband, seinen Verletzungen und seiner Unbescholtenheit eine Art Held von Ärketuna und Umgebung geworden war. Aber daran glaubte er nur in sehr beschränktem Maße. In den Augen dieser Menschen war er immer noch der gleiche seltsame Pastor, der einmal in einer Nervenheilanstalt gewesen war. Aber alles in allem hatten sie vielleicht nicht mehr soviel gegen ihn einzuwenden wie früher.

Den Kirchenkaffee bekamen sie in Husa, dessen Erdgeschoß unbeschädigt, wenn auch etwas durcheinander war. Die Gräfin machte kein Hehl daraus, warum sie sie eingeladen hatte.

»Jetzt wollen wir alles hören«, sagte sie und spießte David mit dem Blick auf. »Vom Anfang bis zum Ende. Inzwischen tunken Sie nur den Safrankuchen ein, der ist ganz frisch. Sie brauchen sich nicht zu genieren, Herr Malm.«

David hatte nichts dagegen, mit allem auszupacken. Knapp zwei Tage waren vergangen, seit er und Max Lars zur Polizei gefolgt waren. Ein Zeitalter schien zwischen diesem Ereignis und dem guten Sonntagskaffee zu liegen.

»Das Ganze hatte seinen Ursprung im Brand von Stentorp«, begann er etwas pompös, da er sich ebenso bedeutungsvoll vorkam wie ein mit Narben bedeckter Veteran, der sich anschickte, von seinen Kriegserlebnissen zu berichten. »Per-Olof war damals durch den Brand beklommen und verstimmt, als er in die Kirche kam und über die Männer und Judas Ischariot zu reden begann...«

»Deklamieren!« protestierte Vergelius. »Erlaube, mein Bester, da ich mich mit ihm nicht auf andere Weise verständigen konnte ...«

»Wir wollen der Reihe nach vorgehen«, unterbrach ihn die Gräfin. Wenn zwei Veteranen über die gleiche Schlacht berichteten, benötigte man jemand wie die Gräfin, um sie auseinanderzuhalten.

»Ich hörte einen Laut, der in meinem Gedächtnis haftenblieb«, sagte David. »Ein langes, gepreßtes Einatmen, das die ganze Kirche füllte. Es war ziemlich schauerlich ...«

»Das war nur die Orgel«, warf Vergelius ein. »Du regst dich immer auf.«

»Natürlich war es die Orgel. Aber das wußte ich nicht, bevor ich am Freitagmorgen dieselbe Sache in der leeren Kirche hörte. Aber du bist ja an den Laut gewöhnt. Für dich war es klar, was er bedeutete.«

»Lars war knapp vor mir auf die Galerie hinaufgekommen und wollte zu spielen anfangen. Ich sah eine Möglichkeit, mich mit ihm auszusprechen, aber er wagte es nicht, sich zu zeigen, weil David anwesend war. Das war für ihn zu gefährlich. Sogar David hätte begreifen können, um was es sich handelt.«

»Danke«, warf David mit der Miene eines gekränkten Weltraumfahrers ein, aber Max winkte ihm ungeduldig ab und äußerte: »Seid mir nicht böse, aber ich verstehe überhaupt nicht, worüber ihr sprecht.«

»Ich auch nicht«, sagte die Gräfin, »aber das ist ja gerade das Interessante an der Sache. Lassen wir Herrn Malm weiter berichten.«

»Lars hatte selbst den Brand auf Stentorp in Szene gesetzt«, sagte David. »Das war ganz einfach – er brauchte bloß hineinzuschlüpfen, knapp bevor er und Edvin zur Auktion in die Stadt fuhren, und den Steckkontakt wiederherzustellen. Das Bügeleisen stand noch auf dem Tisch. Das Haus brannte nieder, und das dumme Hausmädchen glaubte selbst, sie habe das Bügeleisen vergessen, obwohl Edvin sie gewarnt hatte. Das hatte sie nicht getan, aber im Grunde war es ihr Fehler, daß die Tante umkam. Das Mädchen hätte in ein paar Stunden zurückkommen sollen. Lars' Motiv war sehr einfach. Er rechnete damit, daß das Versicherungsgeld ausreichen würde, um Edvin die Möglichkeit zu geben, ihm seinen Anteil an Stentorp abzukaufen.«

»Aha, soso«, sagte die Gräfin und blickte gedankenvoll auf die Haufen brandbeschädigter Gegenstände an den Wänden. »Man kann auch auf diese Weise kalkulieren.«

»Das Problem ist nur, wie man es so weit bringt«, sagte Max.

»Die Versicherungssumme reichte aus, denn der geizige Edvin war hoch versichert. Die Brüder trennten sich unter Jubel.«

»Edvin jubelte nicht. Er gehört nicht zu der Sorte«, warf Max bedächtig ein.

»Es gab nur eine Sache, von der Lars nichts wissen konnte: die Tante. Sie hatte Pech, da sie für gewöhnlich in einem Heim für chronisch Kranke außerhalb der Stadt wohnte und bereits am Abend hätte abreisen sollen. Lars war aufrichtig verzweifelt, als er sah, was er angerichtet hatte. Es war nie seine Absicht gewesen, jemand dabei ums Leben zu bringen. Was tat er?«

Derartige rhetorische Fragen, die man des Effekts wegen ausspricht, sind gefährlich. Vergelius nahm David das Wort aus dem Mund.

»Er kam zu mir.«

»Er lief natürlich zu Per-Olof. Per-Olof ist Pastor und sein bester Freund. Ihm sagte er alles.«

»Woher wissen Sie das, Herr Malm?«

David klopfte sich auf die Stirn.

»Hier drin«, sagte er, »wurde der geniale Gedanke geboren. Fragen Sie mich nicht, wie. Übrigens komme ich später darauf zurück. Lars bereute sofort seine Geschwätzigkeit, und als Per-Olof zu ihm kam und ihm ins Gewissen zu reden versuchte, stellte er sich, als wisse er nicht, wovon er spreche. Nehme ich an, oder wie?«

»Ungefähr so war es«, nickte Vergelius. »Gleich nachdem er mir die Geschichte von Stentorp erzählt hatte, wurde er unruhig und fragte mich, ob ich wisse, daß ich Schweigepflicht habe. Er wollte es als eine Beichte betrachtet wissen. Als ich ihn wieder aufsuchte, wollte er kein Wort mehr darüber hören. Ich konnte ihn nicht dazu bringen, zur Polizei zu gehen und sich anzuzeigen. Ich selbst konnte nichts sagen, denn die Schweigepflicht band mich genauso, wie er es wollte. Meine Absicht war, ihn in der Kirche zu warnen. Ich wußte, daß er oben an der Orgel saß, und wollte ihn dahin bringen, zu verstehen, daß es unrecht wäre, das Versicherungsgeld zu nehmen.«

»Er faßte das anders auf«, sagte David. »Er glaubte, du meintest es als eine Drohung. Wenn du das Versicherungsgeld nimmst, dann breche ich meine Schweigepflicht. Von dieser Stunde an betrachtete er dich als seinen Feind. Ich glaube nicht, daß du es wußtest.«

Vergelius schüttelte den Kopf.

»Er hatte viel Zeit, um sich ein Mittel auszuklüngeln, mit dem er dich stumm machen konnte«, fuhr David fort. »Die Angelegenheit mit der Versicherung wurde erst vor ungefähr einer Woche erledigt. Er war mit bei der Auktion, bei der du es erfahren hast, und damals wußte er bereits, auf welche Weise er es dahin bringen konnte, daß kein Mensch dir glauben würde, wenn du ihn anzeigen solltest. Er entschloß sich, dich zu einem Pyromanen zu machen. Alles, was du sagen würdest, sollte auf dich selbst zurückfallen.«

»Was traut man nicht alles einem Menschen zu, der schlechte Nerven hat!« lächelte Vergelius. Es war ein bitteres Lächeln, das nicht bis zu den dunklen Augen reichte.

»Damit hat er gerechnet. Die Ortschaft würde mit Vergnügen auf dich weisen. Er selbst konnte sich sogar den Luxus erlauben, dich zu verteidigen. Das wurde seine eigene, beste Verteidigung. Bis zum Freitagnachmittag oben beim Glockenturm habe ich fest daran geglaubt, daß Lars und ich gemeinsam daran arbeiteten, dich von dem Verdacht der andern zu befreien.«

Vergelius warf David einen so eigentümlichen Blick zu, daß dieser sich genötigt fühlte, der Wahrheit die Ehre zu geben und ziemlich kleinlaut hinzuzufügen: »Und von unserem eigenen auch.«

»Das war das Ärgste, was ich je gehört habe«, sagte die Gräfin und stellte die Kaffeetasse mit Aplomb auf den Tisch.

»Liebste«, sagte Max zärtlich, »reg dich nicht auf, du weißt, in deinem Zustand ...«

»Schieb nicht immer alles auf meinen Zustand!« erboste sie sich und schlug mit der Hand auf den Tisch. »Hier herrschen noch ganz andere Zustände! Ich finde, man hat sich gegen unseren lieben Pastor einfach zynisch verhalten!«

»Du hast vollkommen recht«, lächelte Max sie an. »Aber was willst du, die Menschen sind eben zynisch. Laß David weiter erzählen.«

»Es ist nicht mehr viel zu sagen«, erwiderte David. »Er legte ganz einfach dort Feuer, wo Per-Olof sich befand. Bei der Auktion war er selbst mit ihm in der Kammer drin, er wußte, daß er allein im Haus war. Wahrscheinlich hat er auch das Fenster aufgehakt, ohne daß du es gemerkt hast.«

»Ich habe es gemerkt. Aber es war ja nichts Seltsames dabei. Nachher konnte ich allerdings nicht darauf schwören, ob er nicht irgendeinen Hintergedanken gehabt hätte.«

»Das Feuer hat er von draußen durchs Fenster gelegt, nachdem du das Haus verlassen hattest. Die Scheune bei Stormyra brannte nieder, als er gehört hatte, du würdest dort einen Krankenbesuch machen.«

»Nach Jerusalem wurde ich ganz einfach hingelockt«, sagte Vergelius. »Ich hatte ihn angerufen, weil ich mit ihm eine entscheidende Unterredung haben wollte. Er sagte, daß er mich erwarte, aber als ich hinkam, richtete mir Els-Britt aus, er sei in den Wald gegangen, um Pfähle zu holen. Ich suchte ihn dort, wo er sein sollte, in der Nähe von Jerusalem nämlich. Aber ich fand ihn natürlich nicht.«

»Also ich muß schon sagen...«, rief die Gräfin aus, aber Max unterbrach sie, indem er ihr sanft auf den Arm klopfte. Vergelius lächelte.

»Es ist möglich, daß Sie sich jetzt denken: Was für ein leicht zu täuschender Mensch ist doch dieser Pastor Vergelius!« sagte er und wehrte eine Erwiderung mit der Hand ab. »Aber Sie müssen verstehen, ich war meiner Sache nie sicher. Ich hatte ihn vom Anfang an im Verdacht, aber ich schämte mich dieses Verdachts. Ich wollte mich noch einmal mit ihm aussprechen. Das gelang mir nach dem Brand in Jerusalem. Ich täte ihm leid, sagte er.«

»Das ist die Höhe!« murmelte die Gräfin. »Wie motivierte er diese absurde Behauptung?«

»Damit, daß ich mich seinen Freund nenne und dabei einen derartig abscheulichen Verdacht mit mir herumtrage. Einen unbefugten und aus der Luft gegriffenen Verdacht. Er überzeugte mich durch seine geschickt gespielte biedermännische Art tatsächlich – aber nur teilweise. Ich war weiterhin unruhig, und ich begann zu versuchen, ihm nachzuspionieren.«

»Ich meinerseits spionierte ebenfalls, und Lars spionierte uns beiden nach«, fügte David hinzu. »Es war eine äußerst verwickelte Verschwörung, aber davon hattest du keine Ahnung. Als es im Pfarrhof zu brennen begann, warst du doch auf dem See draußen?«

»Er hatte mich selbst darauf aufmerksam gemacht, wie geeignet der kommende Morgen für meine Vogelstudien sein würde, und half mir Kaffee für die Thermosflasche zu kochen.«

»Halt«, sagte David, »dieser Teil des Berichts fällt mir zu. Das ist nämlich meine Geschichte.«

»Tatsächlich?« fragte die Gräfin neugierig.

»Von Anfang bis zum Ende. Damals bin nämlich ich es gewesen, der aufs Haar verbrannt wäre. Das war natürlich nicht seine Absicht. Das Feuer verbreitete sich viel schneller, als er berechnet hatte, und ich bin vor allem früher erwacht. Ein Ton hat mich geweckt, ein unerträglich schriller und klagender Ton, der wie ein Messer in die Ohren schnitt.«

»Das hast du geträumt«, sagte Vergelius.

»Geträumt! Ich bin dadurch aufgewacht.«

»Herr Malm besitzt eine starke Phantasie«, entschied die Gräfin. »Es war jedenfalls ein ausgezeichneter Traum, weil er Sie geweckt hat.«

»Margit«, sagte Max ernst, »hältst du mich auch für phantasiebegabt?«

»Nicht besonders, Gott sei Dank.«

»Ich habe den Ton ebenfalls gehört.«

»Jetzt weiß ich's!« rief David. »Wir haben ihn vor der Kirche gehört, knapp bevor es bei Stormyra gebrannt hat! Es war genau der gleiche Ton.«

»Meine Herren, versteigen Sie sich nicht ins Mystische, sondern bleiben Sie auf der Erde!« bat die Gräfin.

»All right«, fügte David sich, »aber ich komme noch darauf zurück. Lars hatte sich ein Alibi für den Brand geschaffen, indem er bei Margareta übernachtete, und bekam dadurch vor allem die Möglichkeit, in der Nähe des Pfarrhofs zu sein, wenn es brannte. Er rechnete sich aus, vor Margareta wegzugehen, wenn das Feuer im Schrank richtig losging. Während er uns Kaffee in der Küche kochte und wir auf der Veranda saßen, hatte er es gelegt. Zusammen mit Margareta wollte er es ›entdecken‹, hinlaufen und mich aufwecken. Aus der geplanten Rettungstat wurde nichts, weil ich von allein erwacht war und das Feuer bereits gelöscht hatte, als er zum Haus kam. Er sah mich durchs Küchenfenster und mußte mich um jeden Preis weglocken. Das tat er, indem er einen Stein durch die Scheibe warf und sich dann von mir jagen ließ. Wir wollen nicht davon sprechen, auf welche Weise ich genarrt worden bin, aber ich wußte es bereits damals.«

»Merkwürdig«, sagte Max. »Ich verstehe gar nichts. Warum mußte er dich von dort herausschrecken, und wie in aller Welt konnte er wissen, daß der Brand sich erst in mehreren Stunden entwickeln würde.«

»Das ist der springende Punkt«, sagte David. »Wir kommen später auf ihn zurück.«

»Der Punkt wird jetzt aufgeklärt, augenblicklich«, bestimmte die Gräfin.

David schob die Kaffeetasse von sich und seufzte. Die Gräfin hatte offenbar keine Lust, die Auslegung des Sachverhalts seinem eigenen Ermessen zu überlassen.

»Er mußte mich von dort weghaben, um selbst zurückkommen und eine Sache holen zu können. Der Brand hatte sich diesmal nämlich nicht groß genug entwickelt, daß die Sache zerstört und unkenntlich geworden wäre. Er hatte Angst, sie könnte ihn entlarven.«

»Sache, Sache!« ereiferte sich die Gräfin. »Was denn für eine Sache? Versuchen Sie nicht, diese Geschichte noch verworrener zu machen, als sie ohnehin ist, Malm. Ich will endlich dieser ›Sache‹ auf den Grund kommen!«

»Die Röhre!« rief Max.

»Gratuliere zu diesem Geistesblitz«, komplimentierte ihn David. »Jawohl, es handelt sich um die Röhre. Dieselbe Art Röhre, die man in der Scheune gefunden hat und die wir Mittwoch nachts im Wagenschuppen fanden. Sie war in ihrer Art eine kleine, einfache Vorrichtung. Aber sie gab ihm die Möglichkeit, an einer Stelle Feuer zu legen und dabei selbst weit davon entfernt zu sein: unter Menschen, die seine Unschuld bezeugen konnten, wenn es zu brennen begann.«

»Solche Röhren gibt es nicht«, wandte die Gräfin entschieden ein. »Ich habe den Eindruck, Malm, Sie versuchen sich als ein verkappter Sherlock Holmes aufzuspielen, und das sind Sie weiß Gott nicht.«

»Man nimmt eine Röhre«, setzte David fort, ohne sich beirren zu lassen, »und man stopft lose mit Terpentin befeuchtete Holzwolle hinein. Man zündet in der einen Öffnung an und korkt sie zu.«

»Dann erlischt das Zeug aus Sauerstoffmangel.«

»Nicht, wenn man ordentlich darauf achtet, daß am andern Ende der Röhre, die offen ist, ein leerer Raum bleibt. Außerdem hat die Röhre ungefähr in der Mitte eine Öffnung, durch die Luft hereinkommt.«

»Abrakadabra«, sagte die Gräfin ironisch. »Soll ich Ihnen sagen, was dann geschieht? Es brennt schwach und schwelt die ganze Zeit. Aber ein Großfeuer wird nie im Leben daraus.«

»Der Korken verbrennt.«

»Na ja, so nach und nach.«

»Was geschieht dann?«

Die Gräfin runzelte die Stirn und sah mißtrauisch drein. Aber Max' Gesicht hellte sich auf.

»Ich bin gewiß ein Dilettant in technischen Dingen«, sagte er, »aber ich glaube, ich hab's.«

David nickte ihm aufmunternd zu.

»Gegenzug«, trumpfte Max mit der Miene eines Vorzugsschülers auf.

»Geistesblitz Nummer zwei«, äußerte David anerkennend.

Die Gräfin lachte kurz und sarkastisch auf.

»Er hat vollständig recht«, erklärte David. »Es kommt Luft von drei Seiten herein, und es beginnt sehr ernsthaft zu brennen. Man braucht nur die Röhre auf eine leichtentzündliche Unterlage zu legen, und das Malheur ist fertig. Hat man Glück, flammt es auf, und man kann außerdem annähernd berechnen, wie lange der Prozeß dauert, wenn man vorher damit ein wenig experimentiert hat.«

»Das funktioniert nicht«, entschied die Gräfin.

»Es funktioniert nicht immer, das stimmt. Die Polizei hat ein paar erloschene Röhren bei ihren Untersuchungen gefunden und den Vorgang bekräftigt.«

»Der Polizist ist noch nicht geboren, der mir weismachen kann, daß Lars Wilhelmsson sonderbare Röhren zusammengebastelt hat, die in Wirklichkeit nicht existieren, und sie als eine Art Feuerzünder benützt. Mit Gegenzug und allem Zubehör«, fügte sie hinzu und warf Max einen strafenden Blick zu.

»Er brauchte sie nicht zusammenzubasteln. Tatsache ist, daß er jeden Sonntag dasaß und auf den schönen Gegenzug im Mechanismus gelauscht hat.«

»David«, sagte Max entzückt, »darf ich meinen letzten Geistesblitz beitragen? Es war die Orgel.«

»Die Orgel?« rief die Gräfin mit einem langen und fast enttäuschten Seufzer aus. »Warum haben Sie das nicht gleich gesagt, Malm?«

»Holzwolle, Terpentin und Orgelpfeifen – alles hatte er dort oben beisammen. Der Ton, den wir ein paarmal gehört haben, ist eigentlich leicht erklärlich.

In der Pfeife entstand Zug, wenn das Feuer sich verbreitete. Ich brauche wohl nicht extra zu betonen, daß ich das selbst ausprobiert habe. Ein sehr freundlicher und orgelkundiger Herr aus Stockholm hatte mir gezeigt, daß einige Pfeifen fehlten. Damals hatte ich noch keine Ahnung, was das bedeutete. Aber nach und nach wurde mir dieser Umstand klar. Ungefähr gleichzeitig mit der Bemerkung, die Per-Olof entschlüpfte, aus der ich die Folgerung hätte ziehen sollen, daß es eine Frage der Schweigepflicht war. Er weigerte sich, zu sagen, was er von dem Ganzen wußte.«

»Ich wußte nur eine Sache sicher«, sagte Vergelius. »Das war der Psalm sechshundertneun. Ich hatte ihn nicht selber gewählt. Ich schickte David zu ihm mit den Psalmnummern in einem Kuvert. Er änderte eine der Nummern mit Absicht.«

»Aber das ging denn doch zu weit«, murrte die Gräfin. »Schweigepflicht oder nicht, damals hätten Sie ihn anzeigen sollen, Herr Pastor.«

»Auf Grund welcher Indizien? Ich hatte ja keine eigentlichen Unterlagen für meinen Verdacht. Er hätte sagen können, er habe die Psalmnummer geändert, um sich für das zu revanchieren, was ich in dem Brief geschrieben hatte, den David ihm im Kuvert überbrachte. Ich schrieb, daß ich mit ihm über den Brand in Stentorp und die beiden andern Brände sprechen will. Ich bat ihn, mir meinen Verdacht zu verzeihen, aber wenn er mir etwas zu sagen habe, dann möge er zu mir kommen, wie damals im April. Ich konnte mir nicht vorstellen, daß er sich von mir bedroht fühlte und mich als seinen ärgsten Feind betrachtete. Er und ich, wir sind schließlich einmal sehr enge Freunde gewesen.«

Es wurde still um den Tisch, und David begann seine Pfeife zu stopfen, um seine Hände mit etwas zu beschäftigen. Die Gräfin klaubte zerstreut und ernst auf dem Tischtuch Tabakkrumen auf, die er verstreut hatte.

»Ich verstehe«, sagte sie zuletzt. »Es war wohl nicht so leicht. Das Äußerste, dessen Sie ihn verdächtigten, Herr Pastor, war, er sei ein Pyromane. Daß er Ihnen nach dem Leben trachtete, war ein zu gräßlicher Gedanke, um ohne weiteres auftauchen zu können. Sie wollten es sich einfach selbst nicht gestatten, so über einen Freund zu denken.«

»Nicht gerne«, antwortete Vergelius leise. »Nicht über einen der wenigen Freunde, die man hat ... oder geglaubt hat zu haben.«

»Vergessen wir ihn«, sagte die Gräfin resolut. »Jetzt wissen wir, wie alles zusammenhängt, und es gibt keinen Grund, sich noch weiter darin zu vertiefen.«

»Aber der Schluß der Geschichte«, protestierte David, »der Schluß geht hundertprozentig auf mein Konto. Ihr habt ja nicht gehört, wie ich auf die Lösung gekommen bin.«

»Du hast dagesessen und gegrübelt und gegrübelt«, schlug Max vor. »Geistesblitz auf Geistesblitz im stillen Dunkel der Nacht.«

»Durchaus nicht. Es war etwas vollständig Phantastisches, müßt ihr wissen. Als ich in der Tür des brennenden Glockenturms stand und sah, daß es Per-Olof war und daß man ihn eingeschlossen hatte...«

»Gut, gut«, unterbrach ihn die Gräfin. »Den Glockenturm haben wir bereits verdaut, Malm. Sie haben den Herrn Pastor schon mehrmals von dort heraus gerettet.«

»Erlauben Sie, Frau Gräfin«, wandte David ein, »so was kann man nicht oft genug tun! Stellen Sie sich nur vor, wie mir zumute war! Ich habe niemals in meinem Leben...«

»Tauchen Sie den Kuchen ein«, bat die Gräfin, »genieren Sie sich nicht.«

David hatte das Gefühl, daß sie in aller Freundschaft versuchten, ihn mit Safrankuchen zu ersticken.

Etwa hundert Menschen stehen vor dem Kirchhof und schauen zu, wie der Bischof aus dem Auto steigt. Er sieht groß und höchst bischöflich aus mit seinem Goldkreuz auf der Brust, und er wirkt ungemein imposant, obwohl er seinen schwarzen Hut festhalten muß, den ihm der Herbstwind vom Kopf zu reißen droht. Der Wind kommt vom See und wirbelt das trockene Laub um die Gräber auf. Die dunkel gekleideten Gestalten der prominenten Gäste, die sich im Tor des Waffenhauses drängen, sind von einem munteren Wirbel rostroten Herbstlaubs umschwebt.

Der Gottesdienst anläßlich der Einweihung wird sehr schön, und David Malm, der vom Pastor mit milder Gewalt in einen schwarzen Anzug gezwungen wurde, muß sich schneuzen, nachdem der Bischof über die Gemälde gesprochen hat und die Orgel zu spielen beginnt. Ein großer Mann mit horngefaßter Brille bedient die Orgel, und er spielt auf diesem trefflichen alten Leierkasten so, daß es in den musikumbrausten Köpfen der Gemeinde von unbegreiflicher Freude zu schwirren beginnt.

Nachher beim Kirchenkaffee im Pfarrhof darf, da es keine Pastorenfrau gibt, die Gräfin neben dem Bischof sitzen.

»Ärketuna wird ein Ausflugsziel werden«, sagt er. »Menschen werden in Scharen kommen, um die schönen Malereien zu sehen.« Er hat seinen gehobenen Predigerton noch beibehalten, und wenn er predigt, pflegt es sich bei ihm stets um Scharen zu handeln, wo immer Menschen sich versammeln.

»Ja, wenn es Scharen werden sollten, dann wäre es reiner Wahnsinn, kein Eintrittsgeld zu verlangen«, sagt die Gräfin.

Auch der Auftraggeber ist durch einen Mann des Reichsantiquariatsamtes in schwarzem Jackett und gestreiften Hosen vertreten. Er hält seine Rede zur Torte, und er spricht beinahe ebenso wohlgesetzt wie der Bischof.

»Wir haben den Meister unter uns«, sagt das Amt abschließend und steckt sein Manuskript in die Tasche, um mit freien Händen das Finale liefern zu können.

David Malm, der bis zu den Ohren errötet und sich bereits von seinem Sitz aufzuschrauben beginnt, begreift erst nachträglich, daß der Meister aus dem vierzehnten Jahrhundert gemeint ist, und sinkt verlegen auf seinen Stuhl zurück.

»Im Geist ist er unter uns«, sagt das Amt. »Nach fünfhundert Jahren fühlen wir seine Gegenwart.«

Er spricht davon, wie der Meister zu neuen Kirchen zog, um sie mit dem Leben und der Farbe seiner Armeleutebibel zu füllen.

Aus den Ausführungen des Amtes geht hervor, daß es für den Meister recht rasch ging, eine Kirche auszumalen. David Malm notiert einen kleinen Blick, den das Amt ihm flüchtig zuwirft, aber der Tag ist zu groß und die Stunde zu feierlich. Das Amt verzichtet darauf, ihm etwas vorzuwerfen. David fragt sich im stillen, wie wohl dem Meister zumute war, wenn er von Kirche zu Kirche zog, verliert den Faden und schneuzt sich mitten in die Schlußtirade.

Der Bischof läßt sich nach dem Kaffee in die Kirche zurückgeleiten, um die Erzählungen an den Wänden und an der Decke genauer kennenzulernen. Der Pastor demonstriert den brennenden Ofen, der über ihren Häuptern flammt. Er versucht, die stumpfen und nachgedunkelten Farben in die rotgelbe Hitze zu versetzen, die der Meister beabsichtigt hatte.

»Gerade das ist das Wunderbare«, sagt der Bischof, »daß nichts dazugemalt oder dazugelegt worden ist. Wir wollen versuchen, es trotzdem zu verstehen.«

Der Pastor blickt sich vorsichtig um, und da er sieht, daß sich das Amt mit David auf der Orgelgalerie befindet, flüstert er:

»Wenn ich ehrlich sein soll, so muß ich sagen, daß eine Figur dazugemalt worden ist.«

»Vom Restaurator?«

»Ja, er ist zuletzt der Versuchung erlegen, hat er mir anvertraut.«

»Ich wundere mich nicht darüber«, sagt der Bischof liberal. »Er ist ja schließlich selbst ein Künstler. Aber welche ist es?« fragt er rasch, denn er hat auch bemerkt, daß sich das Amt auf der knarrenden Treppe von der Galerie nähert.

»Das ist eben die Frage«, antwortet Vergelius und läßt den Blick langsam über das Gewirr von Gesichtern auf den Deckenwölbungen schweifen. »Davon hat er nicht gesprochen.«

»Nein? Na ja, vielleicht will er es für sich behalten.«

»Wahrscheinlich«, sagt der Pastor und beugt den Kopf zurück, um dem Weg der drei weisen Männer nach Bethlehem zu folgen. Einer Sache kann man jedenfalls sicher sein: Wenn man zwei Figuren dort oben sieht, dann ist die eine echt.